DER LOHN DES OMEGA

DIE TIMBERWOLF-LODGE
BUCH 3

VIVIAN AREND

Übersetzt von
ANNA DRAGO

Dies ist eine erfundene Geschichte. Namen, Charaktere, Orte und Ereignisse sind entweder das Produkt der Fantasie der Autorin oder werden fiktiv verwendet, und jede Ähnlichkeit mit lebenden oder toten Personen, Geschäftseinrichtungen, Ereignissen oder Örtlichkeiten ist rein zufällig.

Der Lohn des Omega
Copyright © 2024 Arend Publishing Inc.
ISBN DIGITALES BUCH: 978-1-998508-30-3
ISBN TASCHENBUCH: 978-1-998508-31-0
Herausgegeben von Angie Ramey
Cover-Design von Croco Designs
Übersetzung: Anna Drago

1

———

„Ich darf zuerst den Abzug drücken."

„Ich als Zweiter."

„Ich bin größer als du. Ich darf es machen."

Das aufgeregte Stimmengewirr von Stephanie Nix' drei Neffen tanzte in der Luft des späten Septembers, als sie an ihnen vorbeischlenderte. Sie winkten kurz, bevor sie sich wieder ihrem Babysitter/Lehrer/Elchwandler-Bodyguard Marvin zuwandten. Zwei kleine Körper, einer mittelgroß und einer riesig.

Die vier saßen auf dem Rasen neben dem Timberwolf Lake, etwas Glänzendes in der Mitte. Stephanie packte für einen Moment die Neugier, dann verschwand sie. So viel Spaß es auch machte, Abenteuer mit den Kindern zu teilen, sie hatte eine andere Mission. Das gute Wetter hatte sie dazu verleitet, ihren Tag mit einem Spaziergang um den See zu beginnen, aber es war Zeit, sich an die Arbeit zu machen.

So in etwa. Was war Arbeit überhaupt? Wenn ihr das, was sie tat, wirklich Spaß machte, konnte sie sich dann jemals über ihre täglichen Aufgaben beschweren? Sie glaubte nicht. Es war eine gute Nacht gewesen, direkt nach einem tollen Wochenende und einem fantastischen Sommer ...

Nein, sie brauchte ein besseres Wort. Ein wirklich unvergesslicher Sommer.

Sie hatten herausgefunden, dass die abgelegene Wildnislodge, die sie, ihre Schwester und ihre beste Freundin bei einer Lotterie gewonnen hatten, ein Werwolfrudel beinhaltete – kein typischer Tagesordnungspunkt. Aber so weit, so gut.

Stephanie pfiff fröhlich, während sie die Stufen der hinteren Veranda hochhüpfte, zwei auf einmal nehmend. Sie zog ihre Schuhe an der Tür aus, tanzte dann in die Küche und wirbelte ihre Schwester Stacy in eine schnelle, heftige Umarmung. „Du machst mir Thunfischauflauf zum Abendessen."

„Ich glaube, ich mache ihn für alle", lachte Stacy. Sie zog ihren Pferdeschwanz etwas fester, ihre braunen Augen blitzten amüsiert. „Aber ja, du kannst was davon haben. Wenn du deine Aufgaben erledigt hast."

Stephanie verschränkte die Arme vor der Brust und starrte sie genervt an. „Hör zu, Wolfsmama, nur weil das Rudel deine mütterliche Art mit offenen Armen angenommen hat, heißt das noch lange nicht, dass du mein Boss bist." Sie senkte entschlossen ihr Kinn.

Ihre Schwester zog eine Augenbraue hoch. „Was? Nein, also? Keine rausgestreckte Zunge?"

„Ich habe mich mit meiner inneren Erwachsenen angefreundet."

Stacy schnaubte scharf. „Viel Glück dabei." Sie schnippte mit dem Geschirrtuch in ihren Händen nach Stephanies Po. „Raus aus meiner Küche, Tunichtgut. Oder ich lasse dich Geschirr spülen."

„Würde, könnte, sollte nicht." Aber Stephanie tanzte so schnell wie möglich außer Reichweite. Stacy war ein böses Genie, wenn es ums Handtuchschnappen ging.

Ein schneller Sprint führte Stephanie um die Ecke und ins Wohnzimmer. Hier starrte das dritte Mitglied ihres Freundinnentrios auf eine riesige Staffelei, die mit Stoffmustern, Zeitschriftenausschnitten von Kleidung und Lebensmitteln und einer unglaublichen Anzahl von Post-it-Notizen bedeckt war.

„Collage ohne mich?" Stephanie tat, als wäre sie empört. „Gib mir sofort den Klebestift, dann wird niemand verletzt."

Cassidy schüttelte den Kopf, ihr dunkelbraunes Haar wippte, als sie ihre Freundin zu sich winkte. „Ich bin in einigen Teilen dieses Jobs gut, in anderen nicht. Ich versuche, wilde Inspiration heraufzubeschwören."

„Wozu genau werden wir inspiriert?"

Ihre beste Freundin rümpfte die Nase, als sie einen Haftzettel mit der Aufschrift „Familien-Event" von dem Feld mit der Überschrift „Dezember" in das Feld mit der Überschrift „März" schob. „Ich plane die Themen und Events für das kommende Jahr. Wir hatten letzte Woche eine erfolgreiche Soft-Opening-Veranstaltung, aber wir haben nur neun Monate Zeit, um die endgültige Genehmigung der Entscheider einzuholen. Ich möchte sicherstellen, dass Timberwolf Lodge für immer uns gehört."

„Bisher läuft es aber ganz gut, oder?" Stephanie betrachtete die Collage genauer. „Und letzte Woche war nicht nur ein Erfolg, sondern ein durchschlagender Erfolg. Alle, die da waren, sagten, wenn sie etwas zu sagen hätten, hätten wir die Herausforderung schon gewonnen."

Die unglaubliche, unmögliche Herausforderung.

Als Cassidy im vergangenen Frühjahr ihre Namen in den Hut geworfen und Timberwolf Lodge in einer Lotterie gewonnen hatte, hatte es eine Bedingung gegeben: Sie mussten sich vor dem Wilson-Rudel beweisen, um den Gewinn offiziell und endgültig zu machen. Nach den letzten drei Monaten war klar geworden, dass diese vage Formulierung bedeutete, dass sie einen Haufen Werwölfe beeindrucken mussten.

Kein Problem? Vielleicht.

Stephanie betrachtete die Collage erneut. „Ich schlage vor, du fängst damit an, To-do-Listen zu schreiben und weniger Zeitungsausrisse und Bilder zu benutzen. Denn im Moment habe ich Angst, dass du ein Valentinstagsmassaker oder eine schwarze Hochzeit planst."

Cassidy blinzelte und beugte sich dann zur Staffelei, um Bilder zurechtzurücken. „Oops. Meine Post-its sind verrutscht."

„Gut zu wissen. Denn riesige Messer mit schwarzen Griffen, die in Blumen stechen, könnten ein Trend werden, aber eher *nicht* ..."

„Hey, man kann nie wissen. Sieh dir an, wie populär Axtwerfen geworden ist."

„Axtwerfen ist in vielen Familien eine nützliche und alltägliche Aktivität." Stephanie verzog keine Miene, als sie das sagte.

Ihre beste Freundin enttäuschte sie nicht. Cass neigte den Kopf und sah sie an. „Alltäglich?"

„Natürlich." Steph lächelte süß. „Ist es das, was du und Jace jede Nacht in eurer Hütte treibt, ja? Was diese ständigen lauten Klopfgeräusche verursacht?"

Cassidy lief rot an. Ihr Mund öffnete und schloss sich ein paarmal, dann kniff sie die Augen zusammen. „Du lauschst."

„Ich habe ein sehr empfindliches Gehör. Oder ihr seid sehr laut. Vielleicht beides." Stephanie zog sich rückwärts aus ihrer Reichweite zurück. „Ich kann bleiben und helfen, wenn du willst."

„Nein. Nicht im Moment. Ich habe schon deine Liste mit Spa-spezifischen Ideen. Sobald ich weiß, wie ich alles unter einen Hut bekomme und wir in die Detailphase kommen, kannst du deine Listenfähigkeiten auspacken, und wir werden viel Spaß dabei haben, die kleinsten Details zu planen."

„Genau mein Ding. Jetzt sollte ich meinen Lieblingswolf ärgern gehen."

„Grüß Blue von mir", sagte Cassidy, als sie sich wieder ihrer Aufgabe zuwandte und sich schon nicht mehr auf Stephanie konzentrierte.

Vielleicht hätte sie sich schuldig fühlen sollen. Ihre beiden Mädels waren hart bei der Arbeit, doch hier war sie und tat nichts, als sie durch die riesige Eingangstür der Timberwolf Lodge in die erfrischende Herbstluft hinaustrat. Ihre Schuhe standen auf der anderen Seite des Hauses, also ging sie in Socken weiter.

Nein. Schuldgefühle waren nicht erlaubt. Sie arbeitete auch hart, nur nicht in diesem Moment. Da sie ein Spa in der Lodge betrieb, arbeitete sie ununterbrochen, während sie Gäste hatten. Sie hatte auch viele Stunden damit verbracht, bei den restlichen Arbeiten in der Lodge zu helfen.

Wenn sie eine Verschnaufpause einlegen und eine Weile bei Blue Carter sitzen wollte, durfte sie das. Ihre Meditationen an diesem Morgen hatten den Schwerpunkt auf die Notwendigkeit gelegt, sich in den kommenden Tagen etwas Zeit für sich selbst zu nehmen, also tat sie das.

Sie hörte gern auf das Universum und folgte seinen Anweisungen. So klappte das Leben in der Regel besser.

Stephanie blieb zwei Schritte weiter auf der Veranda stehen und betrachtete den Mann. Lang, schlank, aber muskulös. Ein Mopp surferblonder Haare, der heute zu einem Knoten auf seinem Kopf zusammengebunden war.

Blue Carter war ... einzigartig.

In einem Rudel starker Individuen fiel er in fast jeder Kategorie aus der Norm.

Cassidys Gefährte Jace war mächtig und ein Alpha mit großem A. Manchmal grenzte das an Arschloch, aber so war Cassidy auch. Sie waren wie ein perfektes Paar herrischer Buchstützen.

Stacys Gefährte war Delaney, und er war der Hüter des Rudels. Das schien viel mehr Händchenhalten und ermutigende Gespräche als Prügel zu bedeuten, was gut zum Erziehungsstil ihrer Schwester passte. Stacy praktizierte liebevolle Strenge, hatte aber auch ein großes Herz. Sie war immer bereit, ihren drei Jungs und jetzt auch allen Teenagern aus der Gruppe zuzuhören, die in Scharen bei ihr herumhingen.

Blue war der Omega des Rudels. Nicht der Boss, nicht der Erzieher. Meistens benahm er sich wie ein Hofnarr, aber Stephanie glaubte, dass das nur Show war. Sie fand ihn charmant und umgänglich. Er trug grellbunte Klamotten – bis zum Äußersten grell – auf eine Art, die verriet, dass er nur provozieren wollte. Sein Herz war gut, aber er hatte mehr als genug *Oomph*, dass ihn niemand herumschubste.

Obwohl das vielleicht das mystische Omega-*Woo-Woo*-Zeug in ihrem Leben war, das die anderen Wölfe zu erklären versuchten, aber meistens nicht konnten. „Blue weiß Dinge", sagten sie. „Blue beruhigt die Leute", sagten sie.

Stephanie beobachtete ihn ein wenig länger. Was auch immer sie sagten, Blue hatte sich in den letzten drei Monaten als guter Freund erwiesen. Sie mochte es, mehr Freunde in ihrem Leben zu haben.

Als sie noch ein paar Schritte von der Hollywoodschaukel entfernt war, schloss Blue die Augen und gab ein erbärmliches Geräusch von sich. „Nicht das, was ich hören will", beschwerte er sich.

„Du hast einen Ohrstöpsel im anderen Ohr?" Die Schaukel schwankte, als sie sich zu ihm setzte. „Weil ich nichts höre."

Blue riss die Augen auf und richtete sich erschrocken auf. „Wie konntest du dich so an mich heranschleichen?", klagte er.

Sie hob eine Hand vor sein Gesicht und wedelte mit den Fingern. „Vielleicht bin ich magisch!"

～

VIELLEICHT WAR SIE DAS.

Soweit es Blue und seinen Wolf betraf, war Stephanie das Ein und Alles seiner Träume. Seine Schicksalsgefährtin. *Irgendwann.*

Was für einen Wolf, selbst einen Omega-Wolf, eine seltsame Bemerkung war.

Er hatte seit dem ersten Tag, als die Frauen in die Timberwolf Lodge gekommen waren, gewusst, dass sie die Richtige für ihn war ... aber es war noch nicht soweit.

Er wusste, dass das überhaupt keinen Sinn ergab. Schicksalsgefährten waren Schicksalsgefährten, nur, dass die Verbindung zwischen ihm und Steph eher so war, als lägen alle Zutaten für einen Kuchen auf dem Tisch. Niemand würde es einen Kuchen nennen, bis sie alles in der richtigen Reihenfolge zusammenfügten und ihn lange genug backten.

Das bedeutete, dass er so weitermachen musste wie in den letzten Monaten. Er unterdrückte sein Verlangen nach ihr und kontrollierte den Drang, sie für sich zu beanspruchen, selbst als sie sich ungezwungen unterhielten.

Er schnaubte und musterte sie dann genauer. „In Strümpfen auf der Veranda? Du wirst dich erkälten, junge Lady."

Stephanie rutschte näher an ihn heran und warf eine Decke über ihre Beine. „Ohne Jacke in der Kälte? Du wirst dir eine Lungenentzündung holen, oder wie Ace sagen würde: Lungenschnupfen."'

Himmel und Hölle. Blue hatte vor, sich so schnell wie möglich um die Heiligsprechung zu bewerben, denn er hob seinen Arm, legte ihn um ihre Schultern und drückte sie an seine Seite. Freundschaftlich. Einfach gute alte Kumpels. Er war der Kumpel seiner vom Schicksal bestimmten Gefährtin.

Die Heiligsprechung stand definitiv an, da er sie nicht unter sich rollte und einen großen, nein, einen riesigen Bissen nahm. „Wir werden beide einen Schnupfen bekommen. Stacy wird uns Hühnersuppe kochen, und Cassidy wird uns gruselige alte Filme anschauen lassen, in denen jeder die falschen Entscheidungen trifft, um uns bei Laune zu halten."

„Das habe ich gehört!", rief Cassidy durch das Fenster hinter ihnen.

„Du lauschst schon wieder aus dem Wohnzimmer! Du bist so eine Klette!", rief Stephanie ihrer besten Freundin zu.

„Ich bin genau hier. Und du redest von mir", beschwerte sich Cassidy.

„Dann häng nicht genau hier rum. Ist Jace nicht zu Hause? Geh und such deinen Wolf. Wirf Äxte mit ihm oder so." Stacy wandte sich von der Hütte ab und holte tief und zufrieden Luft. „Das ist eine tolle Aussicht."

„Die Schneegrenze bleibt, wo sie ist." Blue zeigte auf den äußersten Gipfel, der ganz oben vom zartesten weißen Hauch bedeckt war.

Neben ihm fröstelte Steph. „Kalt. Es ist so aufregend. Unser erster Winter in der Timberwolf Lodge."

„Zufriedene Erstbesucher in der vergangenen Woche waren auch aufregend. Alle scheinen zufrieden gewesen zu sein."

„Es hat so viel Spaß gemacht, unsere eigene Lodge und mein eigenes Studio zu haben", stimmte Stephanie zu und zuckte dann die Achseln. „Aber es war kein perfekter Homerun. Ich muss meine Zeit besser einteilen und sehen, ob jemand in der Stadt ist, der helfen kann, wenn es besonders voll wird. Ich weise Leute nur ungern ab, aber ich war ausgebucht."

„Du warst zu beschäftigt", beschwerte sich Blue. „Ich habe dich die ganze Woche über kaum gesehen."

„Oh, hast du mich vermisst?"

„Das habe ich", gab er bereitwillig zu.

Stephanie summte leise. „Nun, ich habe dich auch irgendwie vermisst. Aber du warst auch beschäftigt. Da Jace sich geweigert hat, von Cassidys Seite zu weichen, und Del behauptet hat, er würde auch in der Lodge gebraucht, musste ja jemand dafür sorgen, dass sich alle anderen im Rudel benehmen."

„Ja, ich war auch ziemlich ausgebucht. Wahnsinnig beschäftigt, mit zahllosen Tassen Kaffee, Tee und viel zu vielen Torten. Alle in diesem Rudel machen Torten, dabei mag ich einfache Kuchen mehr", erklärte er.

Seine Kuchen- und Gefährten-Analogien könnten was damit zu tun haben.

„Das werde ich mir merken", versprach Steph.

Gott sei Dank waren seine Omega-Fähigkeiten nicht ganz durcheinander geraten. Nur die, bei denen er Dinge normalerweise wusste, bevor sie passierten. Als ob die Zukunft jetzt viel verschwommener wäre als vorher.

Er hatte den Verdacht, dass es was damit zu tun hatte, dass Stephanie seine Gefährtin war. Sie waren noch nicht so weit ... aber vielleicht rückte es näher. Nicht, dass er es im Moment mit Sicherheit sagen konnte.

Fah!

Oder vielleicht lag es an Emma Wilson. Einer bösen, machthungrigen Wölfin, die vor ein paar Wochen von ihrem Hüter aus dem Rudel verstoßen worden war. Blue hatte das Bauchgefühl, dass sie in der Timberwolf Lodge noch von ihr hören würden.

Stephanie legte ihren Kopf auf seine Schulter, und für den Bruchteil einer Sekunde zischte etwas über Blues Haut bis zu seinem Nacken. Es war verschwunden, bevor er es analysieren konnte.

Kein elektrischer Schlag. Steph schien es nicht bemerkt zu haben. Also neigte er seinen Kopf so weit, dass sie sich von der Hüfte bis zum Kopf berührten, während sie auf die Berge starrten.

Verbunden ... aber noch nicht.

Sein Wolf war eine Labertasche, also schien die Tatsache, dass er nur diese vier Worte sagte, bevor er verstummte, seltsam. Blue wusste gut genug, dass er nicht auf weitere Informationen drängen durfte.

Es würde passieren, wenn es passieren sollte. *Sie* würden passieren. Dessen war er sich sicher.

Lieber Gott, zwing ihn nur nicht, zu lange zu warten, sonst würde er sich in ein Bündel pelziger Frustration verwandeln. Keine gute Stimmung für einen Omega-Wolf. Er würde am Ende das ganze Rudel nervös machen.

Aber hier und jetzt nahm Blue das bisschen Zuneigung, das Stephanie ihm ohne zu zögern gab, und genoss es.

Er stupste sie sanft mit dem Ellbogen an. „Das ist schön."

„Ja", sagte sie, ihre langen, langsamen Atemzüge passten sich seinem an. „Das ist es."

Sie lächelten einander an. Blue starrte ihr in die Augen. Manchmal dachte er, er sollte einen Preis für seine unglaubliche Geduld gewinnen. Dann sah sie ihn mit diesen großen, strahlend blauen Augen an, und er wusste, er würde ewig warten, wenn es sein musste.

„Es ist so schön und friedlich." Sie zwinkerte ihm zu. „Das heißt, es muss jeden Moment was passieren und alles in die Luft jagen."

„Oh, du unverbesserlicher Optimist."

„Bin ich das nicht wirklich?", stimmte sie zu.

In diesem Moment geschah die Explosion.

Ein gewaltiger Knall hallte von den Gebäuden und den fernen Bergen wider und klingelte in ihren Ohren, als die Belustigung verschwand und beide aufsprangen.

Eine dicke Rauchwolke stieg über dem Dach der Timberwolf Lodge auf.

2

Sie konnte nicht so schnell rennen wie Blue, aber sie hatte den leisen Verdacht, dass sie wusste, in welche Richtung sie ihn weisen mussten. „Am Seeufer. Marvin war bei den Kindern."

Blue rannte vor ihr her, seine Füße bewegten sich wie verschwommen. Er verschwand, bevor sie zu Ende gesprochen hatte.

Als sie um die zweite Ecke der Lodge bog, hatte sich der Rauch vom Boden fast verzogen. Ein Brandfleck im Gras zeigte, wo die Explosion passiert war, aber obwohl vier Körper nur wenige Meter von dem Brandfleck entfernt am Boden lagen, schienen die Jungs alle vor Lachen zu kreischen, nicht vor Schmerz.

„Das war so cool."

Auf Blaze' Freudenschrei folgten ein „*Woohoo*" und ein „*Wheeee*", als alle drei Jungs, Colt, Blaze und Ace, aufsprangen. Die Kinder zogen ihre Ohrenschützer vom Kopf und drückten sie an ihre Brust, während sie dorthin rannten, wo Blue Marvin auf die Beine half.

„Wow. Das war ... unerwartet." Der große, massige Mann, der Nanny und Lehrer der Kinder der Timberwolf Lodge war, überragte den eins dreiundachtzig großen Blue. Marvins wirrer Bart und seine Mähne waren zerzauster als sonst, und das wollte schon was heißen.

„Du wusstest nicht, dass ihr was in die Luft jagen würdet?" Stacy war aus Richtung Küche gekommen. Ihr schneller, sachkundiger Blick auf ihre Jungs zeigte keine Verletzungen, was ihren Ärger zu besänftigen schien.

„Oh, das Ziel war, es in die Luft zu jagen", gestand Marvin.

„Es war ein Raumschiff, Mama", sagte Ace aufgeregt und deutete über den See, wo ein glänzendes silbernes Dreieck träge auf das Wasser zu schwebte, während der Fallschirm darüber sanft nach links und dann nach rechts schwang.

„Nur glaube ich nicht, dass es so viel Rauch hätte sein sollen." Colt hielt die Anleitung vor sich. Er zog sie näher heran und dann wieder weg und runzelte die Stirn, während er las.

Blaze hüpfte auf der Stelle, sein Grinsen wurde breiter. Stephanie wusste, dass es das typische „Ich muss einen Witz erzählen"-Verhalten war. Entweder das, oder er musste pieseln. „Blaze, was beschäftigt dich?"

Vor Glück vibrierend, drehte er sich zu ihr um. „Weißt du, welche Schritte ein Wolf macht, wenn er eine Explosion sieht?"

„Nein, welche Schritte?", fragte sie gehorsam wie die tolle Tante, die sie war.

„Große!"

Die versammelte Gruppe, zu der jetzt auch Jace und Cassidy gehörten, lachte. Die neue Vaterfigur der Jungs,

Del, war der Einzige aus dem Führungsteam, der fehlte, da er an diesem Morgen in der Stadt Termine in seiner Anwaltskanzlei hatte.

Marvins Gesichtsausdruck wurde verlegen, als er sich in der Versammlung umsah. „Das sollte nicht so passieren. Glaub mir, die Jungs waren alle weit genug weg. Und haben ihre Sicherheitsausrüstung benutzt."

Stephanie legte beruhigend eine Hand auf seinen Arm. „Natürlich waren sie das."

Die Gesichtszüge des Elchwandlers verzerrten sich seltsamer als erwartet, da *Marvin* offensichtlich nicht weit von der Katastrophe entfernt gewesen war. Wie sollte sie es ihm sagen?

Blue übernahm die Führung und räusperte sich. „Ähm, Marvin?"

„Ja?" Der große Mann wedelte mit der Hand in der Luft und verscheuchte den verbliebenen Rauch, ohne zu erkennen, dass er die Quelle war.

„Dir fehlt etwas." Blues Miene blieb ausdruckslos, und er zeigte auf seine eigenen Augenbrauen. „Größtenteils weg."

Marvin presste die Lippen aufeinander, was ihn mit den fehlenden Brauen ziemlich komisch aussehen ließ. Er berührte vorsichtig sein Gesicht und zuckte dann die Achseln. „Nun. Das ist was, was ich noch nie probiert habe."

„Kommt, Kinder. Lasst uns Marvin in die wunderbare Welt der antibakteriellen Wundcreme und vielleicht auch der Augenbrauenstifte einführen." Stacy nahm ihren Sohn an der Hand, bevor Ace losrennen konnte, um die Kappe der Rakete zu holen. „Und du hast Küchenhilfendienst."

„Aber Mama, die Rakete –"

„Ich werde sie holen", versprach Jace. „Deine Mama

braucht deine Hilfe, sonst wird unser Mittagessen nicht rechtzeitig fertig.“

Ace‘ Augen weiteten sich. „Okay.“

Er trottete mit seinen Brüdern und seiner Mutter davon und führte den noch immer leicht benommenen Marvin in die Küche.

Cassidy stieß ihren Zeh in die verbrannte Stelle. „Ich schätze, das war es wert. Im Namen der Wissenschaft und so.“

„Im Gartenschuppen haben wir Grassamen. Damit komme ich klar“, versprach Blue.

„Danke.“ Cass nahm Jace‘ Finger in ihre. „Ich gehe mit dir, um die Raketenteile zu holen. Ich brauche eine Denkpause.“

Stephanie stand also neben Blue auf der verbrannten Erde. Er beugte sich vor und strich mit den Fingern über die geschwärzte Stelle. Sie beugte sich vor und schnupperte. „Ugh. Kannst du das wirklich reparieren?“

„Sicher. Eigentlich nicht ich, aber die Zeit. Und jede Menge Grassamen.“ Er grinste sie an. „So viel zu unserem gemütlichen, entspannenden Kuscheln auf der Veranda.“

„Adrenalin ist gut für den Körper, das habe ich zumindest gehört.“ Sie konzentrierte sich auf den Grund, warum sie überhaupt zu ihm gekommen war. „Ich habe mich gefragt, ob du mir heute helfen kannst. Wenn du fertig bist mit deiner Rolle als Gartenguru.“

„Natürlich. Ich gehöre ganz dir.“

Zu einfach. Sie beäugte ihn. „Weißt du, ich bitte dich um viele Gefallen. Du sagst immer Ja, ohne zu fragen, wobei ich Hilfe brauche.“

Blue zuckte mit den Schultern. „Ist eigentlich egal. Wenn du Hilfe brauchst, brauchst du Hilfe. Wer bin ich zu sagen: ‚Mensch, du willst Hilfe bei einer Sache, die ich nicht gern mache? Nein, du bist auf dich allein gestellt.' So benimmt sich ein Freund nicht."

„Vielleicht. Aber trotzdem heißt das nicht, dass manche Leute das nicht tun."

„Ich bin nicht manche Leute." Blue zwinkerte ihr zu. „Was machen wir?"

„Ich teste meine neuen Akupunkturnadeln. Ich bin mir nicht sicher, aber vielleicht haben sie mir welche geschickt, die zu lang sind."

Sein Gesichtsausdruck änderte sich nicht. Nicht sehr. Ein winziges Zucken seiner Wimpern und eins an seinem Haaransatz waren die einzigen Hinweise. „Oh. Okay."

Stephanie unterdrückte ihr Grinsen. Nicht, dass sie ihm Angst machen *wollte* ...

Doch, das wollte sie. Ob locker oder nicht, Blue musste diese Lektion lernen. „Ich bin mir ziemlich sicher, dass ich mich an alle Platzierungsregeln erinnere, aber ich sollte mein Gedächtnis für die Leistengegend und die Fußsohlen auffrischen. Wahrscheinlich ein Dutzend Nadeln an jeder Stelle, und wir sind auf der sicheren Seite."

Blue schluckte sichtlich, behielt aber so etwas wie ein Lächeln bei. „Ähm. Nur, um das klarzustellen. Du willst mir Nadeln in die Leistengegend und in die Fußsohlen stechen?"

„Jupp." Sie packte ihn am Ellbogen und marschierte mit ihm in Richtung Lodge, so, dass er ihr Gesicht nicht sehen konnte, denn sie war einen Wimpernschlag davon entfernt, sich vor Lachen am Boden zu rollen.

Er ging etwa drei Schritte mit ihr, bevor er wie angewurzelt stehen blieb. „Warte."

Gott. Sei. Dank!

Trotzdem musste sie das bis zum Ende durchziehen. Sie blinzelte unschuldig. „Ja?"

Blue kniff die Augen zusammen. „Du."

„Ich?"

„Du verarschst mich."

„Warum sollte ich das tun?"

Er zögerte. „Um mir eine Lektion zu erteilen?"

„Warum solltest du eine Lektion brauchen, Blue? Oder soll ich dich Mr. Kooperativ nennen?"

Mit einem Schnauben drehte er sich zu ihr um und lächelte sie wieder an. Diesmal aufrichtig. „Steph, wobei brauchst du wirklich Hilfe?"

„Ich habe eine Lieferung Massageöle bekommen. Ich muss sie auf Geruch und Gleitfähigkeit testen, damit ich weiß, was ich wo verwenden soll. Kann ich dir heute Abend eine Massage geben?"

„Oh. Also, ich weiß nicht, ob ich *dabei* helfen sollte. Das klingt nach einem heiklen Thema. Erst sagst du, du willst mich massieren, dann steckst du mich in eine Wanne mit Eis und erntest meine Nieren."

Belustigt schnaubte sie auf höchst undamenhafte Weise. „Gut gemacht. Das ist weit von ‚Natürlich gehöre ich ganz dir' entfernt."

Er grinste. „Ich wollte nur sicherstellen, dass *du* aufpasst. Ja, ich hätte gern eine Massage, auch wenn das bedeutet, dass ich am Ende rieche wie ein explodierter Blumenstrauß. Nach dem Abendessen? Vorher?"

„Danach, bitte. Ich muss mich zuerst um eine Menge anderer Dinge kümmern."

„Dann bin ich dein williges Opfer. Bis später."

Sie umarmte ihn impulsiv. „Du bist der Beste."

„Das bin ich." Er klopfte ihr auf den Rücken und löste sich aus ihrer Umarmung. Er zwinkerte, drehte sich um und pfiff leise, während er zum Gartenschuppen ging.

Guter Mann. Guter Freund.

Eine zarte Blase des Glücks platzte in ihr und prickelte von ihrem Bauch zu ihrem Herzen. Zur Timberwolf Lodge zu kommen war so eine gute Entscheidung gewesen.

Besonders, weil es mich weiter von Dingen weggebracht hat, an die ich mich lieber nicht erinnere.

BLUE WARTETE, bis er ganz im Gartenschuppen war, bevor er gegen die Wand sackte und wie ein Zombie stöhnte. *„Waruuum.* Warum muss sie mich so quälen?"

Doch er wusste verdammt gut, dass er nach dem Abendessen seinen Arsch in Stephs Spa-Raum schwingen und ihr erlauben würde, ihn überall anzufassen.

Masochist. Er musste wirklich masochistische Neigungen haben, von denen er bisher noch nichts gewusst hatte.

Reiß dich zusammen, Sweetheart. Eines Tages wird unser Schiff ankommen.

Wir sind von Land umgeben. Nur, um es am Rande zu erwähnen.

Blue riss sich zusammen und suchte, bis er Grassamen und einen Sack Blumenerde fand.

Er fand auch ein paar Erinnerungsstücke aus seiner Jugend, die ihn zum Schmunzeln brachten und ihm eine Idee für eine nette Nachmittagsunterhaltung gaben. Heute Abend würde er leiden. Aber nachdem seine Arbeit getan war, gab es hier Unfug, an dem sie alle Spaß haben konnten.

Die Vorbereitung der Brandstelle und das Neubepflanzen dauerten etwa eine Stunde, danach kehrte er in den Schuppen zurück, um seine Schätze zu holen.

Er schleppte die Discgolf-Körbe und die Sporttasche

voller Discs auf einen unverbrannten Rasenabschnitt näher an den Bäumen. Es waren nur neun Körbe, aber das war für den Anfang mehr als genug. Er betrachtete das Gelände und überlegte sich im Kopf mögliche Flugbahnen für verschiedene Schläge.

Del tauchte gerade auf, als Blue den dritten Korb in Position brachte. „Im Ernst? Das habe ich seit Jahren nicht mehr gespielt."

„Soweit ich mich erinnere, hat Onkel J die das letzte Mal vor fast fünfzehn Jahren aufgestellt." Blue nickte dankbar, während Del half, das Tor für das Spiel auszurichten. Ein flacher Drahtkorb, der etwa hüfthoch an einer vertikalen Stange angebracht war, einen Meter höher war ein Metallring. Der obere Ring hielt eine Reihe Ketten, die in der Mitte u-förmig herabhingen und die sie mit den Frisbees treffen wollten. „Ich glaube, Tante Rachel hat ihm gesagt, er solle sie abbauen, weil eine Gartenparty und eine Hochzeit irgendeines hohen Tiers geplant waren und sie nicht wollte, dass die Discs überall herumflogen und auf der Hochzeitstorte oder in Bowleschalen landeten."

„Mann, ich frage mich, wie sie auf die Idee gekommen ist, dass Discgolf ein gefährlicher Sport ist." Del trat zurück, schnappte sich eine Disc und warf sie auf den Korb. Sie rutschte ihm aus der Hand, prallte von der Kette ab und landete in Blues Bauch. Er hustete, während Del fluchte. „Sorry. Bin aus der Übung."

Blue presste eine Hand auf seinen Bauch und lachte atemlos. „Ich weiß nicht. Du hast mich damals auch ständig getroffen."

Del schnaubte, gab dann aber zu: „Manchmal."

„Warum, denkst du, habe ich angefangen, mich so anzuziehen?", wollte Blue wissen. „So konntet ihr nicht mehr sagen: ‚Oh, wow. Tut mir leid, Blue. Ich hab’ dich nicht da mitten auf der Wiese stehen sehen. Mein Fehler.‘“

„Du warst einfach ein gutes Ziel“, gab Del zu.

„Ich bin der Omega des Rudels. Ich weiß nicht, wie ihr es geschafft habt, mich so zu misshandeln.“

Del lachte jetzt lauthals. „Armer kleiner Omega.“

„Ich wurde schrecklich behandelt. Bis heute.“

„Das sehe ich ein. Und normalerweise hast du es verdient.“

Sie grinsten einander an. Nur die engsten Familienmitglieder konnten Blues Beschwerde als Angeberei verstehen.

Omegas waren einzigartig. Etwas Besonderes, und es hatte eine Zeit gegeben, in der Blue vom Rudel *zu* nett behandelt worden war. Niemand wollte ihn ärgern oder verletzen, nicht einmal aus Versehen. Was einen Sinn ergab und doch nicht.

Versuchen Sie mal, einem Zehnjährigen zu erklären, warum niemand Sie in seinem Baseballteam haben will.

Als Jace und Del beschlossen hatten, Blue wie einen der Jungs zu behandeln, war das der Beginn der besten Tage seines Lebens gewesen. Beim Fangenspielen geschubst? Schlammverschmiert und nass vom Ringen im Wald? Prellungen vom Sturz aus dem Baumhaus? Okay, das war größtenteils seine eigene Schuld gewesen.

Trotzdem war es das Beste überhaupt, ganz normal behandelt zu werden.

Was bedeutete, dass es an der Zeit war, alle Geister der vergangenen Jahre zur Ruhe zu betten. Blue wusste nicht genau, warum, aber als sie zum ersten Abschlag gingen, um eine Runde Discgolf zu beginnen, schien es wichtig.

„Ich bin darüber hinweggekommen, dass du ein Arsch warst. Weißt du, als du Jace rausgeschmissen und all die

Jahre Alpha gewesen bist, warst du ein Arsch. Aber ich verzeihe dir." Blue sagte es, als würde er verkünden, dass der Himmel blau sei.

„So großmütig von dir." Del hob eine Augenbraue. „Habe ich mich besorgt angehört, dass du mich nicht magst oder so?"

„Ich weiß, dass du deswegen wochenlang in dein Kissen geweint hast." Blue klopfte ihm auf die Schulter. „Es ist Zeit, es loszulassen. *Let it go, let it go ...*"

„Fang an zu singen, und ich werfe dich anstatt der Scheibe."

Oh, so verlockend. Aber mehr als den Drang, Unfug zu treiben, hatte Blue das Bedürfnis, weiterzusprechen. „Einen Moment mal im Ernst. Du hast das ganz gut gemacht. Jaspers Rudel war nicht, wo es hätte sein sollen, aber das war nicht deine Schuld. Du hast getan, was du konntest, und jetzt ist es Zeit, zur nächsten Stufe überzugehen. Jace und Cassidy. Du und Stacy."

Del schluckte alle Neckereien herunter und hielt inne. Seine Arme waren vor der Brust verschränkt, während er Blue in die Augen sah. Sie blieben einen Moment so, und dann senkte Del das Kinn. Als er sprach, war nichts Unbeschwertes in seinem Ton, aber er drückte vollkommene Akzeptanz und Respekt aus. „Ich verstehe dich, Omega des Jasper-Rudels. Danke für das, was du getan hast, um das Rudel zusammenzuhalten, bis wir diesen neuen Weg gefunden haben."

In seinem Innersten löste sich ein Knoten, von dem Blue nicht gewusst hatte, dass er existiert hatte. Es war, als hätte er seine Bauchmuskeln angespannt, und jetzt konnte er sie entspannen und frei atmen.

Er schüttelte den Kopf. „Okay, das war komisch."

„Glaub mir, Blue. Gespräche mit dir sind selten

einfach." Aber Del bot ihm eine Hand und zog ihn dann an sich, um ihn zu umarmen und ihm fest auf den Rücken zu klopfen. Als sie sich voneinander lösten, hob Del eine Augenbraue. „Wusstest du, dass du neuerdings strahlst, wenn du in den Über-Omega-Modus schaltest?"

Blue blinzelte. „Wirklich?"

„Nein", grinste Del. „Ich zieh' dich nur auf."

Es führte kein Weg drum herum. Blue warf seinen Freund zu Boden, und sie rangen wie Teenager miteinander. Dort waren sie noch, als zwei Paar Stiefel neben ihnen stehen blieben.

„Ich bin ziemlich sicher, dass sie nicht wirklich versuchen, einander umzubringen." Stacys solide Altstimme ließ sie erstarren.

„Bei echtem Blutvergießen würde es wahrscheinlich weniger Knurren und Gelächter geben", stimmte Stephanie zu. Sie stützte die Hände auf ihre Knie und beugte sich hinunter, um Blues Blick festzuhalten. „Ich habe die Körbe von meinem Fenster aus gesehen. Versuch nicht einmal, es zu leugnen. Wenn ihr die Discs rausrückt, wird niemand verletzt."

Er streckte ihr die Hand entgegen, nur, um sich ein bisschen zu quälen, während sie ihm aufhalf. Stacy hatte dasselbe für Del getan, aber am Ende ließ er sich wieder fallen, sodass sie in seinen Armen lag und die beiden einander küssten.

Stephanie seufzte. „Das macht ihr zwei viel zu oft."

Ihre Schwester zog sich zurück und starrte Del immer noch in die Augen. „Wir sind immer noch frisch verheiratet."

Stephanie drehte sich zu Blue um und verzog das Gesicht, streckte die Zunge heraus und tat so, als würde sie würgen. Blue zuckte mit den Schultern. Er wollte so ziemlich dasselbe tun: Stephanie in die Arme ziehen und sie besinnungslos küssen.

Noch nicht, warnte sein Wolf. *Noch nicht, aber ... bald?*

Die unerwartete Ankündigung hatte zur Folge, dass Blue noch blinzelte, als Stephanie ihm eine Scheibe in die Hand drückte. „Okay, Turteltäubchen. Wir spielen in Teams. Blue und ich fordern euch zu einem Duell heraus."

3

Was wilde, ausgelassene Aktivitäten anging, war diese nicht hoch auf der Skala furchteinflößender Dinge. Aber als Stephanie und Blue abwechselnd ihre Discs in Richtung Korb warfen, stiegen Belustigung und Gelächter schnell an.

Del hatte eine teuflische Vorhand, was bedeutete, dass er mit einer knappen Bewegung seines Handgelenks seine Discs um unmögliche Ecken fliegen ließ. Stephanie hatte jedoch ihre eigenen Tricks.

Blues Mund blieb vor Erstaunen offen stehen, als sie vortrat und eine Disc mit der linken Hand warf. Sie zischte hübsch an den Rosenbüschen vorbei, die sonst den Weg versperrt hätte. „Wie hast du das gemacht?"

Sie packte ihn an der Hand und zog ihn dorthin, wo die Disc jetzt einen leichten Putt vom Korb entfernt lag. „Ich bin beidhändig."

„Im Ernst? Das wusste ich nicht."

Sie zuckte die Achseln. „Ich kann nicht alles mit beiden Händen machen. Meistens schreibe ich mit der rechten

Hand, aber es gibt viele Dinge, für die ich stattdessen die linke benutze."

Sie spielten die erste Hälfte der Körbe, die Blue aufgestellt hatte, und Stephanie lief fröhlich neben ihm her. „Es ist schade, dass wir die den ganzen Sommer nicht aufgestellt haben", sagte sie.

„Ich hatte keine Ahnung, dass sie noch hier sind", erzählte er. „Früher hatten wir genug für einen ganzen 18-Loch-Platz. Der Rest muss in einem Lagerschuppen irgendwo anders auf dem Grundstück sein."

„Neun reichen fürs Erste." Sie neigte den Kopf und erhob die Stimme in Richtung ihrer Schwester. „Mit neun Löchern können wir ihnen gut in den Hintern treten."

„Du musst aufhören zu schummeln!", rief Stacy zurück.

Stephanie tänzelte auf sie zu, presste eine Hand auf ihre Brust und setzte ihren empörtesten Gesichtsausdruck auf. „Ich? Schummeln? Niemals."

Das war die reine Wahrheit. Es schien, als hatte sie die Fähigkeiten, die sie sich vor vielen Jahren angeeignet hatte, nicht verloren. Und als sie zum letzten Loch kamen und Blue seinen Putt verfehlte, war Stephanie zur Stelle und warf ihre Scheibe selbstbewusst hinein, ohne auch nur eine Sekunde zum Zielen zu verschwenden.

Del musterte sie neugierig, als er ihr die Hand schüttelte und ihr gratulierte. „Das ist ein ziemlicher Arm, den du da hast."

Stephanie lächelte breit. „Ultimate Frisbee. Fünf Jahre auf dem College."

Ihre Schwester kniff für einen Moment die Augen zusammen. „Im Ernst? Ich dachte nicht, dass die Sportarten was miteinander zu tun haben."

„Viele Fähigkeiten überschneiden sich", sagte Blue mit

einem zustimmenden Nicken. Er legte Stephanie den Arm um die Schultern und zog sie an seine Seite. „Meine Partnerin ist die Beste."

„Danke. Du bist auch ziemlich cool", sagte Stephanie und drückte ihn mit einer Hand um seine Taille an sich.

Etwas Kühles und Erfrischendes wehte über sie, als er ihr in die Augen sah und zwinkerte. Ihr Herz stolperte ein paarmal, und ihre Kehle schnürte sich ein wenig zu. Es war
–

Dann waren sie von einer Masse Kinder, ihrem Manny und dem Rest des Personals der Timberwolf Lodge umringt, die alle rausgekommen waren, um sich die neueste Aktivität anzusehen.

Stacy klatschte und streckte die Hände in die Luft. „Ich habe Chili zum Abendessen geplant. Es gibt keinen Grund, warum wir nicht draußen essen sollten, wenn alle heute Abend noch ein bisschen Discgolf spielen und ein Lagerfeuer machen wollen."

Der fünfjährige Ace kam herbei und zog an der Hand seiner Mutter. „Dixie und Miss Sophie können auch zum Abendessen kommen, ja?"

Stacy tippte ihrem Jüngsten mit der Fingerspitze auf die Nase. „Natürlich." Sie blickte sich um und sah alle um sich Versammelten an. „Wie hört sich das an?"

Alle stimmten begeistert zu, und die Gruppe löste sich in verschiedene Richtungen auf. Blue und Del wurden von den Jungen überrannt, die das neue Spiel lernen wollten. Jace marschierte mit Marvin in die andere Richtung, während Cassidy mit Stacy zurück zur Lodge ging.

Stephanie stand am Waldrand und beobachtete, wie sich alle eifrig der nächsten Sache zuwandten.

Doch ihre Füße waren wie angewurzelt. Ihr Herz raste noch immer, als wäre gerade etwas Seltsames passiert.

Blue war gerade passiert.

Stephanie presste eine Hand auf ihren Hals und spürte den pochenden Rhythmus des Blutes, das durch sie pumpte. Sie holte tief Luft, und sein Duft – schneebedeckte Berge und ein kühl fließender Fluss – erfüllte ihren Kopf, obwohl er jetzt schon ein ganzes Stück entfernt war und Blaze auf seinem Rücken ritt, als wäre Blue ein Pony.

Stephanie war alt genug, um herausgefunden zu haben, wie einige Dinge im Leben funktionierten. Als Teenager war sie nie verrückt nach Jungs (oder Mädchen) gewesen. Sie hatte ihren Freundinnen zugehört, wie sie über ihre Schwärmereien schwadroniert hatten, und es hatte eine Weile gegeben, da hatte sie so getan, also mochte sie diesen oder jenen Typen. Hauptsächlich, um zu verhindern, dass alle ein Geheimnis entdeckten.

Aber für sie hatte „mögen" dieselbe Bedeutung wie ein schönes Gemälde zu mögen oder eine unberührte Landschaft anzustarren. Es war etwas, das man genießen konnte, nicht etwas, das sie für sich selbst wollte. Als würde man einem anderen dabei zusehen, wie er ein fantastisches Essen genießt, aber nie in Versuchung geraten, selbst einen Bissen zu nehmen.

Das erste Mal, dass sie versucht war, einen Bissen zu nehmen, war mit einem guten Freund auf der Highschool gewesen. Tim und sie waren im Theaterteam gewesen und hatten bei den Vorbereitungen für die große jährliche Produktion viel Zeit miteinander verbracht. Zeit, die schließlich vom Aufbau einer Schlafzimmerszene zum Ausprobieren der Bettfedern geführt hatte.

Und ja, es war teilweise um Sex gegangen, aber auch um Verbundenheit. Sex war nur ein Teil davon. Stephanie drehte sich auf der Stelle um und sah Blue nach. Sie stellte sich vor, neben ihm zu stehen oder sich an ihn zu kuscheln, wie sie es auf der Veranda getan hatten. Behaglich. Freunde, die viel übereinander wussten und sich umeinander sorgten. Verbunden –

Oh. Mein. Gott.

Ihr Handy klingelte, und sie tastete danach und drückte auf Annehmen, während ihr Kopf von den Möglichkeiten und Fragen ihrer Erkenntnis überwältigt wurde. „Hey, Angie. Was gibt's?"

„Ich habe einen Anruf von einem der Lieferanten bekommen, den wir schon seit einiger Zeit zu erreichen versucht haben. Er ist auf einer Buschwanderung unterwegs und wollte wissen, wann jemand kommen kann, um die Kunstwerke abzuholen, an denen er gearbeitet hat. Er hat ausdrücklich nach dir gefragt. François irgendwas?"

„Fantastisch. Natürlich können wir sie abholen." Sie konzentrierte sich und wandte den Jungs den Rücken zu, damit sie nicht von ihren vorherigen Gedankenschleifen abgelenkt wurde. „Wir können gleich morgen früh mit einem Truck nach Jasper fahren."

„Er hat die Werke nicht im Laden in Jasper", sagte Angie. „Er hat gesagt, er lässt alles in der Hütte und im Atelier, also musst du kommen und es abholen."

Das war natürlich was anderes. „Aber er lebt oben auf dem Berg."

Am anderen Ende der Leitung kicherte der ältere Wolf. „Es gibt ein paar Berge in der Gegend, Darling. Willst du ein bisschen genauer werden?"

„Das würde ich, wenn ich könnte, aber ich kann nicht", sagte Stephanie, bevor sie schwer seufzte. „Das wird eine größere Aufgabe als erwartet. Ich glaube nicht, dass ich es allein schaffe. Lass mich heute Abend mit den Jungs reden, und wir finden eine Lösung."

„Klingt nach einem Plan. Und, heilige Scheiße,

Mädchen. Ich bin gerade auf seiner Website. Hast du allen Ernstes einen weltberühmten Künstler dazu gebracht, Bilder für die Timberwolf Lodge zu malen?"

„Ich habe seine Arbeit seit Jahren verfolgt. Ich habe ihm eine E-Mail geschickt, als ich zum ersten Mal was von ihm gesehen habe, und seitdem sind wir in Kontakt geblieben."

Angie pfiff leise. „Du hast einen guten Geschmack, was Freunde angeht."

„Das habe ich, Freundin", neckte Stephanie.

Die andere Frau lachte. „Danke, Freundin. Okay, ich sage ihm, dass du die Nachricht bekommen hast, und dich melden wirst."

Sie legte auf, und Stephanie, die jetzt völlig abgelenkt war, verdrängte das Problem mit Blue und dachte über das neue Thema nach. François Andean war sehr großzügig gewesen, als sie ihn wegen Kunst für die Lodge kontaktiert hatte. Das bedeutete, dass sie jetzt einen Weg finden musste, besagtes Kunstwerk in einem Stück aus den Bergen zu schaffen.

Noch ein Abenteuer. Hoffentlich eines, bei dem niemand verletzt werden würde.

Obwohl Chili auf der Speisekarte stand, stand Blue irgendwie am Ende neben dem Grill und sah zu, wie Jace fachmännisch Steaks zubereitete.

„Weil ich dir nicht genug Protein serviere", beschwerte sich Stacy, aber sie lächelte und ging an ihnen vorbei, um zwei große Schüsseln Salat auf den langen Picknicktisch zu stellen, den Blue aufgebaut hatte, damit sie alle zusammen essen konnten.

„Nie genug Protein", stimmte Jace zu. „Keine Sorge. Die sind in ein paar Minuten fertig."

An ihrem Platz am Tisch, Blaze auf der einen und Ace auf der anderen Seite, kicherte Stephanie. „Hast du das Gas überhaupt angezündet? Denn meistens muhen deine Steaks noch, wenn sie auf den Teller kommen."

„Er brät sie perfekt", protestierte Cassidy. „Genau so, wie ich sie mag. Blutig."

Stephanie lehnte sich zurück und warf ihrer besten Freundin einen gequälten Blick zu. „Das ist was, das ich nie an dir verstanden habe. Fast rohes Steak, und trotzdem windest du dich beim bloßen Gedanken an Sushi."

Cassidy schauderte sichtlich.

Die Jungs am Tisch lachten. „Tante Cassidy, Sushi ist lecker", informierte Colt sie.

Sie begegnete seinem Blick. „Sushi ist sehr gut – wenn ich ein Hai wäre."

Sie scherzten weiter, aber Jace stieß Blue an der Schulter an. „Hey. Informationen, die du wissen musst. Del, komm und erzähl Blue, was du mir vorhin gesagt hast."

Del drückte Stacy einen Kuss auf die Schläfe und ließ sie dann am Tisch zurück. Lässig gesellte er sich zu Blue und Jace an den Grill, drehte sich aber so, dass er den Rest der Familie im Blick behalten konnte. „Erinnerst du dich an diesen Dwight-Typen, der behauptet hat, der Bruder des Ex-Mannes meiner Frau zu sein? Der versucht hat, sie wegen einer angeblichen Erbschaft ausfindig zu machen?"

Blue musste nicht daran erinnert werden. Der Vater von Blaze und Ace hatte sich als ein ziemlicher Mistkerl herausgestellt, und Stacy hatte sich vor Jahren von ihm scheiden lassen. Trotzdem war er verschwunden und nicht jemand, mit dem sie wieder Kontakt aufnehmen wollten. Ein mysteriöser Bruder war noch weniger willkommen. „Lebt in der Gegend von Toronto. Das örtliche Rudel hat ihn für uns im Auge behalten, ja?"

„Das örtliche Rudel hat mir eine E-Mail geschickt, dass Dwight irgendwann zwischen gestern Abend und heute Morgen verschwunden ist."

Was zum ...? „Sie haben ihn *verloren?"*

„Es sind zwei Monate vergangen, und in all dieser Zeit hat er einen sehr geregelten Tagesablauf eingehalten. Aber irgendwann zwischen dem Betreten seines Hauses gestern Abend vor achtzehn Uhr und heute Morgen muss er abgehauen sein." Jace senkte seine Stimme, um sicherzustellen, dass die plaudernde, lachende Gruppe am Tisch ihn nicht hören konnte. „Als er nicht wie üblich um halb acht aus dem Haus gekommen ist, ist jemand gegangen und hat das Haus überprüft. Da waren keine persönlichen Habseligkeiten drin. Nur Möbel und Geschirr waren noch da."

Blues Verwirrung wuchs. „Wie packt jemand all seine Sachen zusammen und geht, ohne dass die Leute, die ihn beobachten, mitbekommen, was los ist?" Wut flammte in ihm auf. „Ist jemand aus dem Rudel bestochen worden, damit er entkommen konnte?"

Del schüttelte den Kopf. „Das war das Erste, woran ich gedacht habe, aber ich habe ihren Alpha in letzter Zeit kennengelernt, und er sagt, er hätte jeden persönlich befragt. Keiner von ihnen hat was getan, das er nicht hätte tun sollen."

Das waren keine guten Nachrichten. Bis jetzt war der mysteriöse Dwight ein potentielles Problem gewesen. Er hatte eine E-Mail geschickt, um Informationen über Stacy zu finden, aber es war nicht so gewesen, dass es nicht auch einfach ein Zufall hätte sein können.

Sein Verschwinden machte das Ganze jedoch zu einer großen Sache.

Jace nahm die perfekt gebratenen Steaks vom Grill und stapelte sie auf einem Teller. „Wir können im Moment nicht viel mehr tun, aber wir wollten, dass du es weißt. Wir werden hier für alle Fälle die Sicherheitsmaßnahmen erhöhen."

„Du und Del, kümmert euch darum. Ich muss noch über ein paar andere Dinge nachdenken. Ich werde euch wissen lassen, ob es klappt." Denn er hatte Kontakte, die ihnen einen weiteren Ansatzpunkt verschaffen könnten.

Als sie sich mit den anderen an den Tisch setzten, verdrängte Blue seine Sorge und konzentrierte sich auf das Gefühl von Familie. Das Gefühl der Einheit.

Es war nicht nur, hier in der Timberwolf Lodge zu sein. Es waren die Menschen, und nachdem die letzten Spannungen zwischen ihm und Del verschwunden waren, waren sie wirklich seine Familie.

Er begegnete Stephanies Blick über den Tisch hinweg und lächelte.

Sie blinzelte und geriet dann in ihrem Gespräch mit ihrem ältesten Neffen ins Stocken. Während sie Colt zuhörte, warf sie immer wieder einen Blick zu Blue hinüber und ...

Wurde sie rot?

In seinem Innern wedelte sein Wolf mit dem Schwanz. Nur einmal, was gut war, denn es war ein sehr seltsames Gefühl, wenn man bedachte, dass Blue in menschlicher Gestalt war und gerade auf seinem Hintern saß. Aber trotzdem, irgendetwas war im Gange.

Oh, wenn er es doch nur wissen könnte! Normalerweise hatte er ein inneres Gespür dafür, was los war, aber das war eingefroren, wann immer es um

Stephanie ging. Also tat Blue, was er normalerweise tat, wenn er nichts anderes zu tun hatte: Er genoss die Zeit mit seiner Familie. Er lauschte den fröhlichen Stimmen, während seine Rudelkameraden die Bindungen untereinander stärker und intensiver machten.

Und er wartete und beobachtete, denn etwas – nichts Bestimmtes, das er hätte benennen können, aber er war sich immer noch bewusst genug, um es zu wissen – hatte begonnen, sich zu ändern.

Sie hatten es halb durch die Wüste geschafft, als Stephanie sich aufsetzte. „Mist. Ich kann nicht glauben, dass ich vergessen habe, vorhin was zu sagen. Jace", sie drehte sich zu ihm um, „weißt du noch, dass ich Kunst für die Lodge bestellt habe? Angie hat mir heute gesagt, dass es abholbereit ist."

„Gute Neuigkeiten. Ich kann kaum erwarten zu sehen, was er für uns gemacht hat", sagte Cassidy begeistert.

„Ich auch, aber es gibt eine Komplikation. Wir müssen in sein Studio gehen, um es abzuholen."

Del stieß einen Pfiff aus. „Du hast eine Einladung in sein Studio bekommen? Das passiert nie."

Stephanie zuckte mit den Schultern. „Er wird nicht da sein, aber ich nehme an, das ist nicht die Art von Ort, an die ich mit dem SUV fahren kann."

Jace schüttelte den Kopf. „Blues Jeep wäre besser. Das wird allerdings eine verdammt lange Fahrt."

„Und eine langsame Fahrt, es sei denn, er hat noch nichts aufgespannt und alles ist in Transportröhren", bemerkte Blue.

Stephanie verzog das Gesicht. „Die speziellen Rahmen sind irgendwie Teil des Bildes."

Blue hob die Hände in die Luft. „Dann lässt sich das nicht ändern. Wann können wir losmachen?"

Sie überlegte. „Wahrscheinlich besser früher als später. In den nächsten Tagen ist nicht viel los."

„Du musst am Donnerstag hier sein", erinnerte Del Blue. „Wir werden von den Teenagern des Rudels überfallen, und deine Anwesenheit wird bei all dem Drama sehr helfen."

Cassidy winkte ab. „Wir werden einfach Stacy auf sie hetzen."

Stacy rümpfte die Nase. „Sie sind eine nette Gruppe junger Erwachsener mit einer ordentlichen Portion Zukunftsangst und aufflackernden Wolfshormonen. Also ja, Blue, du musst hier sein."

„Morgen früh dann?" Blue warf einen Blick in den Kalender auf seinem Handy, um sicherzugehen, nickte dann aber, als er Stephanies Blick begegnete. „Es gibt aber ein paar Dinge, die ich heute Abend erledigen muss, und wir werden die Massage auf einen späteren Zeitpunkt verschieben müssen. Ich werde um fünf bereit sein, loszufahren."

Ihr blieb der Mund offenstehen. „Okay."

Er lachte. „Die Fahrt hoch zu François' Studio dauert gut zwei Stunden. Wenn wir supervorsichtig sind, dürfte die Rückfahrt noch eine Stunde länger dauern. Und ich weiß nicht, was wir alles einladen müssen, also kann ich nicht sagen, wie lange das dauern wird."

„Logisch."

Über den Tisch hinweg begegnete Blaze Blues Blick. „Onkel Blue? Weißt du, wann die Frösche aufstehen?"

Er beugte sich über den Tisch nach vorn. „Nein. Wann stehen sie auf?"

„Beim ersten Quaken in der Morgendämmerung", verkündete Blaze fröhlich.

Stephanie lachte und zerzauste dann Blaze' Haar. „Es

ist schön zu sehen, dass du es mit den Wolfswitzen gut sein lässt. Alle Komiker brauchen ein abgerundetes Repertoire."

„Das hat Mama auch gesagt."

Stephanie begegnete dem Blick ihrer Schwester und zwinkerte. „Kluge Mama." Sie drehte sich wieder zu Blue um. „Dann werden wir es wohl wie die Frösche machen. Ich werde auf jeden Fall gleich ins Auto springen, sobald du da bist."

4

———

Es war noch früh genug, um sich damit herauszureden, dass sie zu müde zum Reden war, dachte Stephanie. Diese kleine Blase verwirrender Emotionen hing zwischen ihrem Herzen und ihrem Rachen und machte sie seltsam sprachlos.

Gott sei Dank gab es genug andere Dinge, die sie beschäftigten, als Blue von der Hauptstraße außerhalb von Jasper auf eine schmale, aber immer noch asphaltierte Straße abbog.

Das war etwas, worüber sie sicher reden konnte. „Das scheint keine allzu schlechte Straße zu sein."

Blue saß entspannt hinter dem Lenkrad, eine Hand ruhte auf zwei Uhr und mit der anderen hielt er den Kaffee, den Stacy für sie gemacht hatte. „Genieß es, denn bald werden wir genau herausfinden, wie gut deine Füllungen sitzen."

Stephanie grinste. „Keine Füllungen."

„Wirklich?"

„Stephanie demonstriert eine ausgezeichnete Mundhygiene." Sie sagte es, als würde sie eine ältere und kultiviertere Person zitieren, aber dann ruinierte sie es, indem sie kicherte. „Außerdem hat mir eine Dentalhygienikerin gesagt, dass ich einen außergewöhnlich harten Zahnschmelz habe und dass ich wahrscheinlich nie Probleme haben werde, es sei denn, ich fange an, Löcher in meine Zähne zu bohren."

„Wölfe haben auch eine ausgezeichnete Mundhygiene, aber das liegt daran, dass die Magie des Hin- und Herwandelns sich anscheinend um ganz normale Dinge wie Zahnfleischerkrankungen kümmert und –" Er hielt plötzlich inne. „Sprechen wir wirklich über Zähne und Zahnfleisch?"

„Du hast angefangen", sagte Stephanie schmunzelnd. „Außerdem finde ich es faszinierend. Ich habe so viele Fragen zum Leben als Werwolf, aber es kommt mir so unpersönlich vor, eine Art Biologie-Grundkurs zu verlangen. Ich mag es, wenn du kleine Informationshäppchen mit mir teilst."

Blues Gesichtsausdruck wurde ernst. „Ich nehme an, du bist in einer etwas anderen Situation als deine Freundinnen. Daran hatte ich gar nicht gedacht."

Auch Stephanie war das bis jetzt noch nicht wirklich klar geworden. „Cassidy kann Jace Dinge fragen, wenn sie zur Sprache kommen. Und Stacy hat eine Menge von Del gelernt, besonders, weil er Colt beigebracht hat, wie es ist, ein Wolf zu sein, nachdem er sich jahrelang allein durchgewurstelt hat."

„Du kannst mich immer alles fragen."

Es waren nicht die Worte, es war die Art, wie er es sagte. Als wäre es nicht nur ein beiläufiges „Hey, hast du eine Frage? Lass mich dir dabei helfen" gewesen. Intensiver.

Mehr –

Stephanie drehte sich auf ihrem Sitz um. Sie betrachtete sein Gesicht, während die kleine Blase in ihr den ganzen Weg bis zu ihrem Bauch hüpfte und anfing, einen schnellen Tanz aufzuführen. Sie mochte Blue.

Sie. *Mochte*. Blue.

Sein Blick war immer noch auf die Straße gerichtet, während sie sich den Berghang hinauf schlängelten. Es war nicht die Art von bequemem Fahren, bei dem man plaudern und seine Aufmerksamkeit überall haben konnte, aber obwohl sein Blick geradeaus gerichtet war, hatte Stephanie irgendwie das Gefühl, als wäre er ganz auf sie eingestellt. Vielleicht war er sich sogar des brodelnden Gefühls bewusst, mit dem sie nicht richtig umgehen konnte.

Sie drehte sich um, um ebenfalls geradeaus zu blicken. Denn selbst als ihr klar wurde, dass sich vielleicht Dinge in ihr geändert hatten, hatte sich, was diesen Mann betraf, nicht wirklich etwas geändert. Er war —

Er war ein guter Mann. Sie konnte es nicht anders ausdrücken, und sie wusste, dass die Semantik falsch war, weil er nicht wirklich ein *Mann* war.

Aber trotzdem war er immer für alle da. Ein Fels in der Brandung und unbeschwert und einfach ehrlich und freundlich. Und sie würde nicht versuchen, sich auf jemanden einzulassen – was auch immer *das* bedeuten mochte –, der so gut und solide und wunderbar war, wenn sie wusste, was sie war.

Das gerade *Gegenteil* von wunderbar, egal, wie sehr sie sich hinter einer lebhaften Fassade versteckte. Der Fleck auf ihren Händen war der Beweis für ihre innere Schlechtigkeit.

Blue deutete nach vorn. „Nach der Sache mit den Zähnen ... hier biegen wir ab. Wir werden jetzt einen kurzen Boxenstopp einlegen, meine Blase muss leer sein, egal, wie lange der nächste Teil der Fahrt dauert."

Er fuhr an den Straßenrand, und sie verschwanden zwischen den Bäumen zu beiden Seiten des Trucks. Das war eine gute Idee, dachte Stephanie.

Zehn Minuten später war sie unendlich dankbar, dass er die Voraussicht gehabt hatte, die Pause vorzuschlagen. Sie umklammerte den verdammten Griff über ihrem Kopf, stützte sich mit einer Hand auf der Mittelkonsole ab, und obwohl Blue sich langsam auf der Straße vorwärts bewegte, fühlte sie sich immer noch, als wäre sie in einem Steinmühlenkessel. „Diese Straße ergibt keinen Sinn."

„Wenn man bedenkt, dass dein Künstler den Kontakt mit der Öffentlichkeit absolut hasst, ergibt diese Straße sehr viel Sinn", versicherte Blue ihr.

„Wie bekommt er sein Material da hoch? Bringt er sie in Katzengestalt her? Ich bezweifle, dass er regelmäßig Leinwände und Holzrahmen diese Straße hinaufschleppt", beschwerte sie sich.

Blue lachte leise. „Du sprichst von François Andean. Wahrscheinlich lässt er, was immer er braucht, mit dem Hubschrauber einfliegen."

„Oh. Stimmt." Sie seufzte. „Zu schade, dass mein Budget nicht dafür reicht, die Bilder mit dem Hubschrauber auszufliegen."

„Zu schade", stimmte Blue zu. Er lenkte die Vorderräder um ein weiteres riesiges Schlagloch herum und zuckte dann mit den Achseln. „Es ist schon eine Weile her, aber ich meine, mich zu erinnern, dass manche Abschnitte besser sind. Als ob er Teile fast wegspülen lässt, um Besucher abzuschrecken. Die anderen Abschnitte sind nur schlecht, nicht grottenschlecht."

Stephanie war erschöpft, als sie den ersten Blick auf die

Hütte vor ihnen erhaschten. Sich in dem ständig schwankenden und hüpfenden Fahrzeug festzuhalten, hatte jeden einzelnen Muskel ihres Körpers beansprucht. „Ich werde eine Massage brauchen, wenn wir den Hügel runter sind.“

„Da kann ich helfen“, sagte Blue beiläufig, hob einen Finger und zeigte. „Wir müssen den Bach überqueren, dann können wir auf festem Boden stehen.“

Er bahnte sich langsam seinen Weg durch das fließende Wasser. Stephanie kurbelte das Fenster herunter und starrte erstaunt, als die Trittbretter kurz unter Wasser waren, bevor der Jeep wieder auf trockenem Land ankam.

Blue hielt vor dem größeren, Gebäude an, das wie eine Scheune aussah. Stephanie öffnete vorsichtig ihre Tür und stieg aus, stöhnend, als ihre Füße den Boden berührten. „Ist das ein Erdbeben? Zittert die Welt?“

Blue kam vorsichtig um den Jeep herum und grinste, während er genauso vorsichtige Schritte machte. „Glaub mir, mein Wolf ist gerade extrem angepisst mit mir. Er kann nicht verstehen, warum irgendjemand diese Fahrt machen wollen könnte, wenn wir einfach hätten laufen können.“

Stephanie stand mit einer Hand an der Tür und wartete, bis sich ihre Beine nicht mehr wie Gummi anfühlten. „Frag deinen Wolf, wie er vorhatte, ein Dutzend Gemälde den Berg runter zu bringen. So holprig es auch war, Gott sei Dank haben wir den Jeep.“

Sie standen einen Moment lang still. Stephanie starrte bewundernd auf die Berggipfel, die sich um sie herum erhoben. Die Scheune und die Hütte waren aus Holzstämmen gebaut und wunderbar in den uralten Wald eingebettet. Der Duft des Herbsts umgab sie, und hier und da auf der Wiese waren Lärchen, die sich gelb verfärbten. Die Berggipfel links hielten dicke, dunkle Wolken zurück, aber direkt über ihrem Kopf war der Himmel eine Mischung aus strahlendem Blau und bauschigem Weiß. Es war ein erstaunlicher Ort, wenn auch extrem abgelegen.

Himmelwärts zog ein Weißkopfseeadler träge seine Kreise, die Flügel ausgebreitet, während er auf den Luftströmungen schwebte. Ein einsamer Wächter, der sein Reich überblickte.

Sie senkte den Blick und sah, dass Blue sie beobachtete. Die Blase in ihrem Bauch wurde wieder aktiv und hüpfte in der Mitte ihrer Brust auf und ab. Sie wusste vielleicht nicht alles, was vor sich ging, und sie war vielleicht nicht in der Lage, auf das seltsame, wunderbare Gefühl zu reagieren, das in ihr aufkam, aber so viel wusste sie. So viel musste sie teilen. „Ich bin froh, dass du derjenige bist, der mich hierher gebracht hat.“

BALD. *Bald. Bald.* Sein Wolf flüsterte die Worte mit voller Überzeugung.

Blue überlegte, ob er um mehr Informationen bitten sollte, aber wichtiger war der Moment. Die Freude in Stephanies Augen, als sie seinem Blick begegnete.

„Ich bin froh, dass ich diese Dinge mit dir machen kann“, antwortete er.

Stephanie streckte die Arme zur Seite aus und drehte sich im Kreis, den Kopf in den Nacken gelegt, dem Himmel zu, und er beobachtete sie, während sein Blick über ihre üppigen Kurven und ihr glückliches Gesicht glitt.

Okay, es war blöd, die Gefährtenbindung nicht ansprechen zu können, aber es bereitete ihm auch Freude zu wissen, dass er diese wunderbare Frau eines Tages – vielleicht schon bald – schätzen und lieben würde.

Im Moment war es am besten, die Zeit mit ihr einfach zu genießen. Blue streckte die Arme nach beiden Seiten aus und machte dasselbe. Zuerst bewegte er sich langsam, dann schneller, bis er wie ein Derwisch herumwirbelte. Sein Wolf, der nicht still sein konnte, mischte sich ein. Ein Heulen drang aus seiner menschlichen Kehle, das in den Ohren seines Wolfes schwach klang, aber egal. Es machte Spaß, also machte er es nochmal.

Als er über seine Füße stolperte und zu Boden ging, lachte Stephanie und eilte zu ihm, um ihm aufzuhelfen. „Das nächste Mal solltest du dich vielleicht nicht ganz so schnell drehen."

Blue lachte. „Du gehst davon aus, dass es ein nächstes Mal geben wird."

„Es gibt immer ein nächstes Mal", sagte Stephanie ernst. Dann rieb sie ihre Hände und neigte den Kopf zum Haus. „Sollen wir nachsehen gehen, ob mein Künstler da ist?"

Wie sich herausstellte, war François schon weg. Er hatte eine Nachricht mit einem Küchenmesser an der Eingangstür hinterlassen.

Stephanie, tut mir leid, dass ich dir nicht helfen kann, aber mein Puma musste laufen. Die Bilder sind auf dem Esstisch, und die größeren Leinwände sind im Atelier. Da ich nicht wusste, mit welchem Fahrzeug du kommen würdest, habe ich sie nicht verpackt, aber was du brauchst, ist da. Benutz' so viel Klebeband und Karton wie du brauchst.

Im Kühlschrank sind Lebensmittel. Wenn ich so kühn sein darf, dich zu bitten, alles mitzunehmen, was schlecht werden könnte, wenn du gehst? Denn das bedeutet weniger Chaos, wenn ich zurückkomme.

Wenn ich zurück bin, komme ich zur Lodge, um zu sehen, wo du meine Arbeit aufgehängt hast, damit andere sie genießen können.

Ich habe noch ein weiteres Bild als Geschenk für dich gemalt. Das ist eingepackt. Geschenke sollten immer eingepackt sein, findest du nicht? Das Auspacken macht so viel Spaß.

Blue drückte gegen die Tür der Hütte, und sie ließ sich leicht öffnen. Er holte tief Luft, schnupperte, roch aber nichts außer der verblassenden Duftspur eines männlichen Pumas.

Blue trat zurück, um Stephanie vor sich eintreten zu lassen.

Wie in vielen Berghütten herrschte im Inneren eine interessante Mischung aus Dunkelheit und Licht. Das Holz war zu einem tiefen Honiggold gealtert, und da es in diesem ersten Teil der Hütte nur wenige Fenster gab, drang das Tageslicht kaum in die hintersten Ecken.

Neben der Tür war eine ordentliche Reihe von Haken mit einem Schuhregal darunter. Links war ein Küchenbereich mit einer Spüle vor dem kleinen Fenster, endlosen Arbeitsflächen und einer großen Kücheninsel. Alles ordentlich in einem fünf Mal fünf Meter großen Raum untergebracht.

„Nicht schlecht für eine rustikale Hütte", sagte Blue.

Stephanie ging durch den Raum zur Türöffnung am Ende der Küche und stieß einen leisen Pfiff aus. „Wow. Von wegen rustikale Hütte."

Blue trat zu ihr und bemühte sich, nicht auf ihren Po zu starren, der genau vor ihm war, praktischerweise in Griffhöhe. Und dann schweifte sein Blick über den Raum, der sich dahinter auftat, und er pfiff genau wie sie. „Heilige Scheiße. Das ist spektakulär."

Als ob der Eingang und die Küche eine falsche Fassade waren, die das gute alte rustikale Hüttenthema spielten, stellte dieser Raum das auf den Kopf und wand sich von spektakulär zu atemberaubend.

Zum Teil lag es an der Aussicht. Die gegenüberliegende Wand des Raumes, die gut acht Meter von dort entfernt war, wo sie standen, bestand fast vollständig aus Glas. Holzbalken reichten als Stützen vom Boden bis zur hohen Decke, doch zwischen jedem von ihnen waren verschiedene Glaselemente. Verschiedene Größen, verschiedene Formen. Einige waren mit Buntglasmosaiken ausgefüllt. Die Wirkung war durchweg atemberaubend und lichtdurchflutet.

Das Licht fiel auf einen schweren Esstisch und einen Kamin an der Nordwand, der aus großen Flusssteinen bestand. Der Kaminsims sah aus wie ein halbes Brett aus einem der Waldriesen. Zwei bequeme Ledersessel standen auf beiden Seiten eines Ledersofas direkt vor dem Kamin, und an der gegenüberliegenden Wand war eine Reihe von Bücherregalen mit Literatur und Nippes und einigen Werken des Künstlers.

Stephanie ging wie benommen weiter, ließ ihre Finger über die Möbel gleiten, bis sie am Fenster stehen blieb und ins Tal hinunterstarrte. „Wie ist das überhaupt möglich? Ich weiß, dass wir den Berg raufgekommen sind, und ich habe links noch einen Gipfel gesehen, aber diese Aussicht hatte ich von dort, wo wir den Jeep geparkt haben, nicht."

„Lage ist alles." Blue war gleichermaßen erstaunt und beeindruckt. „Östlich von da, wo wir geparkt haben, ist ein Wald. Irgendwie hat der den Bergrücken verdeckt, den wir jetzt sehen."

Das Haus lag genau in der Mitte einer schmalen Hochebene, mit dem Gipfel links und einem weiteren rechts in der Ferne. Unter ihnen erstreckte sich ein tiefes, wunderschönes, von Bäumen gesäumtes Tal, das steil abfiel und dann wieder anstieg. Ein schwaches Funkeln am Fuße des Tals ließ vermuten, dass ein Fluss sich hindurchwand.

Stephanie lehnte sich an Blues Seite, ihr Kopf lag auf seiner Schulter. „Ich bin so froh, dass wir so früh aufgestanden sind, denn ich habe das Gefühl, dieser Anblick wird mich ablenken. Ich habe mir noch nicht einmal die Bilder angesehen, die François für uns gemalt hat."

Blue legte eine Hand leicht auf ihre Taille und drückte sie an sich, weil es sich so richtig anfühlte. „Wir haben Zeit", versicherte er ihr. „Außerdem kann ich mir vorstellen, dass François kein Problem damit hat, wenn du ab und zu mal vorbeikommst. Nicht, wenn er dir Geschenke macht."

Er war sich nicht ganz sicher, was er davon halten sollte. Einen Anflug von Eifersucht rang er sofort nieder. Stephanie brauchte Freunde in ihrem Leben, und genau das war François. Ein Freund.

Er hoffte, dass der Mann sich auch nicht mehr dabei dachte, sonst würde es in Zukunft zu einem sehr strengen Treffen zwischen Blues Wolf und François' Puma kommen.

Sie trat zurück, den Blick noch immer aus dem Fenster gerichtet. „Okay. Sehen wir uns an, was er hier hat, und dann gehen wir ins Atelier und sehen uns die Gemälde dort an. Ich habe drei große und ein halbes Dutzend kleine bis mittelgroße Werke bestellt. Du kannst mir helfen, zu entscheiden, wie wir sie verpacken sollen, damit sie in den Jeep passen."

„Klingt nach einem Plan."

Sie gingen zusammen zum Esstisch. „François hat nur

einen Stuhl am Tisch", sagte Stephanie mit einem Anflug von Traurigkeit in der Stimme. „Ich wusste, dass er ein Einzelgänger ist, aber das scheint extrem."

„Puma-Wandler mögen normalerweise ihren Freiraum", bemerkte Blue. Er blieb am Tisch stehen und senkte den Blick. „Wow. Schau dir die an. Vielleicht ist er eine Art Zauberer *und* Wandler. Diese Bilder sind unglaublich!"

Stephanie beugte sich über den Tisch und berührte ehrfürchtig den Rahmen des Gemäldes vor sich. „Er hat Tannenzapfenstücke benutzt, um das Fell des Wolfs hier dreidimensional zu machen. Und er hat die Farbe des Berges im Hintergrund irgendwie übereinander geschichtet, sodass es aussieht, als wäre es ein Foto."

„Mixed Media, und viel von dem, was er benutzt, ist, was er in der Natur findet. Er ist wirklich ein Meister." Blue musterte den Rest der Bilder auf dem Tisch. „Ich glaube, François mag dich wirklich. Du hast um ein halbes Dutzend Gemälde gebeten, und er hat dir zwölf gemacht."

Stephanie zählte: „Vier Landschaften, vier Tierszenen und vier Flüsse. Sie sind alle wunderschön." Sie strahlte Blue an und ergriff seine Hand. „Komm. Ich kann kaum erwarten zu sehen, was er mit den großen Leinwänden gemacht hat."

Er ging mit ihr zur Tür und stieß gegen ihren Rücken, als sie auf der Veranda stehenblieb. Sie sahen beide hinauf zu den westlichen Bergen, wo sich die Wolken am Kamm getürmt hatten, als würden sie davon zurückgehalten.

Nur, dass sie nicht mehr zurückgehalten wurden. Der Wind hatte aufgefrischt und trieb die bedrohlichen, schwarzen Gewitterwolken mit einer Geschwindigkeit über die Wiese, die einem Katastrophenfilm alle Ehre machen würde.

„Oh-oh. Das sieht nicht gut aus", sagte Stephanie, als ein silberblauer Blitz über den Himmel schoss.

„Ein plötzliches Gewitter. Wir werden gleich eine ganze Menge Regen kriegen", bemerkte Blue.

Dass die Temperatur rapide gefallen war, brauchte er nicht zu erwähnen. Der Wind wurde eisig, als er warnend in ihr Gesicht wehte.

Blue kannte diese Berge. Wusste, was ein plötzlicher Sturm zu dieser Jahreszeit anrichten konnte. Ihre Chancen, heute vom Berg zu kommen, waren gerade gegen null geschrumpft.

5

———

*D*as Grollen des Donners ließ die Luft über ihnen erzittern, und Stephanie fröstelte.

Mit dem Blitz waren Erinnerungen gekommen. Ein schneeweißes Gesicht mit starrenden Augen. Überall spritzte purpurrotes Blut – so viel Blut. Ihre Handflächen juckten, und sie rieb sich die Hände, als ein weiteres ohrenbetäubendes Geräusch den Himmel zerriss.

Sie verdrängte den Alptraum und fluchte leise. „Wenn wir jetzt losfahren, schaffen wir es dann rechtzeitig den Berg runter?"

Blue musste nicht antworten, das tat der Himmel für ihn. Zwischen einem Atemzug und dem nächsten platzten große, schwere Regentropfen wie langsames Hämmern auf die Terrasse zu ihren Füßen.

Er zog sie an sich, zurück unter den Dachüberhang. „So können wir nicht fahren. Manche Abschnitte der Straße werden vom Schlamm glitschig, und andere sind so instabil, dass sie einfach wegrutschen und uns mitreißen könnten."

Ein weiterer Blitz erhellte den Himmel, das Brüllen in der Luft dröhnte einen Augenblick später. Die Veranda bebte unter ihren Füßen, und der scharfe, unangenehme Geruch von Ozon stieg ihr in die Nase.

Eine starke Hand auf ihrem Arm führte sie zurück in die Hütte. Blue drückte zu, bevor er losließ. „Der Sturm ist direkt über uns. Lass uns reingehen und weg von den Fenstern und dem Kamin."

„Der Kamin?" Sie eilte ihm hinterher, als er zurück in den riesigen Wohnraum ging. „Wirklich?"

„Wenn die Hütte gut gebaut ist, was wahrscheinlich der Fall ist, brauchen wir uns keine Sorgen zu machen." Er deutete auf die Seitenwand und eine Tür, die ihr bisher gar nicht aufgefallen war. Eine Treppe führte in die Dunkelheit. Blue betätigte einen Schalter, um Licht zu finden, und führte sie dann nach unten, wobei er weitersprach. „Eine alte Hütte, in der ich mal übernachtet habe, ist nach einem Blitzeinschlag in Flammen aufgegangen. Der Bergmann, der sie gebaut hat, hatte Schrott aus dem Fluss benutzt. Darunter ein schönes Stück Metall, das er als Eckstein verwendet hat. Es ging den ganzen Weg von der Spitze des Schornsteins bis zum Boden der Hütte, und als der Blitz eingeschlagen ist, Puff!"

„Bratwölfe?"

„Keine Opfer, aber versengtes Fell hat keinen angenehmen Geruch, das kann ich dir sagen." Blue blieb am unteren Treppenabsatz stehen und holte tief Luft. „Genau wie ich dachte. Die Schlafzimmer sind hier unten."

„Es ist so still", bemerkte Stephanie. „Ist der Sturm so schnell weitergezogen?"

„Dein Freund hat in den Berg gebaut. Wir sind hier größtenteils unter der Erde. Glaub mir, da draußen gießt es immer noch aus Eimern." Blue betätigte einen weiteren Schalter und pfiff dann.

Zu ihrer Linken war ein langer Flur. Stephanie zählte

vier Türen, die alle weit auseinander lagen. „Das sind eine Menge Schlafzimmer für einen Einzelgänger."

Blue öffnete die nächste Tür, betrat das Zimmer aber nicht. „Das hier ist François' Schlafzimmer. Schöne Aussicht – dieselbe wie vom Wohnzimmer, nur tiefer –, und daneben ist ein Badezimmer."

„Lass uns nicht reingehen", sagte Stephanie schnell. „Nicht nötig, und ihm würde unser Geruch dort wahrscheinlich auch nicht gefallen."

Sie ging zur nächsten Tür und spähte hinein. „Waschküche. Nichts Übertriebenes, aber effizient. Frontlader zum Waschen und Trocknen, Platz zum Aufhängen und Trocknen. Großes Waschbecken."

„Unser Junge mag seine Annehmlichkeiten." Blue war an der nächsten Tür, und diesmal lachte er amüsiert. „Oh, er mag seine Annehmlichkeiten sehr."

Sie spähte über Blues Schulter. „Ein Weinkeller? Sieht aus, als gehörte der in ein altes Schloss!"

„Keine Fenster, temperaturgeregelt ..." Blue ging hinein und spähte auf eines der staubigen Regale, auf denen Flaschen lagerten. „Mit dem Schloss hast du recht. Ich muss diesen Mann unbedingt kennenlernen. Ich glaube, wir werden beste Freunde. Er ist ein künstlerisches Genie, und sein Geschmack in Sachen Alkohol ist unglaublich."

Stephanie versetzte Blue einen Klaps auf die Finger, als er nach einer Flasche griff. „Nicht anfassen. Er würde es riechen, schon vergessen?"

Blue verzog das Gesicht. „Ich meinte, wir sollten unseren Geruch nicht in sein Schlafzimmer tragen. Aber wir werden hier locker 24 Stunden festsitzen. Ich werde auf jeden Fall eine Flasche Wein anfassen. Eine, die zu dem Essen passt, das wir aus dem, was wir in seinem Kühlschrank finden, machen werden."

„Hoffen wir, dass mehr als ein Glas Gurken im Kühlschrank ist." Stephanie betrachtete die Wand. „Okay, aber ich werde die Flasche, die du nimmst, ersetzen, also übertreib es nicht."

„Ich lade dich ein." Blue schenkte ihr ein Lächeln, das die Schmetterlinge aus einem anderen Grund als dem Sturm zum Zittern brachte. „Letzte Tür."

Es musste kein Schlafzimmer sein, schließlich war er ein Einzelgänger. „Ich wette, es ist ein Fitnessstudio", vermutete Stephanie, als sie sich der Tür näherten.

Blue schnaubte. „Um was wettest du? Weil das absolut kein Fitnessstudio ist. Der Typ hat den ganzen Berg vor seiner Tür, und er ist ein Puma. Es ist ein Schlafzimmer."

„Der Verlierer muss dem Gewinner eine Fußmassage geben", schlug Stephanie vor und streckte Blue ihre Hand entgegen.

Er nahm sie sofort. „Abgemacht. Meine Füße könnten ein bisschen liebevolle Zuwendung vertragen."

Sie schüttelten einander die Hände, dann stieß sie die Tür auf.

Vom Boden bis zur Decke reichende Fenster boten wieder einmal einen Ausblick, und Stephanie war von der Ablenkung fasziniert. „Sieh dir das an", sagte sie mit einem ehrfürchtigen Flüstern und ging in den Raum, als würde sie von einem Magneten angezogen.

Der Sturm tobte, Regentropfen prasselten gegen das Fenster. Der Himmel war schwarz und grau, es war ehrfurchtgebietend und erstaunlich und ...

Hinter ihr erklang ein gequältes Lachen, ein halbes Schnauben, fast ein Kichern. Sie drehte sich auf der Stelle um und sah Blue, der konzentriert an die Decke starrte, seine Schultern zitterten, Tränen strömten ihm über die Wangen.

„Geht es dir gut?", fragte sie, verließ den Blick und kehrte schnell zu ihm zurück.

Er konnte nicht sprechen und schien außer ein paar keuchenden Atemzügen kaum zu atmen. Er hob eine Hand und deutete von dem Fenster, das ihre Aufmerksamkeit erregt hatte, in die Mitte des Zimmers.

Ein Bett nahm die Mitte des Raums ein. Dunkelrote Laken unter reinweißen Bezügen und hoch aufgetürmte Kissen. Sehr opulent, sehr rund.

Blue richtete seinen zitternden Zeigefinger zur Decke, um sicherzugehen, dass sie die Spiegel nicht übersah.

Verdammt! Da war ihre Wette hin.

„Okay, es ist also ein Schlafzimmer." Stephs Blick schweifte weiter, aber sie klopfte Blue auf den Rücken, weil er immer noch nicht richtig atmete. „Ich weiß nicht, warum du so weitermachst. Ich bin sicher, es gibt eine Regel, dass jede Berghütte ein riesiges rundes Bett mit einem Spiegel darüber haben muss. Und ...", sie stockte. „Warum ist da drüben ein riesiger Holzrahmen mit einem X drin? Und ist das eine ..."

Blue bog sich vor Lachen und hielt sich den Bauch. „Ein Sadomaso-Bock? Ich glaube schon. Und ich glaube, das ist der Haken für eine Schaukel – eine Du-weißt-schon-was-Schaukel."

Das konnte nicht sein. Ihr Online-Freund hatte nie etwas angedeutet, was auf ungewöhnliche Vorlieben hindeutete. „Er hat einen Sexkerker in seiner Hütte."

Zu ihren Füßen rollte sich Blue auf die Seite und setzte sich hin. Sein Grinsen blieb riesig. „Er hat einen Sexkerker."

Sie sah sich neugierig um. „Ich war noch nie an einem Ort wie diesem – hatte nie das Verlangen danach. Trotzdem, das bedeutet, ich habe gewonnen."

Blue stand auf. „Was? Es ist eher ein Schlafzimmer als ein Fitnessstudio.“

„Du hast gesagt, es ist ein Kerker. Kerker, Fitnessstudio, für mich dasselbe“, sagte Stephanie steif.

Er überlegte und nickte dann mit Belustigung im Gesicht. „So betrachtet, hast du recht.“

BLUE HIELT DAS LACHEN FEST, solange er konnte, denn das war viel sicherer, als seiner Fantasie freien Lauf zu lassen.

Nach drei Monaten des Wartens hatte er eine sehr rege Fantasie. Ein perfektes Bild von diesem dekadenten, sinnlichen Bett mit Stephanie, die ausgestreckt darauf lag, das Haar über die Schultern und sonst nichts, das sie bedeckte, blitzte in seinem Kopf auf.

Oder wie sie am Andreaskreuz lehnte. Er stand nicht auf Hardcore-Dominanzspiele, aber verdammt, sie würde großartig aussehen, wenn sie mit ausgestreckten Armen und Beinen dastand, mit Hitze in den Augen, während sie darauf wartete, dass er sie bis zur Ekstase brachte.

Er klatschte in die Hände, um nicht nach ihr zu greifen und sie an sich zu ziehen. „Ich bin am Verhungern.“

Die Wahrheit, nur dass er nicht Essen meinte.

„Denkst du, es ist sicher, nach oben zu gehen?“, fragte Steph und folgte ihm aus dem Zimmer, nah genug, dass ihre Hitze ihn überkam.

Sicherer, als in Sichtweite dieses Betts zu bleiben. „Wir werden vorsichtig sein. Wir müssen uns wirklich die Vorratssituation ansehen, also die Reste im Kühlschrank und die Vorratsregale. Wir könnten eine Weile festsitzen.“

„Ich bin froh, dass wir zusammen hier sind. Stace und

Cassidy werden sich keine Sorgen machen, weil sie wissen, dass du dich um mich kümmern wirst."

Sein Wolf sonnte sich in ihrem Kompliment. „Gut. Und das werde ich. Mich um dich kümmern", versprach er.

Benimm dich, benimm dich, benimm dich, rezitierte er vor sich hin, als sie in die Küche zurückkehrten.

Draußen tobte weiter der Sturm. Immer wieder zuckten Blitze, und der Donner ließ die Wände erzittern.

Steph verschränkte die Arme vor der Brust und verzog das Gesicht. „Früher mochte ich Stürme."

„Alles wird gut", versprach er erneut. Zeit für eine Ablenkung für sie beide. Er deutete auf den Kühlschrank. „Lass uns sehen, was für eine Gurkenplatte wir heute Abend zu unserem Wein haben."

„Also gut, Faulpelz. Nicht, dass du nicht ein paar Schritte machen und ihn selbst öffnen könntest." Aber sie verstand den Wink, zog die Kühlschranktür auf, hielt dann aber ruckartig inne. „Oh! Meine Güte!"

„Was?" Blue lehnte sich über ihre Schulter und drückte sich an ihren Rücken, ihre Körper berührten sich. Ja. Er musste so nah dran sein, um zu sehen, was los war.

Lügner.

Sie zog ein Tablett aus dem obersten Regal. Es war in dieses knisternde, dekorative Zellophan eingewickelt, das man für Geschenkkörbe verwendet. „Das sind keine Essensreste. Da steht mein Name drauf."

Ein ungutes Gefühl überkam Blue, und seine Nackenhaare stellten sich auf. „Wie hast du nochmal gesagt, dass du diesen Typen getroffen hast?"

„François? Ich habe seine Kunst online gesehen, und wir haben angefangen zu korrespondieren. Wir haben uns nie persönlich getroffen." Sie stellte das Tablett auf die Arbeitsfläche und löste das Band.

Schokoladenüberzogene Erdbeeren. Teurer Käse und Schinken. Eine Dose mit irgendwelchem Fisch drin. Winzig kleine Cornichons und Perlzwiebeln.

Steph zeigte auf das Tablett. „Du hattest recht. Gewürzgurken."

Sie drehte sich mit Freude in den Augen zu ihm um, und Blue zwang sich zu einem Lächeln. „Ich bin überrascht, dass sie nicht auch mit Schokolade überzogen sind. Was für eine verpasste Gelegenheit."

„Igitt. Das ist ein Geschmackserlebnis, das ich nicht ausprobieren will." Stephanie ließ das Tablett, wo es war und ging zurück zum Kühlschrank. „Es ist nett, dass er mir was dalassen wollte, weil ich mir die Mühe gemacht habe, raufzukommen, um die Bilder zu holen. Ich hoffe aber, dass es richtiges Essen gibt."

Sie stöberten im Gefrierschrank und fanden genug Fleisch und Gemüse, dass Blue keine Angst mehr hatte, zu verhungern. Nur bei diesem Geschenk für Stephanie bekam er ein sehr, sehr mulmiges Gefühl. Nicht zu wissen, was da los war, machte ihn nervös.

Steph ging weiter die Innenwand entlang von ihm weg und öffnete Schränke. „Ich mache Sandwiches, wenn wir Erdnussbutter finden."

Blue nahm den gefrorenen Laib Brot, den sie gefunden hatte. „Guter Plan. Ich habe ein Kartenspiel entdeckt. Wir können darum spielen, wer den Abwasch macht."

Sie schnaubte. „Weil wir ja auch so viel Geschirr haben werden, nachdem wir Sandwiches gemacht haben."

„Messer, Löffel, Teller, Bratpfannen." Sie sah ihn an, und er zwinkerte. „Nur Spaß. Wir brauchen die Löffel nicht."

Blue hatte sein Gleichgewicht fast wiedererlangt, als

ihm der starke Katzengeruch in die Nase stieg. Er wirbelte herum und erwartete, dass François sie anstarrte.

Stattdessen entdeckte er ein eingewickeltes Gemälde, das etwa ein mal eins zwanzig groß war und an der anderen Seite der Insel lehnte. Sozusagen in aller Öffentlichkeit verborgen.

Stephanies Name stand darauf, und eine weitere Welle der Unsicherheit machte sich in ihm breit.

Bevor Blue etwas gegen das unangenehme Gefühl in seinem Bauch unternehmen konnte, war sie neben ihm. „Oh. Das ist das Geschenk, von dem François gesprochen hat. Das hätte er nicht tun müssen."

Sie schob es auf die Insel und zog an der Schnur.

Die Schnur löste sich sofort von dem Paket, als wäre Magie im Spiel. Das Packpapier flatterte davon, und plötzlich erschien ein vielschichtiges Bild.

Ein einziger Blick genügte, um Blue rot sehen zu lassen.

Die Außenränder zeigten einen dichten Wald mit vielen Baumarten und üppigem grünem Unterholz. Etwas außerhalb der Mitte schnitt eine kleine Lichtung durch die Wildnis, die Sonne schien wie ein Scheinwerfer hinein und hob das Hauptmerkmal hervor.

Ein Puma lag im Sonnenstrahl, seine Muskulatur wurde durch die Schatten betont, die die Sonne auf seinen Körper zeichnete. Der Kopf der Großkatze, ein außergewöhnliches Geschöpf, ruhte im Schoß eines Menschen.

Seines Menschen. *Blues* –

Denn das sollte ganz bestimmt Stephanie auf der Leinwand sein. Die Farbgebung der Frau war dieselbe, ihr Haar fiel so, wie Steph es gern über ihre rechte Schulter trug. Die vertraute Position des entspannten weiblichen Körpers – die Beine am Knöchel überkreuzt, auf den Armen zurückgelehnt, das Gesicht zum Himmel erhoben.

Vielleicht zog er voreilige Schlüsse. Millionen von Menschen mochten diese Sitzposition, aber das war eindeutig Stephanie.

Warum ist unsere Gefährtin auf diesem Bild?, fragte sein Wolf sichtlich verwirrt. *Warum ist sie mit einem anderen Wandler zusammen?*

Es war einer der unangenehmsten Momente mit gespaltener Persönlichkeit, die Blue je erlebt hatte. Er wusste immer, was seine andere Hälfte dachte, aber er war nur ein Wesen – der Wolf ein Teil von ihm, kein eigenständiges Individuum. Doch jetzt gerade fühlte er sich wirklich, als wäre sein Wolf von ihm getrennt und würde ihm die Frage stellen.

Nein, eine Erklärung *verlangen*.

Das ist unsere *Gefährtin. Er versucht, unsere Gefährtin zu umwerben.* Ein wildes Knurren entfleuchte Blues Lippen, und Stephanie sah ihn besorgt an.

Genau, wie sie sollte. Sein Wolf war eine Sekunde davon entfernt, die Kontrolle zu übernehmen und herauszukommen.

Blue öffnete und schloss seine Hände ein paarmal und rang um die Kontrolle.

„Blue?" Steph beugte sich vor, während sie einen halben Schritt zurücktrat. Ein Teil ihres Unterbewusstseins registrierte, dass das wilde Tier neben ihr gefährlich war. „Geht's dir gut?"

Er starrte auf das Bild, während sich seine Krallen durch seine Fingerspitzen bohrten. Geduld. Warten. All die Dinge, die er monatelang praktiziert hatte, fielen in einem Aufwallen innerer Wut von ihm ab.

Eine Hand schoss nach vorn. Er hatte die Bewegung

nicht unter Kontrolle. Er hatte sich nicht gewandelt, aber sein Wolf scherzte nicht. Mit voll ausgefahrenen Krallen schlug Blue nach der Leinwand, während er sich umdrehte, um Steph voll anzusehen.

Es ist soweit. Jetzt. Jetzt, jetzt, jetzt, verlangte sein Wolf.

Sie sah ihm direkt in die Augen. Gott sei Dank sah er keine Angst in ihren Augen, nur Verwirrung. „Ich nehme an, dir gefällt das Geschenk nicht, das François mir gemacht hat."

„Er will dir den Hof machen. Aber das kann er nicht." Ein Knurren voller Frustration und Wut.

„Ich habe ihn nicht darum gebeten", sagte sie ruhig. „Ich will nicht, dass er es tut."

„Das ist gut. Aber er versucht es dennoch, und es klappt nicht." Blues Stimme knisterte zwischen Mensch und Wolf. „Weil du meine Gefährtin bist."

6

———————

Du bist meine Gefährtin.

Das Blut rauschte von ihrem Kopf bis in die Zehen. „Was?"

Blue presste seine Handflächen an die Seiten ihrer Schultern und stützte sie, weil sie schwankte. „Scheiße. Ich wollte das nicht laut sagen."

„Aber du hast es gesagt, weil du denkst, dass es so ist." Sie machte keine Frage daraus, weil klar war, dass das kein Thema war, über das ein Wolf Witze machen würde. So viel hatte sie sich selbst beigebracht, während alle anderen Unterricht im Wolfsein bekamen.

Er senkte zustimmend das Kinn.

Ein eisiger Schauer lief ihr über den Rücken, als sie die Krallen bemerkte, die sich in ihre Oberarme drückten. „Blue, wusstest du, dass deine Krallen ausgefahren sind?"

„Tut mir leid. Ich arbeite daran."

„Arbeite schneller", sagte sie leise. Dann, weil er wirklich ein guter Freund war und sie nicht wollte, dass er sich in dieser Situation Sorgen machte, fügte sie hinzu: „Ich

59

habe keine wirkliche Angst vor den Krallen, aber ich weiß, dass es die Art von Sache ist, die dich stören würde."

Er nickte ein paarmal, während er einen beschissenen Versuch machte zu lächeln. Er rieb seine Hände sanft über ihre Arme, die Krallen weit von ihrer Haut entfernt. „Nicht die Zeit und der Ort, an dem ich diese Ankündigung machen wollte."

In ihrem Kopf kreiste alles, was sie über Wölfe wusste. „Das ist nichts Neues für dich, oder?"

Die Richtung seiner Kopfbewegung wechselte von oben nach unten und dann von einer Seite zur anderen. Immer noch impulsiver als nötig. „Nein."

Scheiße, Scheiße, Scheiße. Stephanie drückte die Hände an seine Brust, teils, um einen weiteren Halt zu haben, und teils, um ihn sanft streicheln zu können. „Okay. Ich denke, wir müssen uns hinsetzen und reden, aber musst du erst ein bisschen Energie rauslassen? Soll ich Sandwiches machen? Wie können wir das für dich angenehmer machen?"

Er schluckte schwer. „Indem du ‚Jippie!' rufst und deine ewige Liebe bekundest, kommt wahrscheinlich nicht in Frage, oder?"

Ein harter Schlag traf sie in die Brust. „Im Moment definitiv ein bisschen zu optimistisch. Aber Sandwiches kann ich machen, und dann können wir uns da drüben hinsetzen und reden."

Blue trat von ihr weg, die Hände fielen an seine Seiten, und die Krallen zogen sich ein klein wenig zurück. „Ich lasse dich die Erdnussbutter auf das Brot streichen." Er hob eine Hand und starrte verlegen auf seine Fingerspitzen. „Ich habe meine eingebauten Utensilien schon benutzt, aber es sieht nicht schön aus."

Stephanie zog sich zur Theke zurück, wo das Glas Erdnussbutter und der Laib Brot warteten. Hinter ihr durchwühlte Blue die Schränke, also ignorierte sie ihn so gut es ging und konzentrierte sich stattdessen darauf, genau die richtige Menge Erdnussbutter auf jede Scheibe Brot zu streichen. Sie strich bis in die Ecken, ordentlich und präzise. Ruhig. Cool.

Das genaue Gegenteil von dem, was in ihr vorging. Sie war seine Gefährtin? Was zum Teufel sollte sie damit anfangen?

Ein Teil seines Geständnisses brachte sie dazu, tanzen und singen zu wollen. Sie mochte ihn. Sie mochte ihn *wirklich*, sogar nach drei Monaten schon. Vielleicht, weil sie in diesen drei Monaten immer zusammen gearbeitet, gespielt und einfach Zeit miteinander verbracht hatten. Und genau das war es, was Stephanie brauchte, wenn es darum ging, Bindungen aufzubauen. Es waren die anderen Teile, die ihr Sorgen machten.

Gefährten hatten keine Geheimnisse voreinander.

Noch ein Klecks Erdnussbutter auf dem Brot. Intensive Konzentration auf die Aufgabe, während ein Wirrwarr von Bildern aus der Vergangenheit durch sie tobte, blutig und hart. Einen guten Freund in ihrem Leben zu haben. Einen Gefährten zu haben, der nach allen Wolfsregeln für immer für sie da sein würde.

Das klang nicht schlecht. Was ihr den Rücken steif werden ließ, war die Tatsache, dass er dann wissen würde, was sie getan hatte.

Und das durfte nicht passieren.

Stephanie schnitt alle Sandwiches sorgfältig durch und legte sie auf einen Teller. Sie drehte sich um und entdeckte Blue, der schon an dem kleinen rustikalen Tisch in der Ecke des Raums saß. Er hatte zwei Gläser auf den Tisch gestellt und goss eine goldene Flüssigkeit hinein.

Sie ließ den Teller mit Essen zwischen sie fallen. „Wir trinken wirklich tagsüber, oder?"

Blue prostete ihr zu. „Es schien angemessen."

Sie hob ihr Glas, und sie stießen damit an. Stephanie trank einen Schluck, und der Whisky brannte sich sanft, aber scharf einen Weg durch ihre Kehle.

Ihr gegenüber setzt Blue das Glas an und trank es in einem Zug aus.

Sie zog eine Augenbraue hoch. „Gut für den Wolfsstoffwechsel."

„Sehr gut." Blue stellte das Glas ab und drückte seine Handflächen auf den Tisch. Wieder vollkommen menschliche Hände, stellte sie fest. „Es ist nicht so, dass ich es zurücknehmen könnte, und es ist auch nicht so, dass ich es will. Aber es ändert nichts."

Sie lachte. Als er sie verwirrt ansah, imitierte sie seine Haltung. Sie beugte sich vor und drückte ihre Handflächen auf die Tischoberfläche. „Das ist Bullshit, Blue. Du kannst mir nicht einfach sagen, dass wir Gefährten sind, und dann behaupten, oh, aber es ändert nichts. Du willst nicht, dass wir so weitermachen wie bisher."

„Nein", stimmte er widerwillig zu.

Was sollte sie als Nächstes sagen? „Das ist, als würdest du immer allem zustimmen, was ich sage. Du musst mir sagen, was du wirklich willst."

„Das habe ich irgendwie", stellte Blue fest. „Die ganze Sache mit dem Versprechen deiner ewigen Liebe war kein Witz."

„Aber du bist klug genug, um zu wissen, dass das nicht passieren wird. Nicht in diesem Moment. Was also bedeutet das alles?" Stephanie nahm ein Sandwich, um ihre Hände zu beschäftigen. „Denk daran, ich habe keinen Unterricht im Wolfsein bekommen. Soweit ich von meinen

Freundinnen gehört habe, waren ihre Paarungen anders. Cassidy hat diesen Wolfsguru, mystisch-mentalen Kram, der sie mit Jace verbindet. Meine Schwester und Delaney sind zusammen Traumwandeln gegangen. Wir haben nichts dergleichen."

Blue hob die Schultern und nahm sich selbst ein Sandwich. „Ich habe keine Antworten auf diese Frage. Ich hatte noch nie eine Gefährtin. Ich wollte eine – ich will dich. Ich weiß nicht, wie die Paarung für uns aussehen wird."

„Ihr Jungs müsst wirklich an einer ‚*Alles, was man über Werwölfe wissen muss*'-Enzyklopädie arbeiten. Das wäre praktisch."

„Es wäre wirklich gefährlich", bemerkte Blue. „Es wäre wahrscheinlich auch nicht sehr hilfreich, denn soweit ich das beurteilen kann, scheint jedes Paar sein eigenes Ding zu haben. Und ich kenne keine anderen Omegas. Warte, nein, das ist Unsinn. Ich kenne zwar andere Omegas, aber nicht eng genug, um mit ihnen befreundet zu sein und Details über ihre Beziehungen austauschen."

Stephanie nickte und aß schweigend ihr Sandwich. Sie dachte angestrengt nach.

Sie mochte Blue, was für sie eine sehr wichtige Komponente war. Wichtiger für sie als für viele andere Leute. Und obwohl die ganze Idee, eng gedanklich verbunden und gepaart zu sein, immer noch stark in der Nein-Kategorie lag, gab es vielleicht einen Workaround.

Wie Super-Besties zu sein. Fast, aber nicht ganz Gefährten.

Während sie geschwiegen hatte, arbeitete Blue langsam an dem Stapel Sandwiches. Er hielt seinen Körper aufrecht in einer einsatzbereiten Position, sein regenbogenbuntes

Hemd bedeckte breite Schultern und einen muskulösen Oberkörper.

Sie ließ ihren Blick über ihn schweifen und dachte wirklich intensiv darüber nach, was es bedeuten würde, mit einem Mann wie ihm zusammen zu sein. War sie interessiert?

Die Tatsache, dass die Antwort „Ja" lautete, löste in ihr sowohl Erleichterung als auch einen Anflug von Panik aus. Damit war ihr ein Grund genommen, ihn einfach abzuweisen. Aber es gab ihr auch die Möglichkeit, die nächste Phase des Gesprächs zu beginnen.

Sie wartete, bis er fertig geschluckt hatte. Sie nahm noch einen Schluck von ihrem eigenen Whiskey, um Mut zu tanken, und räusperte sich dann. „Du musst was über mich wissen."

Seine Aufmerksamkeit richtete sich wieder auf sie. So wie immer, erkannte sie jetzt. Konzentriert, eindringlich. Fürsorglich, als ob das, was sie sagen würde, von entscheidender Bedeutung für ihn wäre. „Ja?"

„Ich bin demisexuell."

Er hatte das Wort schon einmal gehört, aber er war sich nicht sicher, was es wirklich bedeutete. Er war nicht auf dem Laufenden, was die Details der sexuellen Identitäten anging, die in den Medien diskutiert wurden, hauptsächlich, weil es ihm wirklich egal war. Zwischen einwilligenden Erwachsenen war Spaß Spaß.

Aber das hier war ihr offensichtlich überaus wichtig, was bedeutete, dass er mehr wissen musste. Der Falte zwischen ihren Augenbrauen nach zu urteilen, hatte das etwas mit der Situation zwischen ihnen zu tun. Was zum

Glück nicht als klares Nein von ihrer Seite rüberzukommen schien. „Was bedeutet demisexuell?"

Sie seufzte. „Es bedeutet, wenn Leute Witze über Sex machen oder darüber reden, oh, sieh dir den heißen Typen auf der Straße an, dann verstehe ich das nicht. Sexgespräche interessieren mich nicht. Pornos finde ich total langweilig, weil es keine Handlung gibt und ich keine emotionale Bindung zu irgendjemandem auf dem Bildschirm habe, also ist es wie eine Natursendung über die sexuellen Gewohnheiten von Menschen."

Blue lehnte sich in seinem Stuhl zurück. „Kein Sex. Du magst ... Sex nicht."

Ihr Blick schwankte, und zu seiner Überraschung wurden ihre Wangen rot. „Nein, das nicht. Ich mag Sex. Wie sich herausgestellt hat, mag ich ihn ziemlich, aber nur mit Leuten, denen ich wirklich vertraue und die ich gut als Freunde kenne. Ansonsten fühle ich mich nicht zu ihnen hingezogen, egal wie gutaussehend oder sexy jemand ist."

In Gedanken ging er noch einmal ihre Worte durch. „Nur mit Leuten, zu denen du eine emotionale Bindung hast."

„Ja." Sie wich seinem Blick weiter aus und knabberte jetzt an der Rinde eines Sandwichs, das sie offensichtlich nicht essen wollte.

Okay, es war ein bisschen eigennützig, enorm erleichtert zu sein, dass er nicht im Begriff war, ein rein platonisches Leben mit seiner Gefährtin zu führen. Oder zumindest hoffte er, dass dieses Gespräch darauf hinauslief. „Und hast du eine auch nur annähernd emotionale Bindung mit mir?"

Sie blickte abrupt auf und sah ihn finster an. „Bitte!"

Blue hob die Hände. „Ich wollte das nur klarstellen.

Ziemlich wichtiges Detail in einer langfristigen Beziehung. Obwohl es nur ein Teil des Gesamtpakets ist."

Sie schnaubte. „Ich verstehe."

Blue schob den Teller mit den Sandwiches beiseite und ergriff Stephanies Hände. Ihre Finger waren warm, und sie verschränkte sie sofort mit seinen. Hier war etwas, das er ihr geben konnte. Eine Wahrheit, die einen Unterschied bei dem machen könnte, was als Nächstes zwischen ihnen passierte. „Als ich dich das erste Mal gesehen habe, hat mein Wolf gesagt, dass du meine Gefährtin bist" – Sorge schwebte in ihrem Blick – „aber noch nicht."

Sie neigte den Kopf zur Seite, ihr Haar fiel ihr über die Schulter. „Kluger Wolf. Weil ich dich nicht mochte."

„Oh, du mochtest mich. Das weißt du. Alle mögen mich", neckte Blue, um die Situation aufzulockern.

Stephanies Lächeln wurde herzlich. „Du bist ein sehr sympathischer Kerl. Das ist wahr."

Jetzt ergab alles so viel mehr Sinn. „Du mochtest mich nicht auf die *richtige* Weise. Aber jetzt tust du es."

Sie warf einen Blick auf das Bild, das er zerkratzt und an die Wand gelehnt hatte. Er hatte einen sehr präzisen Schnitt in die Leinwand gemacht, sodass Stephanie unberührt blieb und der Puma in Fetzen hing.

Sie machte eine Geste mit dem Kinn, weil er sich weigerte, ihre Finger loszulassen. „Das beunruhigt mich ein wenig."

„Nicht einer meiner besseren Momente", stimmte Blue zu. „Kann ich meinem Wolf die Schuld geben? Er mag deinen François gerade wirklich nicht."

Stephanie konzentrierte sich wieder auf ihn. Hitze sprühte warnend aus ihren Augen. „Er ist nicht *mein* François. Außerdem habe ich nichts getan, um ihn zu ermutigen, und ich habe ihm nie ein Foto von mir gegeben, um mich malen zu lassen. Denn ich bin nicht dumm, und ich sehe, was er da gemacht hat.“

„Also, logische Schlussfolgerung, siehst du auch, was er vorhat?“

Sie seufzte schwer. „Mir den Hof zu machen?“

Ein weiteres unangenehmes Gefühl brandete durch Blue, als sich bei dem Gedanken, dass jemand in der Nähe der Timberwolf Lodge herumlungern und sie ausspionieren könnte, die Haare seines Wolfs aufstellten. „Ich werde für mehr Sicherheit um die Lodge sorgen. Und jemand muss ein ernstes Gespräch mit François führen.“

Stephanie löste ihre Hände von seinen, damit sie ihm einen Finger vor dem Gesicht schütteln konnte. „Das werde ich sein. Aber du darfst dabei sein“, fügte sie sofort hinzu und erstickte damit jeden Protest im Keim.

Das war nur der erste Teil dieses Gesprächs. Sie waren noch lange nicht in der Lage, sich in der wichtigsten Angelegenheit seines Lebens endgültig zu einigen.

Er lehnte sich in seinem Stuhl zurück und gewährte ihr etwas Raum. „Stephanie.“

„Blue.“ Wieder ahmte sie seine Haltung nach. Sie verschränkte sogar die Arme vor der Brust, obwohl sie bei ihr nur dieses perfekte Paar Brüste umrahmten, was interessante Reaktionen in seinem Körper hervorrief.

„Du bist mir sehr wichtig“, teilte Blue mit. „Ja, weil mein Wolf sagt, dass wir möglicherweise unser für immer sind. Aber auch, weil ich dich in den letzten Monaten liebgewonnen habe.“

Ihr Lächeln wurde weicher. „Awww. Das ist süß.“

„Was wäre wichtig für dich, damit wir als Gefährten funktionieren?“

Sieh mal an, wie höflich und zurückhaltend er sein konnte. Besonders, wenn er wusste, dass seine eigene

Absicht etwas Primitives war, kurz gesagt: ihr die Kleider vom Leib zu reisen, ihr das Gehirn rauszuvögeln und sie zu beißen.

Sie zögerte. „Es ist nicht so, dass du kein guter Kerl bist. Und ich sage ganz offen, dass die Vorstellung, mit dir rumzumachen, attraktiv ist. Aber ich bin nicht sehr scharf auf die ganze Paarungssache. Das ist einfach nichts für mich."

„Ich verlange das heute nicht von dir", sagte Blue mit unendlicher Geduld, plötzlich sicher, dass genau das passieren musste. „Aber ich hoffe, dass du der Idee gegenüber aufgeschlossen bleibst. Und vielleicht finden wir irgendwann unsere eigene mystische, Woo-woo-Magie. Wer weiß, was sich zwischen uns beiden entwickeln wird? Ich hoffe, dass du der Sache eine Chance gibst. Dass du uns eine Chance gibst, zu werden, was auch immer wir sein sollen."

Die Zurückhaltung in ihren Augen verwandelte sich in Hoffnung. „Ich mag dich, Blue. Ich bin gern mit dir zusammen, weil du lustig bist, und du bist klug, und du bringst mich zum Lachen. Also, will ich weiter Zeit mit dir verbringen? Auf jeden Fall."

„Aber mehr Zeit miteinander als bisher, ja? Können wir das auf die nächste Stufe bringen?" Blue konnte nicht anders; er schnaubte vor Lachen. „Ich habe mich nie menschlicher gefühlt als in diesem Moment. Gott, Wölfe daten ihre Gefährten nicht."

Ihr Lächeln war wieder da. Das echte, das sie durch und durch durchströmte. „Nur zu. Mach die ganze menschliche Erfahrung durch. Es ist gut für dich zu verstehen, wie die andere Hälfte funktioniert."

Blue stand auf und bot ihr eine Hand an, als sie

ebenfalls aufstand. „Stephanie Nix, willst du mit mir gehen?"

Ihre Lippen zuckten. „Gott, einen Moment lang dachte ich, du würdest mich fragen, ob ich mit dir zusammenziehen will."

Er machte ein entsetztes Gesicht. „Ich bin vielleicht leicht zu haben, aber ich bin nicht diese Art von Wolf."

Lachen sprudelte aus ihm heraus, und dann schloss Stephanie die Lücke zwischen ihnen. Sie legte ihre Hände auf seine Schultern und starrte mit leuchtenden Augen intensiv in seine. Sie dachte nach.

Er hätte den ganzen Tag da stehen können, weil sie so an ihn gedrückt war, und verdammt, es fühlte sich gut an.

Aber dann passierte das Beste, was passieren konnte. Sie sagte Ja.

„Wir können daten. Und wir werden uns besser kennenlernen. Und wir werden sehen, was mit dieser magischen, woo-woo, mystischen, rah-rah, Omega-Wolfhaftigkeit passiert. Aber vor allem werden wir Freunde sein."

Er legte seine Hände auf ihre Hüften und bereitete sich darauf vor, sie in seine Arme zu ziehen. „Das klingt großartig."

Sie nahm ihre Hände von seinen Schultern und verschränkte sie hinter seinem Nacken, während sie sich auf die Zehenspitzen stellte. „Freunde, die sich jetzt küssen."

7

———

Sie musste sich jetzt ganz auf ihr Bauchgefühl verlassen. Aber als sie sich an Blue lehnte und ihre Lippen einander berührten, war sie sich ziemlich sicher, dass ihr Instinkt richtig war.

Eine sanfte Liebkosung, ihre Lippen auf seinen. Der Geschmack der Luft, die er atmete, Wildnis und Berge in dem Aroma, das über ihre Wange glitt. Sie schob ihre Zunge neckend in seinen Mund und rieb kurz gegen seine.

Ein leises Stöhnen drang tief aus seiner Brust, und seine Hände schlossen sich fester um ihre Hüften.

Ihrer Körper berührten einander – ihre Brüste gegen die breiten Muskeln dieser zugegebenermaßen beeindruckenden Brust. Die härter werdende Länge seines Schwanzes gegen ihren Bauch. Und Stephanie neigte den Kopf zur Seite, um zu versuchen, eine noch engere Verbindung herzustellen.

Sein Griff wurde fester, und ihre Füße verließen den Boden. Instinktiv schlang sie die Beine um ihn, und einen Moment später wurde sie gegen die nächste Wand gedrückt, wobei Blue ganz die Kontrolle über den Kuss übernommen hatte.

Er war derjenige, der, sie in der Luft hielt, an Ort und Stelle festgehalten von einem muskulösen Mann, der in ein Kaleidoskop von Farben gekleidet war. Und warum dachte ihr Verstand darüber nach, was dieser Mann anzog, während seine Zunge und Zähne sündige Dinge mit ihrem Mund anstellten?

Er knabberte an ihrer Unterlippe, und Stephanie keuchte. Es hatte nicht einmal wehgetan, sondern einen Blitz aus ihrem Mund direkt in ihr Innerstes geschickt. Es war, als hätte der Sturm, der draußen weiter tobte, eine kleine Version seiner selbst in den Raum geschossen. Ein Knistern der Lust huschte über ihre Haut. Das Geräusch seines Stöhnens, als seine Lippen von ihrem Mund über ihren Kiefer und in die Vertiefung wanderten, wo ihr Hals auf ihre Schulter traf.

Ein Lichtblitz traf sie hinter den Augen, als er saugte, und jeder Zentimeter von ihr strahlte vor Lust. „Blue“, stöhnte sie.

„Ich will nicht aufhören“, gestand er zwischen den Küssen und liebkoste ihren Hals immer noch mit unerbittlicher Ekstase. „Dich zu berühren. Dich zu schmecken – das ist wie nichts, was ich je zuvor erlebt habe.“

Stephanie spannte ihre Beine an, und der Rand ihrer Jeans rieb an seiner Erektion. Sie stöhnten beide, und noch einmal, als Blue sie ein Stück anhob und wieder senkte, was das Gefühl verstärkte.

Sie löste den eisernen Griff, den sie um seine Schultern gelegt hatte, nahm sein Gesicht in die Hände und brachte ihre Münder wieder zusammen, weil sie noch nicht genug davon hatte. Ihn zu schmecken. Ihn zu berühren.

Blue trat von der Wand weg, ihre Münder immer noch verbunden, als er blind zum Tisch zurückging. Ehe sie sich versah, war er auf einem stabilen Küchenstuhl und sie auf ihm, die Beine zu beiden Seiten seiner schlanken Hüften.

Das machte es leichter, weiterzuküssen. Sie ließ die Hände über seine Brust gleiten, öffnete Knöpfe und schob den Stoff beiseite, damit sie ihre Handflächen mit der nackten Haut verbinden konnte, die sie erkundete. Sie kratzte ein wenig, und Blue stöhnte. Seine Hitze war glühend und süchtigmachend, und Stephanie schnappte nach Luft, als er ihre Lippen trennte.

Sie konnte sich nur zu gut vorstellen, wie sie in diesem Moment aussahen. Seine Haare standen in alle Richtungen ab, als hätten sie stundenlang im Bett gerungen. Eine Seite seines Hemds hing herunter, die Vorderseite war offen und eine Reihe von vier roten Flecken von ihren Fingernägeln war deutlich auf seiner Brust zu sehen.

Oops. Vielleicht hatte sie doch nicht so leicht gekratzt, wie sie gedacht hatte.

Ihre Haare hingen ihr in die Augen, ihr T-Shirt hing aus der Hose und war auf einer Seite zusammengeknüllt, wo seine Hand noch immer auf ihrer nackten Taille ruhte.

Sie grinsten einander an. Blue strich mit einem Finger über ihre Haut, aber er machte keine Anstalten, sie weiter zu küssen oder zu versuchen, noch mehr zu tun, und es war …

Richtig.

„Das hat mir gefallen", gab Stephanie zu.

„Ich bin so froh, dass du das sagst." Sein Lächeln wurde eher noch breiter. „Ist es okay, wenn ich in den nächsten Tagen viel davon vorhabe?"

Sie nickte. „Ich weiß, dass es vielleicht nicht so aussieht, wenn man bedenkt, dass ich dich fast überrannt habe, aber es ist wahrscheinlich gut, wenn wir es langsam angehen."

„Zeit, uns auf eine ganz neue Art kennenzulernen. Ich verstehe."

Irgendwie musste sie zwischen diesen beiden Dingen navigieren. Dem Gefühl der absoluten Richtigkeit, mit ihm zusammen zu sein, und der totalen Angst, entdeckt zu werden.

Sie zuckte innerlich die Achseln und entschied, dass das ein Problem für die Zukunft war. Immerhin hatte sein Wolf gesagt, dass sie irgendwann Gefährten sein würden. Bis dahin war noch viel Zeit.

In der Zwischenzeit würde sie einen Weg finden, diesen guten, süßen Mann nicht mit den Flecken ihrer Vergangenheit zu ruinieren.

Blue strich sich die Haare hinters Ohr. „Themenwechsel. Der Sturm ist immer noch ziemlich heftig, also lass uns noch nicht ins Studio gehen. Lass uns die Bilder ansehen und anfangen, sie zu verpacken."

„Dir ist klar, dass wir dieses Bild auch mitnehmen müssen, oder?" Sie zeigte auf das Bild, bei dem er es irgendwie geschafft hatte, François in Stücke zu schlitzen, ohne auch nur auf die Leinwand zu blicken.

„Ich würde ja sagen, es tut mir leid, dass ich dein Geschenk ruiniert habe, aber das wäre eine Lüge." Blue warf einen Blick auf das Bild und knurrte. Dann räusperte er sich und sah fast verlegen aus. „Mein Wolf ist wirklich angepisst wegen des Bildes."

„Sieht ganz so aus." Sie hatte seinen Wolf schon oft gesehen, aber diese ganze Gefährtensache änderte alles wieder. „Bevor wir anfangen einzupacken, möchte ich dich um einen Gefallen bitten."

„Ich würde sagen, was immer du willst, aber jemand,

der viel schlauer ist als ich, hat mir eine Lektion erteilt. Stephanie, was möchtest du?"

Seine Antwort war so perfekt, dass sie ihm auf die Nase tippte. „Ich möchte mit deinem Wolf sprechen."

Er blinzelte. „Wirklich?"

„Natürlich, wirklich. Ich habe deinen Wolf schon oft gesehen." Sie kniff die Augen zusammen. „Warum? Hältst du das für keine gute Idee?"

Blue sah einen Moment lang fast verlegen aus. „Ich will dich nur vorwarnen. Er verhält sich seltsam. Er ist viel unabhängiger und nicht wie ich, aber er würde dir nie wehtun." Den letzten Teil sagte er mit absoluter Überzeugung.

Stephanie löste sich von ihrem Platz auf seinem Schoß, stellte sich neben ihn und streckte ihm ihre Hand entgegen. „Na ja, dann braucht er vielleicht einfach eine Gelegenheit, selbst mit mir zu reden."

Blue zog sein Hemd aus, öffnete den Reißverschluss und zog sich in einem Zug Hose und Boxershorts aus. Er stand da und posierte geradezu unter ihrem Blick.

Gut. Himmel! Der Mann war muskulös. Breite Brust und Schultern mit schmaler Taille und Hüften. Muskeln spannten sich an den Seiten seines Oberkörpers und liefen hinunter zu seiner Leistengegend, wo sie ganz sicher nicht auf seine Erektion starrte.

Oh nein. Sie starrte überhaupt nicht.

Obwohl sie all ihre Kraft aufbringen musste, um ihre Bewunderungsreise über seine Schenkel und die angespannten Wadenmuskeln fortzusetzen, in die sie gerne hineinbeißen wollte.

„Mir gefällt diese Freundschaftssituation, die wir beschlossen haben, wirklich." Blues tiefe, heisere Stimme glitt über ihre samtweiche Haut.

Sie konnte ihren Blick nicht von seinem menschlichen Körper abwenden. „Du solltest dich besser wandeln.“

„Steph“, sagte er leise, und sie blickte auf, um ihm in die Augen zu sehen. „Wir werden gut zusammenpassen, du und ich. Das verspreche ich.“

Bevor sie antworten konnte, wirkte er wieder seine Magie und verwandelte sich irgendwie von Fleisch und Knochen in Fell und Zähne.

BLUE KONNTE sich nicht an eine Zeit erinnern, in der er den anderen Teil von sich selbst nicht hatte erreichen können. Er hatte keine Erfahrung damit, wie es war, ganz Mensch zu sein, also war es schwierig, die üblichen Gefühle und die Beziehung zwischen ihm und seinem Wolf mit dem zu vergleichen, was er gerade empfand.

Als er jung war, hatte er, wie die meisten Kinder im Rudel, gedankenlos zwischen Tier und Mensch hin und her gewandelt, wenn er in einem sicheren Umfeld gewesen war. Zu Hause oder in der Nähe seiner Rudelkameraden hatte er gespielt, gelernt und allerlei Unfug getrieben.

Er hatte immer das Sagen gehabt. Und damit meinte er sich, den Menschen, die denkende Seite, die sich der Umgangsformen etwas mehr bewusst war.

Das war im Moment nicht das, was er hatte. Oh nein, Sir. Am ehesten konnte er es damit vergleichen, Beifahrer in einem Fahrzeug zu sein. Und nicht er auf dem Rücksitz hinter Jace oder seiner Gefährtin. Es war eher so, als ob jemand Unbekanntes fahren würde und Blue auf dem hintersten Sitz eines Fünfzehn-Personen-Vans säße. Oder vielleicht im Kofferraum eines Autos.

Sein Wolf hatte die volle Kontrolle.

Es musste etwas damit zu tun haben, dass er und Stephanie Gefährten waren, obwohl weder Jace noch Del solche Merkwürdigkeiten mit ihren Gefährtinnen erwähnt hatten. Andererseits waren sie keine Omegas.

Trotzdem konnte er nicht viel dagegen tun, außer zusehen und lernen. Und zum Glück wusste er, dass seine Wolfsseite Stephanie verehrte, vielleicht sogar mehr als er.

Deshalb machte sich Blue keine Sorgen, als sie vor ihm auf die Knie ging und die Arme öffnete. Sein Wolf rieb sich an ihr, strich mit der Schnauze über ihre Schulter und wand sich um sie. Er hüllte sie in seinen Duft.

„Du bist so weich", sagte Stephanie und ließ ihre Finger durch sein Fell gleiten.

Er stieß sie mit der Nase an, bevor er sich ein wenig duckte, um seine Muskeln zu zeigen. Hinter ihr flatterte ein Faden von der Leinwand, die er mit seinen Krallen zerrissen hatte, und er schnaubte. Der verdammte Puma träumte nur davon, so viele Muskeln zu haben. Es würde nicht lange dauern, bis der Bastard am Boden lag, Blues Zähne um seine Kehle.

Stephanie lachte leise. „Oh, entschuldige. Als ich weich sagte, meinte ich dein Fell. Du bist sehr stark."

Von seinem Platz auf dem Rücksitz aus wünschte sich Blue wirklich, er könnte mit den Augen rollen. Sein Wolf jedoch verschlang ihr Kompliment wie eine Süßigkeit, rollte sich vor ihr zusammen und drückte seine Schultern gegen ihre Finger, um sich ausgiebig kraulen zu lassen. Was Stephanie pflichtbewusst tat.

„Also bist du derjenige, der dem großen Typen gesagt hat, dass wir irgendwann Gefährten sein werden." Stephanie legte eine Hand an seine Schnauze und drehte sie, bis sie ihm in die Augen sehen konnte. „Ich bin mir ziemlich sicher, dass du gehört hast, dass wir uns aufs Daten geeinigt haben. Das heißt, du musst geduldig sein, denn bei Menschen läuft es anders als bei Wölfen. Verstanden?"

Normalerweise wäre das alles in allem ein sehr merkwürdiges Gespräch gewesen. Denn Blue war der Wolf, und der Wolf war Blue. Aber es schien, als wäre sie schlauer als er, denn sein Wolf beschnupperte Stephanie intensiv, legte sich dann hin und rollte sich mit dem Bauch nach oben.

„Großer, alter Softie."

In der Tat ein Softie. Das Bauchkraulen war sowohl Blue als auch seinem Wolf sehr willkommen.

Ein paar Minuten lang blieben sie so. Blue hing herum und genoss das Kuscheln mit seiner zukünftigen Gefährtin. Es würde passieren.

Aber schließlich stand Stephanie auf. „Du musst dich zurückverwandeln", informierte sie ihn. „Der Sturm verzieht sich nicht, also müssen wir wahrscheinlich Karten spielen oder so, um uns die Zeit zu vertreiben. Und wir müssen die Bilder einpacken. Ich glaube, ich habe das Packmaterial im Flur gesehen. Ich hole uns was zu trinken, und wir treffen uns dort."

Blue, der sein Wolf war, aber auch nicht, saß ruhig am Boden. Sein Schwanz wedelte wie verrückt, während er sie durch die Küche laufen und fröhlich summen sah. Sie erholte sich wie ein Profi von der Bombe, die er hatte platzen lassen.

Wahrscheinlich half es, dass sie die letzten drei Monate in einem Wolfsrudel verbracht hatte. Und all die Jahre, in denen sie die Tante eines rudellosen Wolfskindes gewesen war.

Sie trat aus dem Zimmer, und Blue sammelte sich, um sich wieder in einen Menschen zu verwandeln.

Normalerweise geschah das ohne Anstrengung. Nur

der Gedanke – Zeit, sich zu verwandeln – und er würde zu seinem anderen Ich werden.

Doch jetzt zögerte sein Wolf. Behielt die Kontrolle.

Blue war noch nicht allzu besorgt und beobachtete von seinem imaginären Rücksitz aus, um zu sehen, was seine animalische Seite vorhatte. Entsetzen stieg in ihm auf, als er merkte, dass sein Wolf ihn in den letzten paar Sekunden durch den Raum gedrängt hatte und er nun neben dem Gemälde stand, das an der Wand lehnte. Im nächsten Moment hob er sein Bein und markierte sein Territorium auf der Leinwand.

Erst dann marschierte sein Wolf zufrieden zum Stapel menschlicher Kleidung und gab die Zügel ab.

Blue verwandelte sich wieder in einen Menschen und fluchte leise, während er sich anzog und dann anfing, nach Putzmitteln zu suchen.

8

———

Es schien lange zu dauern, bis Blue wieder zu ihr kam, aber Stephanie machte das nichts aus. Sie hatte vorhin jegliche Kontrolle verloren und musste noch herausfinden, ob das gut oder schlecht war.

Es war definitiv etwas. Sie hatte einen *Gefährten*.

Verdammt, das hätte sie eigentlich nicht tun sollen, aber jetzt schien es mehr als grausam, die Sache abzublasen. Und sie konnte nicht lügen und sagen, dass sie keine Beziehung mit Blue wollte, denn sie wollte absolut eine. Es waren all die anderen komplizierten Dinge, bei denen sie sich nicht sicher war.

Aber das Wichtigste zuerst. Sie saßen auf dem Berg fest, ergo konnte sie nicht mit ihrer Schwester oder Cassidy chatten, um Lösungen für ihr Dilemma zu finden. Sie hatte es mit ihrem Handy versucht, aber, wie sie schon befürchtet hatte, hatte es keinen Empfang.

Also war es Zeit für einen unfreiwilligen Urlaub. Ein bisschen entspannen, ein bisschen die Bilder verpacken und hoffen, dass Blue keines der anderen zerstörte.

Obwohl sie sich darüber keine großen Sorgen machte.

Es war ganz klar, dass François die Grenzen des Anstands nur mit dem Bild überschritten hatte, auf dem sie zu sehen war.

Sie holte das Packmaterial, das an der Seite des Tischs verstaut war, und überlegte gerade, wie sie die Leinwände am besten einpacken sollte, als Blue schließlich wieder zu ihr kam. „Ich habe über die Bilder nachgedacht und darüber, ob es gruselig wäre, sie in der Lodge aufzuhängen, aber ich bin zu dem Schluss gekommen, dass sie völlig in Ordnung sind", verkündete sie.

Blue roch nach Spülmittel und Desinfektionsmittel. Ein Hauch der Reinigungsprodukte wehte von ihm herüber, als er neben sich neben sie stellte und eine Hand ausstreckte, um die Schnur am ersten Bild festzuhalten, das sie einpackte. „Musstest du irgendeine Art mentaler Brezel knoten, um zu diesem Schluss zu kommen?"

„Auf jeden Fall." Stephanie drehte sich zu ihm um und lehnte ihre Hüfte gegen den Tisch. „François ist offensichtlich irgendwann zur Lodge gekommen, um herauszufinden, wie ich aussehe. Und das Geschenk ging absolut zu weit. Also wird es nirgendwo in der Lodge aufgehängt."

„Verdammt nein, das wird es nicht", murmelte Blue gereizt, bevor er viel munterer sprach. „Oh, das ist *zu* schade."

Sie kicherte. „Aber er ist ein guter Künstler, und diese anderen Bilder sind genau das, was wir für die Lodge brauchen. Und da damit keine Grenzen überschritten wurden, bin ich damit einverstanden, dass diese Bilder aufgehängt werden, besonders, nachdem du und ich gemeinsam eine erwachsene und vernünftige Unterhaltung mit François geführt haben, um ihm zu sagen ..." Sie hielt inne.

Blue zog eine Augenbraue hoch.

Oje. Das war ein Sprung ins kalte Wasser vom Zehnmeterbrett. „Um ihm zu sagen, dass wir Gefährten sind", beendete sie.

Als sie das aussprach, fiel eine Spur Anspannung von ihm ab. „Der Plan gefällt mir."

„Wir sind immer noch Gefährten auf Probe", erinnerte sie ihn.

Seine Lippen zuckten, und er griff nach dem Glas Wasser, das sie für ihn auf den Tisch gestellt hatte, und hob es an seine Lippen. Er hielt inne und sagte dann trocken: „*So* nennen wir es also?"

„Ich glaube nicht, dass meine Schwester es gutheißen würde, wenn wir den Kindern erzählen, dass wir Fickfreunde sind."

Blue verschluckte sich an seinem Wasser, wich zurück und konnte gerade so verhindern, das Glas über die Gemälde auf dem Tisch auszuschütten. Sie schnalzte mit der Zunge und griff nach seiner Hand, um ihn zu stützen. „Tut mir leid. Das war ein bisschen grob."

Sein Grinsen erblühte. „Du kannst uns nennen, wie du willst, solange es wahr ist."

Die Hoffnung und das Glück in seinen Augen weckten Schuldgefühle in ihr. Teilweise stimmte das – sie war daran interessiert, ihre körperliche Beziehung weiterzuentwickeln. Es war der Teil, der über das Körperliche hinausging, der ihr Sorgen bereitete.

Sie arbeiteten daran, die restlichen Gemälde ohne weitere Ablenkung zu verpacken. Blue machte allgemeine Bemerkungen über François' künstlerisches Talent, und er nickte glücklich, während er auf eines der Bilder zeigte. „Genau so sieht dieses Tal aus. Und es ist kein Ort, an den viele Touristen kommen. Wenn ich nicht gerade einen

Knoten in François' Schwanz binden wollte, könnten wir Freunde sein."

„Ihr habt offensichtlich den gleichen Geschmack in Sachen Frauen", bemerkte sie, bevor sie ihm einen genervten Blick zuwarf. „Hör auf zu knurren. Das war nur Spaß."

„Ich weiß. Das war ich nicht." Blue hob beschwichtigend seine Hände. „Mein Wolf ist immer noch durcheinander und reagiert auf alles über. Das tut mir leid, aber ich kann nicht viel dagegen tun."

„Vielleicht ist das ein guter Zeitpunkt für eine Lektion über Wölfe." Sie knickte die Ecken des Packpapiers und schlug es über die Seiten von Bild Nummer zehn. „Wenn du dich in einen Wolf verwandelst, bist du dann immer noch da drin? Oder bist du eher der Blue-Wolf, während ich jetzt mit dem Blue-Menschen spreche?"

Er verzog das Gesicht. „Normalerweise würde deine Frage keinen Sinn ergeben. Wir sind Wandler. Eine Person, nur mit einer menschlichen und einer tierischen Gestalt. Manche Dinge kann meine menschliche Seite besser, wie Gabeln halten und höhere Mathematik." Er zwinkerte.

„Ich dachte, du hast gesagt, du wärst schlecht in Mathe", bemerkte sie.

„Es ist schon sehr lange her, dass ich zur Schule gegangen bin", sagte er schulterzuckend. „Ich kann rechnen, aber ich überlasse es lieber den Leuten, denen es mehr Spaß macht. Ich bin so freundlich und großzügig."

„Das ist die menschliche Seite. Ich nehme an, dein Wolf kann Dinge besser, wie schnuppern, Spuren verfolgen und sich verstecken."

„Er hat nicht nur tierische Instinkte. Ich meine, ich bin nicht nur ganz Tier, wenn ich ein Tier bin", widersprach Blue. „Ich denke und urteile immer noch." Er verzog erneut das Gesicht. „Zum Beispiel weiß meine Wolfsseite sofort, wer in einem Raum mit wem verbunden ist. Wie Familie oder Freundschaften. Das ist ein bisschen Rudelwissen, das hilfreich ist."

„Du hast gesagt, normalerweise würde meine Frage keinen Sinn ergeben. Warum ergibt sie jetzt Sinn?"

Blue klebte ein paar zusätzliche Stücke Klebeband auf das Paket und stellte es dann zu den anderen fertigen an die Wand. Dann drehte er sich um und schenkte ihr seine volle Aufmerksamkeit. „Ich weiß nicht, ob es daran liegt, dass wir im Moment Gefährten auf Probe sind –"

„Buddy-Gefährten", meinte sie.

Seine Sorge verwandelte sich in ein Grinsen. „Süß. Okay, ich weiß nicht, ob es daran liegt oder daran, dass ich ein Omega bin und es eine Menge esoterische Regeln gibt, die das umfassen, was ich normalerweise mache, aber mein Wolf verhält sich ganz anders, als ich es sonst jemandem empfehlen würde."

Sie versuchte, zwischen den Zeilen zu lesen. „Das hört sich nicht gut an. Wenn du eines tun willst und er was anderes, wer gewinnt dann?"

Wieder antwortete er mit dem unschuldigen „keine Ahnung"-Achselzucken. „Ich muss improvisieren", gab er zu. Dann trat er vor und drückte sie an seine Brust, umarmte sie zärtlich auf seine große, beschützende Art, was sie wie ein Schwamm aufsaugte. „Ich weiß nur, dass er und ich dich beide anbeten. Wir würden alles tun, um dich zu beschützen, aber mehr noch wollen wir, dass du glücklich bist. So durcheinander und verworren es ist, ein Wandler mit gespaltenen Persönlichkeit zu sein, du kannst darauf zählen, dass ich für dich da bin. In jeder Gestalt."

Stephanie drehte den Kopf, um ihre Wange an seine Brust zu schmiegen. Sie schlang die Arme um seine Taille und ließ sich voll und ganz auf die Umarmung ein. „Danke dafür. Und ich improvisiere auch so ziemlich jeden Schritt. Du bist ein guter Mann, Blue. Und ein guter Wolf." Sie hob kurz die Hand und klopfte ihm auf den Rücken, als wäre er noch in seiner Wolfsgestalt. „Wir werden schon klarkommen. Wir werden uns schon was einfallen lassen."

Denn es musste einen Weg geben, all die guten Dinge, die in ihrer Welt passiert waren, am Laufen zu halten. Die Lodge zu gewinnen, jederzeit mit ihrer Freundin und Schwester zusammen sein zu können, neue Freunde zu finden. All das musste weitergehen, und wenn sie etwas Besonderes für sich selbst haben konnte –

Nein. Hier geriet das magische Märchen für sie ins Stocken. Im Moment sah sie keinen Weg weiter.

„Hey." Starke Finger schoben sich unter ihr Kinn, und sie hob den Kopf, bis ihr Blick die scharfen blauen Augen eines Wolfs traf. „Kein Druck. Nur du und ich und der Pelzige, und irgendwie wird es genau richtig für uns sein."

„Okay." Sie beließ es dabei.

Weil man den glücklichen Menschen im Märchen nie sagt, dass um die nächste Ecke eine Katastrophe lauert.

HIMMEL UND HÖLLE. So eine perfekte Mischung. Zeit allein mit Steph versus Zeit allein mit Steph, in der sie es wirklich genießen konnten, allein mit ihr festzusitzen.

Der Sturm tobte den ganzen Nachmittag weiter, was bedeutete, dass Blue und Stephanie sich beschäftigen mussten. Leider bedeutete das nicht, dass sie auf dem großen Bett unten im Keller herumtollten, bis ihnen vor Lust schwindelig wurde.

Stattdessen spielten sie Karten. Sie lasen sich

gegenseitig aus einem Rätselbuch vor und lachten, bis ihnen der Bauch wehtat. Sie bastelten Origami-Papierschiffchen – Blue wusste, wie das geht – und ließen sie in den Pfützen vor dem Dachüberhang schwimmen. Das war nicht ganz so erfolgreich, weil der Wind über ihnen peitschte und ihre Boote regelmäßig umwehte.

Als es Abend wurde, fühlte sich Blue endlich normal. Sein Wolf schmollte, aber er schnappte nicht mehr nach ihm oder versuchte, die Kontrolle zu übernehmen.

Während Stephanie Pfannengemüse zubereitete, kochte Blue ein Lachssteak, das sie im Gefrierschrank gefunden hatten. Er plünderte auch den Weinkeller und holte einen sehr schönen weißen Viognier heraus, der zum Essen passte.

An dem großen, langen Esstisch zu sitzen war dank Steph gemütlich. Sie hatte einen zusätzlichen Stuhl gefunden und ihn ins Zimmer gebracht, sodass sie schräg gegenüber voneinander saßen. Er auf der langen Seite und sie am Kopfende, beide mit großartiger Aussicht auf die andauernde Lichtshow vor dem Fenster.

„Dieser Sturm meint es ernst, nicht wahr?" Steph starrte einen Moment lang, ihr Weinglas mitten in der Luft gefangen, als ein außergewöhnlich heller Blitz über den Himmel raste. Funken schienen durch den Raum zu tanzen.

„Es ist ein guter, aber ich glaube nicht, dass wir anfangen müssen, eine Arche zu bauen. Ich denke, bis zum Morgen wird alles vorbei sein."

Sie nippte an ihrem Wein und schob sich ein weiteres Stück seines zugegebenermaßen ausgezeichneten Lachses in den Mund. „Nicht, dass ich dich das nicht sowieso gefragt hätte, und nicht, dass du in den letzten Monaten nicht in irgendeiner Variante von Cassidy oder Stace oder von uns dreien gleichzeitig gefragt worden bist, aber ..." Sie verzog das Gesicht.

„Was?"

Sie legte ihre Gabel hin und faltete die Hände. „Kumpel-Gefährte, ich brauche einen Rat, wie ich meiner Familie helfen kann."

„Lass uns Gefährte oder Kumpel benutzen, nicht beides. Das klingt nach einem verwirrten Seemann", schlug er vor, immer noch sehr belustigt. „In welchem speziellen Bereich musst du ihnen mehr helfen, als du es schon tust? Du bist eine große Hilfe in der Lodge und für sie alle superwichtig."

Sie neigte den Kopf von einer Seite zur anderen. „Oh, ich komme mit allen super aus. Und ich liebe sie sehr, und ich weiß, dass sie mich lieben. Das ist es nicht."

„Immer noch verwirrter Gefährte hier."

Sie begegnete seinem Blick. „Das klingt so ..."

„Gut?"

„Förmlich."

„Gut und förmlich."

Steph verdrehte die Augen. „Wenn ich eine Frage habe, bist du dann nach dem Gefährtengesetz verpflichtet, sie vertraulich zu behandeln?"

Sie fragte es spielerisch, aber plötzlich war da etwas in ihren Augen.

Sein Wolf sprang auf. *Sie hat Angst.*

Ich bin ein Mensch, nicht blind, fuhr er sein anderes Ich an, während er sich bemühte, seinen Gesichtsausdruck heiter zu halten. „Ich glaube, das ist wieder einer dieser Momente, in denen ich die Frage hören muss, um die richtige Antwort zu wissen. Ich werde all deine Geheimnisse bewahren, die sicher bewahrt werden können."

Sie streckte die Zunge heraus. „Ich wünschte, ich hätte dich nie dazu trainiert, nicht mehr Mr. Kooperativ zu sein.“

Ein Achselzucken. „Ich will das Beste für dich, schon vergessen? Wenn ich damit beschäftigt bin, Geheimnisse zu bewahren, könnte das bedeuten, dass ich nicht in der Lage bin, zu tun, was getan werden muss.“

Obwohl er es vollkommen verstand. Es gab Dinge in seiner Vergangenheit, von denen er nie einer Menschenseele erzählt hatte, und das würde aus vielen guten Gründen auch so bleiben.

„Hier ist die eigentliche Frage: Wir haben diesen Zeitplan, und ich möchte wirklich meinen Teil dazu beitragen, dass wir es schaffen.“

Blue nickte. „Ja. Und dein Spa ist ein großer Erfolg für die Gäste der Lodge, also ist die Mission im Griff.“

„Nein, ich möchte mehr tun. Ich möchte helfen, dass das nicht in die Hose geht, weil wir irgendwas übersehen haben.“

Sie knabberte an ihrer Unterlippe, und Blue konzentrierte sich fest auf ihre Augen, um das Zittern der Begierde zu kontrollieren, das durch seinen Körper vibrierte. Das war ein ernstes Thema, und er musste ihm ernsthafte Aufmerksamkeit schenken.

„Ich verstehe, was du meinst. Du willst deinen Beitrag dazu leisten, dass das Wilson-Rudel gutheißt, was ihr macht und bestätigt, dass ihr die Lodge auf Dauer behalten könnt.“

Stephanie nickte immer noch nachdenklich. „Bis jetzt haben wir uns wirklich darauf konzentriert, die Lodge zum Laufen zu bringen und dafür zu sorgen, dass es ein großartiger Ort ist. Aber wie wäre es, wenn wir uns etwas stärker auf den persönlichen menschlichen Aspekt konzentrierten? Oder vielleicht sollte ich sagen, den persönlichen Wolfs-Aspekt."

Oh. Er glaubte zu wissen, worauf sie hinauswollte. „Das Wilson-Rudel ansprechen und sehen, wo ihr steht?"

„Kennen wir überhaupt jemanden vom Wilson-Rudel?" Sie beugte sich jetzt vor, ihr Interesse war groß.

Blue überlegte. „Es gibt Überschneidungen zwischen dem Wilson-Rudel und dem Jasper-Rudel. Es ist ein bisschen kompliziert – es sind nicht wirklich zwei Rudel. Nicht so, wie es in einer anderen Stadt wäre, wenn du so von zwei Namen sprichst. Das Wilson-Rudel waren die ursprünglichen Siedler in dieser Gegend. Sie wurden sozusagen als Nebenzweig anerkannt und mit ehrenvollem Respekt bedacht."

„Also könnten wir sie zu uns einladen?" Ihre Begeisterung verwandelte sich plötzlich in Sorge. „Aber wenn wir es zu früh machen, könnte das unsere Chancen zunichtemachen. Denn wenn wir nicht absolut fantastisch sind, würde das den falschen Eindruck erwecken."

„Nein. Warte, ich glaube, du hast hier was. Es gibt entfernte Wilson-Verwandte in unserem Rudel." Etwas juckte in seinem Hinterkopf, und er versuchte es zu finden. Glück erblühte, als er erkannte, was es war. „Zu einer dieser Familien gehört ein Mädchen, das irgendwann in der kommenden Woche in der Lodge sein wird."

Stephanie strahlte. „Für den *Hängt-rum-und-seid-gute-Wölfe*-Abend. Das ist fantastisch!" Sie überlegte. „Denkst du, sie würde von einem Familienmitglied abgeholt oder abgesetzt werden, mit dem wir eine Weile ungezwungen plaudern könnten?"

Seine Gedanken rasten. „Hier sind ein paar Informationen über Wölfe, die du vielleicht nicht weißt, die euch aber sehr helfen könnten. Da das Wilson-Rudel in gewisser Weise von unserem separat behandelt wird, ist eine offizielle Einladung nötig, wenn sie sich unter unser Rudel mischen sollen. Es wäre vollkommen angemessen, vorzuschlagen, dass es in Ordnung wäre, wenn eines der älteren Wilson-Mitglieder dafür sorgt, dass ihr Teenager zur richtigen Zeit am richtigen Ort ist."

„Und das kannst du machen? Ich meine, würdest du das tun?"

„Es wäre mir ein Vergnügen."

So wie sie ihn ansah – mit Sternen in den Augen – wollte Blue das von jetzt an für immer.

Nachdem sie den Plan besprochen hatten, löste sich der Rest des Abends in Luft auf, und sie saßen lesend vor einem prasselnden Feuer. Blue hatte überhaupt kein Problem mit François' opulenten Wohnverhältnissen.

Der Bastard musste nur seine Finger von seiner Gefährtin lassen.

Als es Zeit wurde, schlafen zu gehen, hatte Blue schon einen Plan. Er wollte sich hundertprozentig darauf einlassen, und dieser Kuss hatte sein Interesse noch gesteigert. Aber sie mussten noch einige Schichten in dieser Beziehung aufbauen, und nachdem sie so lange gewartet hatten, würde es ihn nicht umbringen, noch ein bisschen länger zu warten.

„Hey, ich habe eine Idee." Er lehnte sich an die Badezimmertür, wo Stephanie in den Schränken nach Zahnbürsten suchte. Als sie ihm in die Augen sah, reichte er ihr ein T-Shirt aus seinem Notvorrat im Jeep. Zu wissen, dass sie gleich von seinem Duft eingehüllt sein würde, war sehr befriedigend. „Benutze das als Pyjama. Ich habe dir vor dem Kamin ein Bett gemacht."

Belustigung tanzte in ihren Augen, aber ihre Wangen

röteten sich leicht. „Wir werden nicht das große Bett unten im Kerker benutzen?"

Blue unterbrach das Knurren, das ihm entfleuchte. Er räusperte sich. „Anscheinend hat mein Wolf eine Meinung zu diesem Raum. Ich glaube, du wirst dich hier wohlfühlen."

Er verschwand, bevor sie weitere Fragen stellen konnte.

Das Wandeln zu seinem Wolf passierte schneller als sonst, denn das Tier wollte unbedingt das Kommando übernehmen. Er tänzelte geradezu zu den Decken, die seine menschliche Seite sorgfältig vor dem Kamin ausgebreitet hatte. Er legte sich in die Mitte und rollte sich auf den Rücken und hin und her, um sicherzustellen, dass sein Geruch überall auf den Laken war.

Du bist ein nerviges Arschloch, sagte Blue zu seinem Wolf. Er überlegte und fügte dann ehrlich hinzu, *aber diesmal bin ich absolut an Bord.*

Er rutschte zur Seite, sodass gerade genug Platz war, damit Stephanie sich neben ihm ausstrecken konnte. Dann legte er den Kopf auf seine Pfoten und wartete darauf, dass sie zu ihm kam.

9

Stephanie legte ihre Zahnbürste an den Waschbeckenrand und straffte die Schultern. Sie hatten einen wunderschönen Abend zusammen verbracht, und jetzt prickelte sie von Kopf bis Fuß vor Vorfreude. Was genau heute Nacht passieren würde, war noch ungewiss, aber sie wusste, es würde gut werden.

Der Mann konnte küssen. Der Kuss, den sie nicht hatte abbrechen wollen, war ihr den ganzen Abend in den unpassendsten Momenten durch den Kopf gegangen.

Mit pochendem Herzen ging sie so selbstbewusst wie möglich ins Wohnzimmer.

Ein Anflug von Enttäuschung packte sie, aber dann erblühte Glück. Wenn Blue wie ein Buffet ausgestreckt dagelegen hätte, splitternackt, hätte sie es zu einem gewissen Grad genossen. Aber hier in diesem Raum mit ihm in Wolfsgestalt zu sein und die Flammen des Feuers zu warmem, glühendem Bernstein erlöschen zu lassen, war perfekt.

Sie nahm Anlauf und landete mit einem Sprung auf dem Lager neben Blues Wolfs-Ich.

Er schnaubte, als amüsierte er sich.

Sie legte eine Hand auf seinen Kopf. „Du bist so ein Witzbold. Aber ich weiß zu schätzen, was du gemacht hast. Danke." Sie beugte sich hinunter und drückte ihm einen Kuss zwischen die Augen. Sie wich nicht schnell genug zurück, und als sie sich zurücklehnte, leckte er ihr über die Wange. „Alter! Ich hab' mein Gesicht schon gewaschen."

Er wich ein kleines Stück zur Seite, die Zunge hing heraus, und er grinste wie ein Wolf.

„Ja, ich weiß. Wolfskeime sind gute Keime oder sowas in der Art. Versuch's aber nicht nochmal", warnte sie streng.

Sie ließ sich auf den Decken nieder, die Blue zu einem weichen Bett gestapelt hatte. Er drehte sich um und legte sich so, dass er sich an sie kuscheln und sie trotzdem ansehen konnte.

Sie streichelte das weiche Fell um sein Ohr. „Ich darf nicht zu viel darüber nachdenken, sonst wird es irgendwie komisch, aber wenn ich mit dem Strom schwimme und es genieße, ist es großartig. Du bist ein wunderschöner Wolf, Blue."

Er seufzte leise und schloss zufrieden die Augen.

Trotz des Sturms, der draußen tobte, schlief sie ein.

Bis das angenehme, warme Gefühl in ihrem Inneren zerbrach und sich in Zähne und Klauen verwandelte und Stephanie schauderte.

In ihr Glück drängte sich Wut. Ein dunkles, widerliches Gefühl, mit einem unheiligen Verlangen vermischt. Stephanie sah wieder einmal in ein Paar dunkelbrauner Augen voller Bosheit und Lust. Ein Paar Augen, das nicht mehr voller Hass blitzte, sondern schmerzerfüllt mit verblassendem Licht, und ihre Hände waren mit Blut bedeckt.

Stephanie wich entsetzt von ihm zurück, seine Arme umklammerten ihre Füße. Ihr Herz raste und –

„Stephanie, wach auf!"

Die Worte waren irgendwo zwischen sanft und fordernd, und obwohl sie zitterte, öffnete sie die Augen.

Blue hatte sich um sie geschlungen, seine starken Arme um ihre Schultern gelegt, sein Gesicht nur Zentimeter entfernt.

„Blue?"

„Alles ist gut", versicherte er ihr und strich ihr mit den Fingern das Haar hinters Ohr. „Du bist in Sicherheit."

„Das weiß ich." Doch noch während sie die Worte aussprach, fiel ihr noch mehr ein. „Ich erinnere mich an … einen Alptraum."

Er stupste mit seiner Nase gegen ihre. „Du hast gezittert und dann geflucht. Du hast das Wort *niemals* sehr entschlossen gesagt, und dann hast du angefangen zu weinen." Seine Arme schlossen sich fester um sie, und jetzt streichelte er ihr über den Rücken, als müsste er sie berühren.

Stephanie war hin- und hergerissen, ob sie den Trost annehmen und gleichzeitig absolut entsetzt sein sollte, dass er das alles miterlebt und gehört hatte. Vielleicht war es besser, weniger zu sagen. Vielleicht würde er es vergessen und keine weiteren Fragen stellen.

„Danke, dass du mich aufgeweckt hast."

Sie hob die Hand, um ihm freundschaftlich auf die Schulter zu klopfen, als sie es endlich begriff.

Blue war splitternackt.

Sie warf einen schnellen Blick darauf. „Ähm. Nackt."

Er zuckte die Achseln. „Du hattest Angst, und mein Wolf konnte nicht mehr tun als dich zu lecken. Ich dachte nicht, dass das reichen würde, also habe ich gewandelt."

So eine tolle Ablenkung von schlechten Erinnerungen und Orten, an die ihre Gedanken nicht gehen wollten. „Nackt steht dir gut.“

Sein Gesicht war stolz. „Ich bin froh, dass du das denkst.“

Es war ein Muss, seine Haut zu streicheln. Ihre Fingerspitzen glitten über die Muskeln, und sie genoss den Kontrast zwischen seidiger Weichheit und steinhartem Bizeps. Sie strich über die festen Rundungen seiner Brustmuskeln und dann mit ihren Fingerspitzen über seine Brustwarzen.

„Steph?“

„Hmm?“ Ja, was Ablenkung anging, stand der nackte Blue ganz oben auf ihrer Liste.

Er legte eine Hand auf ihre, um sie von forschenden Liebkosungen abzuhalten. „Du solltest weiterschlafen.“

„Ich will nicht schlafen“, gab sie ehrlich zu.

Ein tiefer, zitternder Atemzug hob seine Brust. „Scheiße.“

Belustigung sprudelte hoch und vertrieb eine weitere Schicht der kalten Erinnerung. „Wenn du müde bist, mach dir keine Sorgen. Leg dich einfach zurück und stell dir vor, du wärst am Strand oder so.“

Sie drückte eine Hand auf seine Schulter. Auf keinen Fall konnte sie ihn umstoßen, also musste er sich freiwillig fallengelassen haben. Was ihr einen wunderbaren Spielplatz zum Erkunden bot.

Sie ließ eine Hand seine Rippen hinuntergleiten und tippte mit den Fingern entlang des Adonis-Muskels, der wie ein Pfeil in Richtung seiner Leistengegend wies. Seine Erektion erhob sich aus einem hübschen Fleck blonder Locken. Voll und hart und sehr, sehr schön.

Blue begegnete ihrem Blick, als sie ihre Augen hob, um sein Gesicht zu betrachten.

Seine Nasenflügel bebten, als sie ihre Finger um seine Länge schloss, sein Gesichtsausdruck so ernst. Viel zu ernst für einen Mann mit einer Frauenhand um seinen Penis.

„Ja?", fragte sie.

„Immer. Wann immer du willst. Ich bin dein, du kannst mich berühren und nehmen, was immer du brauchst."

Stephanie bewegte ihre Hände langsam nach oben und genoss das Gefühl von Hitze und Kraft. „Ich dachte, wir hätten darüber gesprochen, dass du alles anbietest, ohne dass wir das klären."

„Das muss absolut nicht erklärt werden", versicherte Blue ihr, kurz bevor er die Augen verdrehte, weil sie ihren Griff angepasst hatte und die Feuchtigkeit nutzte, die bereits auf der Spitze seines Penis perlte. Ihre Handfläche glitt über ihn, Hitze hüllte ihn ein wie eine exotische Decke.

So viel zu sehen. So viel zu erleben, als sie ihn zum ersten Mal berührte. Intim, eine sexuelle Verbindung, ja, aber auch einfach nur Lust auf diesen Mann, der in den letzten Monaten ein Freund gewesen war.

Sie hätte es damit rechtfertigen können, dass ihr aufgefallen war, dass Wölfe viel körperlichere Wesen sind. Damit, dass nichts Falsches daran war, wenn zwei erwachsene Menschen die Gesellschaft des anderen auf körperliche Weise genossen.

Aber tief in ihrem Innersten kannte sie die Wahrheit. Das musste nicht gerechtfertigt werden.

Es waren sie und Blue, und sie waren perfekt zusammen.

Sie war froh, dass er nicht versuchte, die Führung zu übernehmen. Er versuchte nicht, daraus ein Ereignis für sie beide zu machen, denn im Moment wollte sie geben. Und während sie sich seinem Schwanz widmete, ihn sanft streichelte, um alle Rhythmen zu finden, die ihn vor Genuss stöhnen ließen, spürte Stephanie, wie die Verbindung zwischen ihnen stärker wurde.

Sie beugte sich vor und presste ihre Lippen auf seine, um seinen gierigen Kuss anzunehmen. Seine Zunge wand sich um ihre, während sie den Rhythmus ihrer Hand hielt. Als wäre sie in einer Traumwelt, irgendwo an den Grenzen der Vorstellungskraft, küsste Stephanie den Mann, der ihr Gefährte sein würde. Sie ließ ihre Handfläche über die Kuppe seines Schwanzes gleiten und bewegte sich dann schneller, bis er fluchte, sich an sie presste und seine Bauchmuskeln anspannte.

Er schob seine Finger in ihr Haar und löste ihre Lippen weit genug voneinander, um ihr in die Augen zu sehen. Dann zuckte sein Penis in ihrer Hand, Feuchtigkeit schoss zwischen ihnen hindurch, und er stöhnte ihren Namen, und jede Linie seines Gesichts war voller Lust.

Blue entspannte sich wieder, die Arme ausgebreitet, und sein immer noch erigierter Penis erhob sich wie der Schiefe Turm von Pisa aus seinem Schritt. „Wow. Das habe ich nicht kommen sehen.“

„Und ich habe es nur irgendwie kommen sehen, weil wir uns geküsst haben“, neckte Stephanie.

Er drehte seinen Kopf, um ihr in die Augen zu sehen, und zwinkerte. „Danke. Das hat mir wirklich gefallen.“

„Mir auch“, sagte sie aufrichtig. Dann gähnte sie herzhaft. „Oh. Tut mir leid.“

Aber er nickte und richtete sich in eine sitzende Position auf. „Gib mir einen Moment, um mich sauberzumachen, dann versuchen wir, noch ein bisschen zu schlafen.“

Das war das erste Mal, dass Stephanie es bemerkte. „Der Sturm. Ich kann ihn nicht mehr hören."

„Gut. Es könnte immer noch schwierig sein, morgen hier rauszukommen, aber es könnte einen Weg geben." Er gab ihr einen Kuss, bevor er aufstand und zufrieden aus dem Zimmer schlenderte.

Stephanie folgte ihm und wusch sich die Hände im Spülbecken. Sie kam ihm zuvor und kehrte zum Deckenlager zurück, wo sie alles ein bisschen zurechtrückte und ein zusätzliches Kissen neben das Kissen legte, das sie benutzt hatte.

Als er zurückkam, klopfte sie auf den Platz neben sich. „Du musst nicht wandeln. Wie du gesagt hast, lass uns versuchen, noch ein bisschen mehr zu schlafen."

Und selbst nach dieser schönen Ablenkung war es gut, noch etwas zu haben, das ihr beim Einschlafen helfen konnte. Blue legte sich neben sie und zog sie an sich. Er zog ihren Körper eng an seinen und hielt sie in seinen Armen. Nicht besitzergreifend, nicht beschützend. Einfach zusammen.

Einfach perfekt.

SIE WAR UNGLAUBLICH. Blue hatte Stephanie immer als optimistische Person und als jemanden gesehen, dem er vertrauen konnte, und jetzt hatte er noch mehr Bestätigung für ihr Herz aus Gold.

Sie hatte nichts hinterlistig getan, als sie sich ihm in der Nacht so bereitwillig hingegeben hatte. Es war nicht so, als hätte sie gesagt, sie wolle ihn berühren, und dann erwartet, dass er sie im Gegenzug zum Höhepunkt brachte.

Obwohl er den Gefallen auf jeden Fall erwidern

würde. Er sehnte sich sogar nach der Gelegenheit. Sie ein Dutzend Mal zu einem schreienden Orgasmus zu bringen, war vielleicht genug, um die Rechnung zu begleichen, aber als Blue am nächsten Morgen auf sie hinabblickte, sog er die Befriedigung in sich auf, die sein Innerstes erwärmte.

Sie hatte ihn berührt. Ihm vertraut. Jetzt schlief sie noch immer wie die Unschuldige, die sie war, und wusste, dass er für sie da sein würde.

Oder zumindest hoffte er, dass das in ihrem Kopf und Herzen vor sich ging.

Es war ein so guter Anfang, wie er ihn sich nur erhoffen konnte. Aber das war es – ein Anfang.

Blue lag da, um noch ein paar Minuten zu genießen, seine Gefährtin in den Armen zu halten, aber er stand auf, bevor sie sich rührte. Er sah sich draußen um und ging die Straße entlang, um sich die Situation genau anzusehen. Obwohl alles aufgeweicht war, hatte der Wind aufgefrischt, sodass alles bald trocknen würde.

Also traf er ein paar Entscheidungen und lud die Bilder in den Jeep, um sich und Stephanie hier rauszubringen, bevor ein weiterer Sturm sie festhalten konnte.

Obwohl er irgendwann in der Zukunft unbedingt für längere Zeit mit seiner Gefährtin festsitzen wollte.

Er war gerade fertig mit dem Beladen des Jeeps, als Stephanie in die Küche kam, ganz weich und vom Schlaf zerzaust. Sein Shirt hing bis zur Mitte ihrer Oberschenkel, und ihr Haar floss wirr um ihre Schultern.

„Hey, Blue. Was gibt's Neues?"

Gott, sie sah bezaubernd aus. „Ich glaube, wir können vom Berg runter. Aber keine Eile", sagte er schnell, als sie sich aufrichtete und schnell blinzelte. „Es dauert noch gut eine Stunde, bis die Sonne auf die Straße scheint und der

Wind seine Arbeit tun kann, also lass dir Zeit. Wenn du duschen willst, dann mach das."

Sie nickte, hielt aber inne und sah mit verhangenen Augen zu ihm auf. „Wirst du auch duschen?"

Guter Gott. Eine Versuchung, die ihm auf einem Silbertablett serviert wurde. Blue schluckte schwer, blieb aber entschlossen.

Irgendwie schaffte er es, den Kopf zu schütteln, anstatt begeistert zu nicken. „Diesmal gehst du allein."

Ein Anflug von Enttäuschung, aber auch Erleichterung huschte über ihr Gesicht und Blue wusste, dass er die richtige Entscheidung getroffen hatte.

Sie hob ihr Kinn und lächelte süß. „Ein andermal?"

Blue trat näher und nahm sie in seine Arme, um ihr die Wahrheit zu sagen. „Absolut. Und dann bleiben wir unter der Dusche, bis wir schrumpelig und aufgeweicht sind und nicht mehr stehen können, weil wir so viel Spaß daran hatten, uns gegenseitig zu berühren."

Sie schluckte und nickte dann schnell. „Okay. Das klingt nach einem Plan."

Sie legte den Kopf in den Nacken, drückte ihm einen Kuss aufs Kinn und glitt dann aus seinen Armen. Sie wedelte zum Abschied mit den Fingern und flüchtete ins Bad.

Blue ging nach draußen und atmete eine Weile tief durch, während er über Benzinverbrauchsgleichungen nachdachte, um zu versuchen, seine Erektion loszuwerden.

Den Berg runterzukommen erforderte seine ganze Konzentration. Stephanie klammerte sich zunächst mit weißen Fingerknöcheln fest, dann schien sie sich in ihrem Sitz zu entspannen. Sie zuckte immer noch bei Gelegenheit zusammen, aber das Maß an Vertrauen, das sie in sein Fahrkönnen zeigte, reichte aus, um ihn dazu zu bringen, sich darin zu sonnen. Auf der Rückfahrt zur Lodge waren sie beide still, tauschten nur gelegentlich Blicke und ein verschwörerisches Lächeln aus.

Als sie die Hauptstraße erreichten, griff Blue nach ihrer Hand und drückte sanft ihre Finger, einfach, weil er sie berühren musste.

Er fuhr so nah wie möglich an die Eingangstür der Timberwolf Lodge heran, stellte den Jeep ab und drehte sich zu ihr um. „Bereit dafür?"

Sie lächelte, doch es war an den Rändern wackelig. „Ich bin immer bereit dafür." Sie hielt inne und stieß einen gewaltigen Seufzer aus.

„Stephanie", warnte er. „Du redest mit mir. Deinem Freund in erster Linie. Lüg mich nicht an."

„Okay, ich bin ein bisschen nervös", gab sie zu. „Meine Mädels werden begeistert sein, wenn sie die Neuigkeit hören, dass wir Gefährten auf Probe sind, weil sie der Meinung sind, dass Wölfe die Besten sind. Und ich sage nicht, dass du das nicht bist, aber wir versuchen, es langsam anzugehen, weißt du noch?"

„Ich weiß."

„Also, wie können wir dafür sorgen, dass es zwischen uns langsam bleibt, wenn Tweedledee und Tweedledum und ihre Gefährten wahrscheinlich anfangen werden, eine Party zu planen?"

Blue zuckte die Achseln. „Wir sagen unseren Freunden, dass wir es langsam angehen. Sie sind keine Arschlöcher." Er überlegte. „Okay. Jace ist manchmal eins, aber er wird trotzdem zuhören, wenn wir was sagen."

„Ugh. Wir müssen reden und Worte benutzen und alles?"

„Ich weiß. Wie unangenehm."

Als sie sich diesmal anlächelten, war die Belustigung in ihren Augen echt.

„Ich hab's verstanden. Wir werden ihnen sagen, dass wir G-A-Ps sind." Er zwinkerte. „Gefährten auf Probe."

Sie schnaubte laut, hob eine Hand und hielt sich die Nase zu. „Irgendjemand wird eine dumme Bemerkung darüber machen."

„Del wird einen Witz darüber machen, dass wir passende GAP-Mützen brauchen."

„Cassidy wird versuchen, irgendwas Schmutziges daraus zu machen."

Sie waren so aufeinander konzentriert, dass ein Klopfen an der Fensterscheibe neben Blues Kopf ihn fast aus seinem Sitz springen ließ.

Er wirbelte herum und sah, dass Marvin, der Elch, seine große Nase an die Scheibe gedrückt hatte und sein breites Geweih über ihm aufragte. „Hey, zurück, Kumpel!"

Der Elch zuckte mit den Schultern, drehte sich dann träge um und schlenderte die Straße entlang in Richtung der Bäume.

„Und ich schätze, das ist unser Zeichen, dass es Zeit ist." Stephanie war diejenige, die nach seiner Hand griff. „Blue, nur damit du es weißt, im Moment ist nichts in Stein gemeißelt und nichts ist einfach. Aber eines kann ich sagen: Ich mag dich, und ich möchte mit dir zusammen sein, so lange es funktioniert."

Das war keine richtige ‚Beiß mich, markier mich, mach mich zu deiner Gefährtin'-Erklärung, aber für den Moment?

War es genug.

10

———

Stephanie kletterte auf den Rücksitz des Jeeps. Blue hatte es kaum geschafft, die Ladung Kunstwerke loszubinden, bevor sich die Horde darauf stürzte.

Jace war gerade dabei, nach dem ersten Gemälde zu greifen, das Stephanie ihm hinhielt, als er erstarrte. Sein Blick schweifte zwischen Steph und Blue hin und her, dann verzog sich sein Gesicht zu einem breiten Grinsen. „Blue? Gibt es irgendwas, das du mit dem Rest der Klasse teilen möchtest?"

Alle Anwesenden hielten inne.

Del holte tief Luft und grinste ebenfalls wie eine Todesfee.

Bevor Blue jedoch etwas sagen konnte, übernahm Steph die Führung. „Alle mit magischen Schnüffelnasen können sofort aufhören. Es ist extrem unhöflich, nicht alle in das Gespräch einzubeziehen." Sie trat an die Seite des Jeeps und hob ihr Kinn. „Und wenn mir jetzt bitte alle zuhören würden?"

Sie streckte Blue eine Hand entgegen.

Instinktiv nahm er sie, verflocht ihre Finger und hielt ihre Hände in einer schiefen Position, eine im und eine außerhalb des Jeeps.

Während sich das Lächeln auf dem Gesicht der anderen zu verbreiten begann, neigte Stephanie ihren Kopf in einen noch majestätischeren Winkel. „Blue und ich sind zusammen. Wir sind noch keine Gefährten, wir sind GAPs – Gefährten auf Probe. Während wir herausfinden, wie diese Beziehung genau funktionieren wird, behaltet euer Schnuppern bitte für euch und lasst uns uns auf unsere jeweilige Aufgabe konzentrieren."

Cassidy presste ihre Fäuste in die Hüften. „Also das ist einfach gemein. Aufregende Neuigkeiten, und wir dürfen uns nicht darüber freuen?"

„Sie hat recht", sagte Stacy. Ihre Augen funkelten, und für einen Moment presste sie die Hände auf ihre Brust und schenkte Stephanie ein liebevolles Lächeln wie eine große Schwester. „Also, dann seid ihr GAPs?"

„Wart ihr schon zusammen passende Handschuhe und Mützen einkaufen?" Del streckte Blue eine Hand entgegen. „Ich weiß, ich weiß. Nichts ist offiziell, aber ich muss trotzdem gratulieren."

Blue lachte lauthals, als er zu Steph hinüberblickte. „Bis jetzt zwei von dreien."

„Gib ihnen Zeit." Sie klatschte in die Hände. „Erinnerst du dich an den Teil, in dem es darum ging, uns auf unsere jeweilige Aufgabe zu konzentrieren?"

Irgendwie reichte das aus, um sie alle in verschiedene Richtungen zu treiben. Das bedeutete, dass Blue, nachdem die Leinwände von der Ladefläche des Jeeps abgeladen und an die Wand im riesigen Speisesaal gelehnt worden waren, von Jace und Del geschanghait und nach draußen gezerrt wurde.

Jace schob ihn auf einen Stuhl neben der Feuerstelle, beide Hände ruhten auf Blues Schultern. Sein Alpha hatte einen seltsamen Gesichtsausdruck. „Du kannst nichts auf die einfache Art und Weise machen, oder?"

„Scheinbar nicht." Jetzt, da die Jungs allein waren, war es sicher, eine andere Konversation anzufangen. „Ja, es ist schade, dass Stephanie mich nicht einfach als ihren Gefährten akzeptiert hat. Aber ich bin froh, dass sie nicht ausflippt oder direkt Nein sagt. Also läuft es im Moment eigentlich ganz gut. Ein paar Probleme gibt es allerdings. Dieser Malertyp? Der steht auf meiner schwarzen Liste."

Del runzelte die Stirn und ließ sich auf dem Stuhl neben ihm nieder. „Ich dachte, du hättest gesagt, er wäre nicht einmal in der Hütte gewesen."

Er brauchte ein paar Minuten, um das ganze Maler-Fiasko zu erklären, dazu den Verdacht, dass er ein Stalker war, und von der starken Abneigung seines Wolfs gegen François.

Am Ende nickte Jace. „Ich stimme dem zu, was Stephanie sagt. Wenn sie damit einverstanden ist, dass die Bilder in der Lodge sind, behalten wir sie. Aber wir werden definitiv mit diesem Puma sprechen, um ihm zu verstehen zu geben, dass er sich benehmen soll."

Blue wandte sich der anderen wichtigen Angelegenheit zu. „Stephanie hatte eine großartige Idee, um daran zu arbeiten, dass die Mädchen Timberwolf Lodge behalten können. Ist es für dich in Ordnung, wenn ich Kontakt mit der Wilson-Familie aufnehme?"

Del war an der Reihe, eine Grimasse zu ziehen. „Die Mädels sind noch lange nicht bereit für eine abschließende Beurteilung."

„Aber ein bisschen Beziehungspflege könnte die Sache ins Rollen bringen", bemerkte Blue.

Jace überlegte einen Moment und nickte dann. „Weißt du, mit wem du am besten Kontakt aufnehmen solltest? Hast du jemanden Bestimmtes im Sinn?"

„Die Teenagerveranstaltung am Donnerstag." Blue zeigte auf Del. „Dass Stacy für alle die Rudelmutter ist, könnte uns zugutekommen. Die jüngste Wilson wird da sein."

Er verstand sofort. „Carolyn Wilson. Sie ist ein gutes Kind."

„Das ist sie. Anders als die anderen in der Familie." Wie die verbannte Emma.

Bevor Blue dieses Thema ansprechen konnte, bemerkte er einen kurzen Lichtblitz in den Bäumen in der Nähe. Ein Blitz. Zwei. Dann noch einer.

Verdammt. Das war schnell gegangen. Was bedeutete, dass er sich sofort um eine andere Angelegenheit kümmern musste. „Achtung. Wir bekommen Besuch von einem meiner Armykameraden", sagte Blue zu seinen Freunden.

Die anderen beiden Männer tauschten einen Blick. „Du meinst, wir lernen tatsächlich jemanden von den geheimnisumwitterten Shifter Special Forces kennen?", fragte Del gedehnt.

„Sei nett zu ihm, sonst muss er dich töten", antwortete Blue mit ernster Miene.

Er sprach nicht oft über seine Zeit beim Militär. Es war wieder eine dieser Sachen, in die ihn seine Omega-Seite geführt hatte. Er hatte mitgespielt, weil es Zeiten gab, in denen es sich einfach nicht lohnte, mit dem Tier zu streiten.

Einige der Dinge, die während dieser Zeit passiert waren, waren nicht sehr schön gewesen, aber Blue hatte ein paar gute Freunde gefunden.

„Also, wann?", fragte Jace. „Nächste Woche?"

„Etwa dreißig Sekunden. Wenn das okay für euch ist."

Sein Freund starrte ihn eindringlich an. „Du fragst doch nicht wirklich um Erlaubnis, oder?", sagte Jace in einem gequälten Ton.

Blue blickte zum Himmel, als würde er nachdenken. „Nein."

„Die Situation ist also ziemlich normal", warf Del ein. Er hatte sich zu den Bäumen umgedreht und beobachtete aufmerksam, wie Lance Colburn über die Wiese der Timberwolf Lodge auf sie zumarschierte.

Sein Haar war immer noch militärisch kurz. Der Rest seines Körpers war, wenn er sich überhaupt verändert hatte, sehniger und fitter geworden. Der Mann war schon immer eine tödliche Waffe gewesen, aber in den paar Jahren, seit Blue ihn das letzte Mal gesehen hatte, war er noch straffer geworden.

Blue ging zu ihm und streckte eine Hand nach seinem Freund aus. „Lance, mein Mann. Danke, dass du gekommen bist."

Lance nutzte den Griff, um ihn fest an sich zu ziehen, und versetzte ihm einen enthusiastischen Klaps auf den Rücken. „Mein Bruder bittet mich um Hilfe, also bin ich hier. Du weißt, wie das funktioniert."

Blue zwinkerte. „Ich hoffte irgendwie, dass es nicht nur aus Pflichtgefühl war."

Ein weiterer Klaps, diesmal auf seine Schulter, ließ Blue fast zu Boden gehen. Die beiden sahen einander an und lachten.

„Benimm dich", befahl Blue mit gespielter Verärgerung. „Ich soll dich meinem Alpha vorstellen, und du benimmst dich wie ein Idiot."

Lance hatte sich schon zu Jace umgedreht. Tiefschwarze Augen trafen Jace' blaue, und die beiden Männer musterten einander. Kraft lag in der Luft, was typisch war, wenn mächtige Wölfe aufeinandertrafen, aber nichts, was jetzt passieren musste. Nicht, wenn Blues Ideen für Lance' Zeit in der Timberwolf Lodge irgendeine positive Wirkung haben sollten.

Er schlenderte auf ihn zu und stieß Lance aus dem Weg, um sich in die Mitte zwischen den beiden Männern zu stellen. „Glaubt ihr, das Weitpissen kann einen Moment warten, bevor ihr anfangt, eure Schwänze auszupacken? Jace, das ist mein Kumpel Lance Colburn. Lance, Jace Carter, mein Cousin und der neue Alpha des Jasper-Rudels."

Lance ließ seine Schultern in eine entspannte Position fallen. Als wäre er nicht mehr als ein Mensch, bot er ihm seine Hand an. „Freut mich, Sie kennenzulernen. Erlaubnis, Ihr Land zu betreten, Sir?"

„Erlaubnis erteilt", sagte Jace förmlich. Er nickte den Kopf in Dels Richtung. „Hüter des Rudels. Und mütterlicherseits auch ein Carter."

Del kam näher, schüttelte Lance die Hand, trat dann zurück und verschränkte die Arme vor der Brust. „Delaney. Aber du kannst mich Del nennen."

Lance beäugte die drei. „Meine Güte, Blue. Ich bin bei einem verdammten Carter-Familientreffen."

„Warte nur. Da sind noch eine ganze Menge von uns, die sich in den Bäumen verstecken."

Lance legte die Hände auf den Rücken und stand entspannt in einer Position, die verriet, dass er noch eine halbe Sekunde davon entfernt war, jemandem die Kehle durchzuschneiden. „Ich freue mich, berichten zu können, dass sich niemand in diesen Bäumen befindet. Zumindest nicht im Moment. Aber wenn du mehr Informationen zu der anderen Angelegenheit haben willst, die wir besprochen haben, sollten wir reden."

Blue ging zur Feuerstelle voran. Er öffnete die Tür aus künstlichem Stein, die den Bierkühler versteckte, den er und Steph vor ein paar Wochen verkleidet hatten. „Mach's dir bequem, denn das ist die Gruppe, mit der du deine Informationen teilen musst." Er reichte jedem ein Bier und grinste über Dels überraschten Gesichtsausdruck. „Was? Du hast meinen Vorrat nicht erschnuppert?"

„Du bist so ein Arsch", sagte Del ohne jede Schärfe.

„Ts, ts, ts", warnte Blue. „Denk nur an all die Teenager, die in ein paar Tagen hier rumrennen werden. Deine Gefährtin würde sich gar nicht freuen, dich so reden zu hören."

Del warf ihm einen Blick zu. „Oh, und was würde deine Gefährtin auf Probe dazu sagen, dass du hier draußen Alkohol versteckst, wo jeder rankommen kann? Einschließlich dieser jungen, beeinflussbaren Teenager?"

Blue schnippte den Deckel von seinem Bier, fing ihn mitten in der Luft auf und steckte ihn in seine Tasche. „Meine Gefährtin auf Probe wäre die Mitverschwörerin, die geholfen hat, die Kühlbox hier zu verstecken. Außerdem gibt es ein Codeschloss. Also sei nett zu mir, sonst sage ich dir nicht, wie du an Erfrischungen rankommst."

Jace verdrehte die Augen. „Gehört das zum Omega-Sein dazu?"

„Die Tatsache, dass ich einen wirklich guten Geschmack in Sachen alkoholische Getränke habe?"

„Die Tatsache, dass du nichts machen kannst, ohne zu versuchen, mindestens einem ans Bein zu pinkeln."

„Ich glaube, es hat weniger damit zu tun, dass ich ein Omega bin, als vielmehr damit, dass ich einfach ich bin", sagte Blue ehrlich.

Er begegnete den Blicken seines Freundes. „Du siehst

aus, als wärst du gerade über eine Varieté-Nummer gestolpert.“

„Ihr drei seid verdammt unterhaltsam“, kommentierte Lance und nippte an seinem Bier. „Gefährtin auf Probe?“

„Das ist eine lange Geschichte“, sagte Blue mit einer Handbewegung. „Details erzähle ich dir später. Was hast du über Dwight herausgefunden, unseren vermissten Menschen, der vielleicht ein Erpresser ist ... oder schlimmer.“

Die Spannung in der Gruppe stieg, alle Lässigkeit verschwand.

„Toronto sagte, er sei ohne eine Spur verschwunden“, erklärte Del leise.

Lance zuckte die Achseln. „Für den durchschnittlichen Fährtenleser, nehme ich an. Ich bin nicht durchschnittlich. Es gab viele Spuren. Der Mann hat irgendwann nicht einmal mehr versucht, diskret zu sein. Er ist auf dem Weg hierher.“ Er sah Jace direkt an. „Blue hat mich gerufen, aber da du der Alpha bist, muss ich wissen, was deine Befehle sind. Du willst, dass ich ihm folge? Ist er eine direkte Bedrohung?“

„Das wissen wir nicht“, sagte Jace ehrlich. „Ist er tatsächlich in Jasper?“

Lance schüttelte den Kopf. „Er hat ein Airbnb gebucht, also wissen wir, wo er ist, wenn er ankommt.“

Del meldete sich zu Wort. „Jace, als Alpha hast du jedes Recht, mit jedem Wolf, der dein Territorium betritt, ein ausführliches Gespräch zu führen.“

„Er ist kein Wolf“, erinnerte Blue Del.

„Nun, da wir die Macht in der Gegend sind, können wir trotzdem mit dem Mann reden, ob Wolf oder nicht.“ Del musterte Lance neugierig. „Gute Arbeit beim Aufspüren.“

Lance senkte sein Kinn einen Moment lang. „Das ist mein Job."

„In der Zwischenzeit werden wir dir einen etwas anderen Job geben", sagte Jace. „Wir müssen erklären, warum ein neuer Dominanter in der Gegend ist und ein alter Freund, der Blue besucht, ist eine gute Erklärung. Du hast meine offizielle Erlaubnis, im Territorium zu bleiben, und wir bringen dich in einer der Hütten hier unter. Ich werde dich einige Sicherheitsschichten hier rund um die Lodge übernehmen lassen, nicht nur, um nach Dwight Ausschau zu halten, sondern auch nach einem gewissen Puma, der lernen muss, sich zu benehmen, wenn er nicht zu einem hübschen Teppich in meinem Wohnzimmer werden will."

In Lance' Augen wuchs das Interesse. „Oh, das klingt nach einer Geschichte, die ich hören muss."

Es war ein gutes Gefühl, mit seinen Freunden zusammenzusitzen, aber was es für Blue noch besser machte, war das Wissen, dass Stephanie auch gründlich von ihrer Schwester und Freundin ausgefragt wurde. Und das Ergebnis davon würde positiv zu Blues Gunsten ausfallen.

Er hatte ein ganzes Team auf seiner Seite, und es war ein unglaubliches Gefühl.

IN DEM MOMENT, als die Jungs nach draußen gingen, schnippte Cassidy mit dem Finger und zeigte nach oben. „Zur Bathöhle", befahl sie.

Dann marschierte sie mit dem Rücken zu Stephanie die Treppe hinauf, was bedeutete, dass sie nichts anderes tun konnte, als ihr zu folgen.

Also folgte sie und murmelte eine Beschwerde. „So

schaffen wir es nicht, die Bilder überall in der Hütte aufzuhängen."

„Lass gut sein", zischte Stacy mit weniger Belustigung in der Stimme, als Stephanie erwartet hatte.

Sie warf ihrer Schwester einen Blick über die Schulter zu. „Welche Laus ist dir denn über die Leber gelaufen?"

Stacy imitierte Cassidy und zeigte wie ein Bluthund nach vorn. „Beweg deinen Arsch."

Zwei Minuten später hatten sie sich in ihrem inoffiziellen Clubhaus niedergelassen, auch bekannt als Stacys Balkon, mit bequemen Sitzgelegenheiten für jeden von ihnen, die sie mit perfekt passenden Kissen und Polstern personalisiert hatten.

Das Verhör stand direkt bevor.

In gewisser Weise wünschte sie sich, sie könnte einiges davon überspringen. Es gab zu viele Fragen, auf die sie selbst noch keine Antwort wusste, aber das war es nicht, was sie zögern ließ.

Sie und Blue –

Allein der Gedanke daran ließ etwas in ihr warm werden. Sie wollte dieses brandneue Gefühl so lange wie möglich festhalten. Nicht analysieren und unterteilen. Oder es möglicherweise trüben.

Jetzt bestand das Problem darin, ihren beiden besten Freundinnen etwas in dieser Art zu erzählen, und obwohl sie keineswegs als Wortschmiedin galt, hatte sie normalerweise eine Idee, wie sie das Wesentliche rüberbringen konnte.

Sie nahm die Tasse Tee, die ihre Schwester ihr reichte. Während sie ihre Finger um die Tasse legte, genoss sie die Wärme unter ihren Händen. Sie überlegte noch, wie sie das Gespräch anfangen sollte, und war sich ziemlich sicher, dass eine der beiden etwas sagen würde, bevor sie ihre

Gedanken zu Ende gebracht hatte. Aber, oh Wunder, ihre Schwester und ihre beste Freundin saßen schweigend da, beide atmeten tief durch und starrten auf die Landschaft.

Das war seltsam und bedeutete, dass sie keine andere Wahl hatte. Ihre Zunge fing, ohne ihr Zutun zu sprechen an.

„Ich weiß nicht, ob das ein Trick ist, den ihr da benutzt", beschwerte sich Stephanie. „So nach dem Motto, anstatt Stephanie mit allen möglichen Fragen zu bombardieren, werden wir hier sitzen und schweigen, bis sie von sich aus jede noch so kleine Sache gesteht, die ihr auf dem Herzen brennt."

Ein leises Lachen kam von Cassidy herüber. „Funktioniert es?"

„Nein", sagte Stephanie trocken. „Ich habe nicht das Bedürfnis, euch zu sagen, dass ich geschockt und erstaunt und irgendwie glücklich bin, dass Blue sagt, wir seien Gefährten. Fuck my life."

Stacy lachte, als sie eine Hand auf Stephs Arm legte. „Ich mag es, dass du so ruhig und entspannt bist. Niemals einen Mucks von dir."

„Und so damenhaft. Vergiss das nicht", murmelte Cassidy belustigt.

Die Sorge, die sich aufgebaut hatte, verschwand. Sie waren ihre Familie. Ihre Familie für immer und ewig, und sie würden es verstehen.

„Ich bin wahnsinnig aufgeregt, aber ich habe Angst. Und es ist die Wahrheit, wenn ich sage, dass ich mir im Moment nicht sicher bin, was ich will. Aber ich weiß, wie besonders es ist, einen Gefährten zu haben, und ich weiß, wie besonders Blue ist, also werde ich nichts tun, was ihm, mir oder uns wehtut. Ich brauche nur Zeit."

Cassidys Blick wanderte von der Landschaft zu ihr, und

als sich ihre Blicke trafen, lag etwas Neues in der Tiefe. Etwas Unerwartetes, denn obwohl sie selbst kein Wolf war, hatte sie wolfsartige Züge.

„Ich glaube, ich weiß, was du meinst. Du bist was Besonderes, Steph, und wir lieben dich sehr. Wenn man bedenkt, wie du über Menschen denkst und wie tiefgehende Beziehungen bei dir funktionieren, verstehe ich, dass das eine Weile dauern könnte." Cass rümpfte die Nase. „Das Schwierige ist, niemanden verletzen zu wollen. Wenn du Blue nicht als Gefährten akzeptierst, wird ihn das zerstören, und du kannst nichts tun, um das zu ändern."

Was sie bis ins Innerste ihres Wesens wusste, aber nicht erklären konnte. Sie konnte den einen großen Grund nicht nennen, warum es keine endgültige Verbindung zwischen ihr und Blue geben konnte. „Wenn er von jetzt an für immer in meinem Leben wäre, wäre ich darüber nicht unglücklich", sagte Stephanie.

„Aber für immer in deinem Leben als Freund oder als Gefährte?", fragte Stacy. „Weil, Süße, nachdem ich kurze Zeit mit Del zusammen bin, ist das nicht im Entferntesten dasselbe. Es gibt eine Tiefe, die menschliche Vorstellungskraft übersteigt. Die Verbindung zwischen uns ist unglaublich."

Das brachte Steph dazu, ihren Rücken zu versteifen, und ihre Entschlossenheit wurde eisern. Eine solche Verbindung würde es zwischen ihr und Blue nicht geben.

Aber sie lächelte und bemühte sich, den Mädels gegenüber eine gute Fassade aufrechtzuerhalten. „Lass uns jetzt nicht so weit vorausdenken. Ich habe euch noch was zu erzählen, sowohl Gutes als auch Schlechtes."

Es fühlte sich richtig an, das Thema von ihr und Blue weg zu lenken. Sie kam kurz auf die Tatsache zu sprechen, dass sie einen ungebetenen Verehrer in ihrem Künstler hatte, und dann auf ihre Idee, sich mit der Wilson-Familie gutzustellen.

Stacy grinste offen bei der Idee, den Wilsons Honig ums Maul zu schmieren, wenn Carolyn am Donnerstag zu Besuch kam. „Die Teenager sind wirklich gute Kinder." Sie stieß mit dem Fuß gegen Cassidys, als diese schnaubte. „Bitte. Du weißt, wie es war, als wir als Menschen mit Hormonen zu kämpfen hatten. Wenn man den ganzen Wandler-Mist dazu nimmt, denke ich, dass es in unserem Rudel außerordentlich gut läuft."

Cassidy blickte über den Rand ihrer Teetasse zu Stacy. „Jordan Freshet hat Gaia ans Bein *gepinkelt*. Mitten auf der Straße. Das ist kein typisches Teenager-Verhalten."

„Von Teenagerwölfen schon. Nicht, dass ich es gutheiße, aber es ist verständlich", sagte Stacy spröde. „Reviermarkierung ist ein starker Impuls bei den Männchen."

Cassidy verschränkte die Arme vor der Brust. „Wenn Jace jemals versuchen würde, mich anzupinkeln, würde der Mann für den Rest seines Lebens in der Hocke pinkeln."

Stephanie dachte an das zerfetzte Gemälde zurück und beschloss, nichts zu sagen. Es hatte ihr nichts ausgemacht. Die Krallen? Ein bisschen, ja, aber nicht das Markieren des Reviers.

Ungefähr in diesem Moment passierte unten im Garten was. Die Jungs hatten sich an der Feuerstelle versammelt, ihrem Äquivalent zum Balkon der Mädels. Aber jetzt tauchte eine andere Gestalt zwischen den Bäumen auf und ging auf sie zu.

Stephanie, Stacy und Cassidy sahen alle interessiert zu, als ein bisschen Rückenklopfen folgte.

„Irgendeine Ahnung, was los ist?"

Cassidy überlegte einen Moment lang und

kommunizierte offensichtlich etwas mit Jace über die seltsame Verbindung, die sie hatten. „Ein Freund von Blue, vom Militär. Er kommt in Frieden, und ich denke, er wird eine gute Hilfe sein. Jace ist glücklich."

Das reichte für Steph. Es war Zeit für den nächsten Tagesordnungspunkt. Sie klatschte in die Hände und sprang auf. „Jetzt. Wir haben zwölf Gemälde, die absolut fantastisch sind, und wir müssen uns einigen, wo wir sie am besten aufhängen. Können wir uns an die Arbeit machen?"

Die anderen Frauen tauschten einen Blick und streckten dann ihre Hände in die Mitte, um Stephs bereitstehende Faust zu berühren.

„Bibbity", sagte Cassidy.

„Bobbity", sagte Stephanie glücklich, weil es perfekt war, dass ihre Freundinnen immer für sie da waren. Doch wenn sie ehrlich war, gab es auch zu viel Nähe.

Stacy musterte sie, als hätte sie diesen letzten Gedanken mitgehört. Dann schüttelte sie den Kopf und beendete das Ritual. „Boom."

Dann hob sie einen Finger und schüttelte ihn vor Stephs Gesicht. „Du wirst diesen Mann offiziell daten. Und du wirst ihn nett behandeln, und ich rede nicht von Sex."

„Aber sie redet ganz offensichtlich von Sex", bemerkte Cassidy trocken.

„Genug der Ratschläge", sagte Stephanie. „Ich bin ein großes Mädchen. Ich kann mich sehr gut um meinen Typen kümmern."

Ihr Typ. Das klang nicht so schlecht.

Und dann bot Cassidy den perfekten Abschluss. Sie grinste. „Sexy GAP. Und ich meine nicht die Klamotten, sondern Genuss, Abenteuer und Fantasie."

Stacy verdrehte die Augen. „Fantasie wird nicht mehr mit P geschrieben, sondern mit F."

Stephanie war das egal. Sie packte das Geländer und stieß einen scharfen Pfiff aus. Vier Augenpaare richteten sich auf sie. Sie winkte Blue zu und rief zu ihm hinunter: „Drei von dreien. Wir haben gewonnen."

Als Blue einen Arm hob und ihr „Daumen hoch" zeigte, flammte das warme Glühen in ihr noch heller auf.

Das würde ein großes neues Abenteuer werden.

11

Die Vorbereitungen für die Jugendveranstaltung nahmen Blues Leben ein, dabei wollte er sich viel lieber mit seiner Gefährtin zusammenrollen. Die Hälfte der Zeit damit verbringen, heiß und heftig zur Sache zu gehen, und die andere Hälfte einfach nur kuscheln und intime Geschichten erzählen.

Was er stattdessen bekam, war eine To-do-Liste, die so lang war wie sein Arm, und eine ganze Menge Leute, die ihn herumkommandierten.

Das war nicht, was Blue besonders gefiel, denn, wie ihm plötzlich klar wurde, ignorierte er normalerweise Befehle, schließlich war er ja ein Omega und so.

Aber als Stephanie mit dem SUV der Lodge losfuhr, um mit einer riesigen Einkaufsliste zu Costco zu fahren – die Fahrt allein dauerte über zwei Stunden –, nahm er kleinlaut die Checkliste entgegen, die Cassidy ihm reichte.

„Du kannst das böse Grinsen stecken lassen", informierte er sie trocken. „Ich weiß, was du tust."

Sie hob eine Augenbraue, und plötzlich sah er das

Spiegelbild des Gesichtsausdrucks, den Jace benutzte, wenn er sich wie ein arroganter Alpha aufführte.

Blue musste ein paar Dinge klarstellen. „Du weißt, dass es nicht funktionieren wird, wenn du versuchst, mir mit deiner magischen Alpha-Stimme Befehle zu erteilen.“

„Du armes, verwirrtes Kind. Ich werde nicht meine Alpha-Stimme verwenden. Ich werde meine Stimme verwenden, die sagt: Ich bin die beste Freundin deiner zukünftigen Gefährtin, und wenn du willst, dass diese Beziehung funktioniert, solltest du nett zu mir sein.“ Sie tätschelte seine Wange. „Jetzt sei ein braver Junge und lass dir von Lance helfen. Laut dem wahren Boss dieser Veranstaltung, Stacy, müssen viele körperliche Aktivitäten geplant werden, um das Energieniveau der Teenager im Griff zu halten.“

Blue salutierte zackig. „Ja, Ma'am.“

Dann schlenderte er pfeifend in den Garten.

Lance und Del stellten ein Pop-up-Zelt über dem zukünftigen Erfrischungstisch auf.

„Du kommst mit mir, Kumpel!“, rief Blue seinem Freund zu. „Wir organisieren eine Schnitzeljagd.“

Lance hob eine Augenbraue. „Warum gehen wir nicht mit ihnen jagen?“

Del lachte. Er bemühte sich, seinen Gesichtsausdruck zu kontrollieren, aber mit wenig Erfolg. „Das machen wir ein andermal. Meine Gefährtin ist sich zwar bewusst, dass wir Raubtiere sind, macht sich aber gerade Sorgen um die örtliche Hasenpopulation.“

Lance schnaubte. „Das ist nicht dein Ernst.“

Del schüttelte den Kopf und blickte zum Haus, um sicherzugehen, dass keine Menschen in Hörweite waren. „Ich habe gesagt, die Gärten, die sie bepflanzt, wären sicherer, wenn weniger Schmarotzer herumhüpfen, aber sie hat ein Bild von süßen Häschen als Haustiere im Kopf." Er zuckte mit den Achseln. „Es ist so süß, dass ich es nicht übers Herz bringe, ihre Illusionen zu zerstören."

Fünf Minuten später wanderten Blue und Lance durch den Wald und versteckten kleine Packungen mit Süßigkeiten und Trockenfleisch.

„Ich muss es sagen. Dass ihr alle menschliche Gefährten habt, ist einfach komisch."

„Gefährten sind nicht komisch." Blue sträubte sich und überlegte dann. „Es gibt da eine kleine Kulturlücke, an der wir noch arbeiten. Es ist ja nicht so, als ob wir alle geplant hätten, eine ungewöhnliche Wahl zu treffen."

Lance nahm Anlauf und schaffte es bis zur Hälfte eines Baumstamms, bevor er sich in die Luft katapultierte. Er packte einen Ast und hing gut sechs Meter über dem Boden. Während er sprach, band er mit einer Hand eines der Päckchen weit über der Höhe fest, von der Blue erwartete, dass Teenager es entdecken würden. „Ich weiß nicht, ob ich jemals meine Gefährtin finden werde, da es keine Garantie gibt. Aber ich will eine Gefährtin mit Zähnen."

Er ließ sich fallen, wischte sich die Hände ab, blickte auf und nickte zufrieden.

„Zähne sind fast immer eine gute Wahl", feixte Blue.

Lance zeigte ihm den Vogel und erklärte dann: „Weißt du, eine nette, muskulöse Schönheit, die stundenlang durchhält. Jemand, der es mit allen aufnehmen und ihnen in den Hintern treten kann."

Blue verschränkte die Arme vor der Brust. „Erstens träumst du. Das ist nicht die Art von Frau, die du willst oder brauchst. Und zweitens hast du keine Wahl. Es geht um Paarung hier. Schicksalsgefährten bedeutet, keine Wahl zu haben."

Lance hob eine Augenbraue. „Vielleicht bin ich ein schlauerer Wolf als du. Kein zerbrechlicher kleiner Mensch für mich. Auch keine Unterwürfige. Ich werde eine Wölfin haben, die weiß, worauf es ankommt, und ich werde der Boss sein, und sie wird mich anbeten. Und das ist wahrscheinlich der Grund, warum es nie passieren wird."

„Du willst, dass sie eine Kriegerin ist, und erwartest, dass sie sich von dir herumkommandieren lässt? Du träumst nicht, du halluzinierst."

Lance lachte. „Okay, der letzte Teil war Bullshit. Wer würde eine Jasagerin als Gefährtin wollen? Ich will Rückgrat. Durch und durch."

Ein plötzlicher Geistesblitz traf Blue. Er hatte in den letzten Monaten weniger Vorahnungen gehabt als sonst, aber diese war intensiv. Sein Freund mit einem ehrfürchtigen Gesichtsausdruck, als er seine Hände ausstreckt, um das Gesicht einer Frau zu berühren.

Es war der Bruchteil einer Sekunde der Erkenntnis, die verschwamm, bevor die Gesichtszüge der Frau klar wurden, aber es war genug, um Blue grinsen zu lassen.

„Tut mir leid, dir sagen zu müssen, dass die Chancen, die Kriegerin zu bekommen, gegen null gehen, und du hast definitiv irgendwo da draußen eine Gefährtin. Sie wird dich finden, und wenn sie es tut?" Blue schlug seine Hände zusammen, als würde er eine Mücke töten. „Wirst du nicht wissen, was dich getroffen hat."

Alle Spuren von Scherz verschwanden aus Lance' Gesicht. „Hast du gerade ..."

„M-hm."

Lance fluchte und verzog das Gesicht. „Also, ähm, jippie?"

Blue schlug seinem Freund auf die Schulter. „Vertrau mir. Von einem Wolf zum anderen, der nicht das hat, was er zu bekommen geglaubt hat – wir werden uns schon irgendwie durchwursteln. Sie sollen perfekt für uns sein. Was bedeutet, dass sie irgendwann perfekt sein werden. Richtig?"

Lance stieß einen gequälten Seufzer aus. „Jippie." Es war, als würde er ein Totenklagelied singen.

Nachdem die Schnitzeljagd vorbereitet war, gab es noch mehr zu tun. Blue war sich nicht sicher, warum das Schrubben des Stegs auf der Aufgabenliste stand – es war ja nicht so, als würden sich die Teenager dafür interessieren, ob die Bohlen blitzsauber waren – aber er wusste, dass es besser war, nicht mit den Damen des Hauses zu streiten.

Steph war noch unterwegs, um Lebensmittel einzukaufen, also verbrachte Blue den Tag unter Cassidys Kommando. Er machte ein paar Pausen, um nach Bedarf zu telefonieren, stellte Kontakte her und hatte am Ende erstaunliche Neuigkeiten.

Neuigkeiten, die er den anderen erst am Morgen der Teenagerveranstaltung mitteilen konnte.

Alle sollten sich um zehn Uhr versammeln. Es hatte ein netter, gemütlicher Start in den Tag sein sollen, aber stattdessen herrschte geradezu Panik.

„Ich hasse es, dass Sophie weg ist", beschwerte sich Stacy, während sie und Jessica hektisch in der Küche arbeiteten. Das Frühstück war spät fertig gewesen, da sie dadurch abgelenkt gewesen waren, die Unmengen an Essen zuzubereiten, die nötig waren, um die Teenager den ganzen Tag bei Laune zu halten.

„Wo ist sie?", fragte Stephanie, während sie fleißig ein Schinkensandwich nach dem anderen machte.

„Sie ist eine Freundin an der Küste besuchen. Sie hatte keinen Urlaub, seit ich sie eingestellt habe, also war es richtig, ihr freizugeben. Es ist nur das Timing."

„Sie wird morgen zurück sein", versicherte Jessica ihr.

„Bis dahin habe ich nichts dagegen, länger zu bleiben, um zu helfen", bot der zweite Hilfskoch an.

Blue ging nach draußen, weil der kombinierte Duft von Steph und dem zubereiteten Essen viel zu verlockend war.

Die Teenager kamen in kleinen Gruppen an, einige vor zehn, die meisten jedoch kurz danach. Einige kamen aus den Bäumen, ließen Beutel aus ihren Mäulern fallen, wandelten sich und zogen sich an, mit einem eifrigen Lächeln im Gesicht, als sie näher kamen, um Jace und Cassidy zu begrüßen.

Del und Blue warteten am Parkplatz und begrüßten diejenigen, die in ihrer menschlichen Gestalt ankamen. Del war mit einer Gruppe von Brüdern beschäftigt, mit denen sie im letzten Monat Zeit verbracht hatten, während sie einem von ihnen geholfen hatten, seinen Wolf nach einem versehentlichen Kontakt mit Chemikalien wieder unter Kontrolle zu bringen.

Blue stand allein, als eine Luxuslimousine neben ihm anhielt.

Er hatte mit einem Chauffeur gerechnet, aber es war die Grande Dame höchstpersönlich, die vom Fahrersitz aufstand, während Carolyn auf der Beifahrerseite ausstieg und geradezu vibrierte. Sie hüpfte zu Blue hinüber, der sich alle Mühe gab, in beide Richtungen höflich zu sein.

„Hi, Blue, ist Stacy hier? Hast du Veronica und Gaia gesehen?" Carolyn blieb abrupt stehen, als würde ihr etwas einfallen. Sie drehte sich um, um die ältere Frau vorzustellen, die auf sie zukam. „Ich weiß, du kennst sie, aber ich soll das so oder so machen, oder?"

Blue zwinkerte. „Jupp."

Das Mädchen straffte die Schultern und streckte eine Hand aus, die ihre Großmutter gnädig ergriff, als sie die letzten Schritte auf Blue zukam. „Ermeline Wilson, ich möchte dir Blue Carter vorstellen, den Omega des Jasper-Rudels. Blue, das ist meine Großmutter, Ermeline Wilson, Matriarchin des Wilson-Rudels und Alpha im Ruhestand. Verehrt für ihre Vereinigung der Bergclans während der Schlacht von Jasper." Sie beugte sich zu ihrer Großmutter vor. „Mist, ich hätte das andersherum machen sollen, oder? Dich zuerst vorstellen?"

Ermeline neigte den Kopf ein wenig. „Protokoll ist eine schwierige Sache, und es wird eine Zeit kommen, in der du es genau richtig machen musst. Aber Blue und ich sind alte Freunde, also ist es in Ordnung."

Die Anspannung in Carolyns Schultern ließ nach. „Außerdem ist er ein Omega. Er ist ein guter Kerl, und er schert sich nicht wirklich ums Protokoll, oder, Blue?"

Das war eine verworrene Frage. In Anbetracht dessen, dass diese Frau eine Machtposition über Stephanies Zukunft innehatte, wäre es vielleicht nicht klug, ‚Pfeif aufs Protokoll' zu sagen, wie er es normalerweise tun würde.

Er entschied sich für Diplomatie. „Ich persönlich versuche, einen Platz im Rudel zu finden, wo ich das Beste für alle tue, aber ich bin auch ein überzeugter Anhänger der Hierarchie." Während er sprach, hielt er die ganze Zeit den Blickkontakt mit Ermeline. „Ma'am, danke, dass Sie Ihre Enkelin hierher gebracht haben. Wir werden dafür sorgen, dass sie glücklich und wohlgenährt zu Ihnen zurückkehrt."

Ermeline hob majestätisch eine Augenbraue. „Dafür, dass sie wohlgenährt zurückkommt, können Sie sorgen. Ob sie glücklich sein wird, ist am Ende ihre Entscheidung, nicht wahr?"

Ex-Alphas zu treffen war immer eine wunderbare Erfahrung. „Dann werden wir unser Bestes tun, um sie nicht unglücklich zu machen. Ist das besser?"

Sie schnaubte. „Silberzüngige Teufel, ihr alle."

„Das Jasper-Rudel?", fragte Blue. „Die Carters?"

„Omegas", stellte Ermeline klar. Sie zog ihre Enkelin an ihre Seite und drückte ihr einen Kuss auf die Schläfe. „Lauf los, Liebes, und amüsiere dich. Entweder ich oder dein Großvater werden heute Abend zurückkommen, um dich abzuholen. Falls es in Ordnung ist, wenn ein anderes Familienmitglied auf das Land des Jasper-Rudels kommt."

„Die ganze Familie ist willkommen", sagte Blue schnell.

Carolyn scharrte mit dem Fuß auf dem Boden. „Ich würde gern nach Hause laufen. Bitte?"

„Kind. Du weißt, was dein Vater gesagt hat."

Carolyn packte den Arm ihrer Großmutter. „Aber du bist *sein* Alpha, also, wenn du sagst, ich darf nach Hause laufen ..."

„Carolyn Wilson", ermahnte Ermeline. „Du spielst solche Spielchen nicht. Hörst du?"

Das Mädchen senkte den Kopf, gebührend gemaßregelt, denn es war ein großes No-Go, über den Kopf des Alphas hinweg zu handeln, was in diesem Fall, zu Hause, ihre Eltern waren.

Aber Blue erinnerte sich an die Tage, als er unabhängiger sein und so viel Zeit wie möglich mit seinen Freunden verbringen wollte.

Er räusperte sich. „Vielleicht gibt es eine Lösung, bei der kein Versprechen gebrochen wird, das Carolyn ihrem Vater bereits gegeben hat." Er begegnete Ermelines Blick. „Wäre eine Eskorte durch den Omega des Jasper-Rudels und seinen militärisch ausgebildeten Freund ausreichender Schutz für Ihre Enkelin?"

Ermeline überlegte und senkte dann den Kopf. Sie drehte sich zu Carolyn um, legte die Finger unter deren Kinn und hob ihren Kopf, bis sich ihre Blicke trafen. „Du solltest dieses Privileg nicht haben, nachdem du versucht hast, mich zu überreden, aber ich weiß, wie es ist, jung zu sein, auch wenn ich jetzt steinalt bin." Sie warf Blue einen Blick zu, als würde sie ihn einschätzen. „Du wirst Blue und seinem Freund gehorchen und die Gelegenheit nutzen, nicht nur zu laufen, sondern die Nacht zu erleben. Benutz deine Sinne. Hör zu und lerne. Ich erwarte einen vollständigen Bericht, wenn wir das nächste Mal sprechen. Verstanden?"

Carolyn sah aus, als hätte sie ihr Geburtstagsgeschenk und ein Weihnachtsgeschenk überreicht und nicht eine Hausaufgabe aufgetragen bekommen, die an eine lustige Veranstaltung angehängt wurde. „Danke, Großmutter, das werde ich. Und ich werde Papa auch von all den Dingen erzählen, die ich lerne, und ich werde wirklich brav sein, und ich liebe dich."

Sie schlang die Arme um den Hals ihrer Großmutter und drückte sie fest.

Ermeline ließ es einen Moment lang zu, klopfte sich dann ab und zog sich in eine aufrechte Position, wieder steif und anständig, als Carolyn endlich losließ. „Genug, ich habe zu tun; Mr. Carter, ich überlasse Ihnen meine Enkelin zu treuen Händen. Bitte passen Sie gut auf sie auf."

„Natürlich."

Sie sah sich das Gelände vor der Timberwolf Lodge an und schniefte. „Es scheint, Sie haben derzeit viele Herausforderungen, die Sie bewältigen müssen. Ich frage mich, ob Sie ihnen allen gewachsen sind."

Sie drehte sich auf dem Absatz um, bevor Blue um Klarstellung bitten konnte.

Blue sah ihr nach, bis ihr Auto die Straße hinauf verschwunden war, dann kehrte er zur Veranstaltung zurück.

Das Treffen schien gut verlaufen zu sein, aber mürrische alte Alphas hatten ein oder zwei Tricks gelernt. Im Moment war das einzige Gefühl, das Blue von der Begegnung davontrug, dass in der Zukunft etwas Unheilvolles drohte. Ein Gefühl von Schwere und Gefahr. Etwas Ungewöhnliches war passiert.

Er schlenderte mit schwererem Herzen als erwartet zum Event.

Der ganze Nachmittag war voller erinnerungswürdiger Momente. Stephanies Bauch tat immer noch weh, weil sie so viel gelacht hatte, als eine Gruppe Teenager versehentlich vom Steg ins Wasser gefallen war – zum Glück war niemandem etwas passiert –, und dann hatte sich der darauffolgende Arschbombenwettbewerb auf den Großteil des versammelten Rudels ausgedehnt.

Dann hatte es die Rennen gegeben, die sich aus einer einfachen Herausforderung zwischen zwei jungen Männern entwickelt hatten. Im Anschluss daran waren Wölfe in Tier- oder Menschengestalt wild entschlossen um strategisch angeordnete Gartenstühle auf dem Rasen herumgerannt.

Stacy stand neben ihrem jüngsten Sohn, der neben ihr auf und ab hüpfte, während sie die Unterhaltung genoss. „Es ist wie ein Hindernisrennen mit Wölfen, nicht wahr?“, sagte sie.

Ace zog am Bein seiner Mutter. „Kann ich auch mitmachen?“

Stephanie nahm ihren Neffen in die Arme. „Du und ich können später laufen gehen, okay, Kumpel? Das überlassen wir jetzt erstmal den großen Kindern.“ Als er sein Gesicht vor Enttäuschung verzog, bedeutete sie ihm, sich zu ihr vorzubeugen. „Ich muss dir ein Geheimnis verraten."

Er beugte sich vor und legte die Hand ans Ohr. „Erzähl's mir, Tante Steph."

Stephanie senkte die Stimme und sagte es so geheimnisvoll wie möglich. „Ich habe alle Zutaten für S'mores *und* Bananenboote gekauft."

Sein Freudenschrei machte sie fast taub, und er zappelte, um heruntergelassen zu werden, und hüpfte erneut. „Ich will drei Bananenboote. Kann ich drei haben, kann ich?"

Stacy sah besorgt aus, bevor sie vorgab, die Bitte ihres Sohnes ernst zu nehmen. „Wir fangen mit einem an. Wir sollten nett sein, damit jeder, der eins möchte, eins haben kann, oder?"

Er nickte ernst und sah sich dann um, bis er seinen Manny entdeckte. Der Elchwandler saß ausgestreckt in einem Sessel, neben ihm saßen ein paar der Teenager des Rudels und hörten ihm zu, als er eine Geschichte erzählte. „Ist es okay, wenn ich Marvin das Geheimnis verrate?"

„Ihm solltest du es unbedingt erzählen. Ich habe gehört, er ist ein guter Bootsbauer", informierte ihn Stacy, bevor sie ihn umdrehte und ihm auf die Schulter klopfte. „Hol ihn dir, Tiger!"

Sie wartete, bis ihr Sohn weit genug weg war, bevor sie sich umdrehte und die Hände wieder auf die Hüften stemmte. „Bananenboote? Der Junge wird noch nächste Woche aufgedreht sein."

„Ich weiß. Ich bin die allerbeste Tante, oder?" Stephanie duckte sich, als ihre Schwester halbherzig in ihre Richtung ausholte. Gott sei Dank für echte Ablenkungen. „Oje. Ich sehe Ärger."

Sie zeigte auf eine Stelle, wo ein sehr buschiger roter Wolf sich an eine Gruppe von Mädchen heranschlich, die sich am Seeufer sonnten.

Stacy fluchte. „Wenn dieser Junge noch öfter auf meinen Rasen pinkelt ... und die arme Gaia. Sie muss ihm eine ordentliche Ohrfeige verpassen."

Stephanie schnappte sich das Tischset neben sich und rollte es zusammen. „Es ist keine Zeitung, aber es funktioniert genauso gut auf seiner Nase."

„Oder woanders. Danke." Stacy nahm die Rolle aus Stephs Hand und rannte los, um einen weiteren Fall von Reviermarkierung zu verhindern.

Sie konnte die Heiterkeit, die in ihr aufwallte, nicht unterdrücken. Stephanie musste es zugeben. Sie mochte die Wölfe. Sie mochte ihre Andersartigkeit und ihre Macken. Ihre Begeisterungsfähigkeit und ihre Loyalität.

Ein warmes Summen begleitete sie den Rest des Nachmittags.

Der schönste Teil des Tages kam jedoch, nachdem das Essen aufgegessen war und die ganze Schar der faulen, zufriedenen Wölfe sich um die Feuerstelle herum versammelte, während einer aus der Carter-Familie Gitarre spielte und alle mitsangen. Manche mit Wolfs-, andere mit menschlichen Stimmen. Meistens trafen sie die richtigen Töne.

Stephanie kuschelte sich ein wenig fester unter Blues Arm, wo er sie an sich gezogen hatte. Die weiche Decke, die sie mitgebracht hatte, hielt die Abendkühle fern, aber seine bloße Körpertemperatur hätte ausgereicht, um die kühle Nachtluft zu vertreiben.

Blue verflocht seine Finger mit ihren. „Hattest du einen schönen Tag?"

„Ich denke, es ist gut gelaufen", antwortete sie.

Er legte seine Lippen an ihre Schläfe. „Das finde ich auch, aber das war nicht meine Frage. Wie geht's dir, Stephanie?"

Leise Musik strömte um sie herum, begleitet von dem gelegentlichen schwankenden Heulen eines Wolfes. Eine Gruppe von Teenagern kicherte auf einer Seite des Feuers und wurde etwas leiser, als Jace ihnen einen Blick zuwarf. Zufriedenheit breitete sich in der ganzen Gruppe aus. Stephanie hätte schwören können, dass sie es fühlte.

Sie drehte sich, bis sie Blues Blick begegnete. „Meine Familie ist glücklich. Mir geht's wunderbar."

Ein Anflug von Sorge war aus seinem Gesicht verschwunden, bevor sie wirklich sagen konnte, dass er dagewesen war. Dann senkte er sein Kinn und drückte sie noch fester an sich. „Wenn's dir gut geht, geht's mir auch gut."

Sie wollte ihn darauf ansprechen. Dass sie glücklich war, bedeutete nicht, dass er es auch war, aber dann wurde ihr klar, dass sie dasselbe getan hatte. Ihr Glück war immer an das ihrer Familie geknüpft.

Keine Antwort war in diesem Fall wahrscheinlich die beste Antwort. Der Moment war zu kostbar und flüchtig, um ihn mit tiefgründigen, selbstkritischen Gedanken zu zerstören.

Stephanie lehnte sich an ihn und genoss den Augenblick.

12

Der Lauf zurück zu Carolyns Haus war enttäuschend.

Stephanie verlassen zu müssen war ätzend, aber Blue fand es schwer, enttäuscht zu bleiben, wenn man bedachte, wie begeistert Carolyn war und auf jede Bewegung von ihm und Lance achtete. Nachdem er sie abgeliefert und eine schnelle Abschiedsumarmung angenommen hatte, beschloss Blue, ein wenig von seiner Frustration abzulassen.

Er und Lance streckten ihre Beine und liefen los.

Sie hatten früher bei Operationen zusammengearbeitet, also war das ein Rückblick auf eine besser organisierte Zeit in seinem Leben, mit einer Menge ganz anderem Stress als danach. Es war schön, herausgefordert zu werden, als Lance ihn in den Schwanz biss und dann einen Haken schlug und über eine felsige Oberfläche rannte, die bröckelte, als Blue sich zu langsam bewegte.

Die Jagd begann, und er bewegte sich zielstrebig. Er nutzte seine Kraft, um mit seinem Freund gleichzuziehen, nahm eine Abkürzung und war in Führung, als sie den letzten Hügel zurück ins Heimatgebiet umrundeten.

Blue schätzte die gemeinsame Zeit und die Chance, sich als Wolf die Beine zu vertreten. Dieses Gefühl der Unvollständigkeit schwebte in der Luft, aber er weigerte sich, darüber nachzudenken, dass Stephanie zufrieden damit war, so zu bleiben, wie sie waren. Es waren erst ein paar Tage vergangen, erinnerte er seine andere Seite.

Sie ist bereit, beharrte sein Wolf. *Sie weiß, dass es richtig ist.*

Es hatte nicht viel Sinn, mit dem Tier zu streiten, wenn Blue vor allem wollte, dass es wahr war.

Er duckte sich um die Ecke des Spielhauses und blieb schließlich stehen. Er wandelte leise und wartete, bis Lance zu ihm kam.

„Guter Lauf", sagte er.

Lance holte tief Luft. „Fantastisches Fleckchen Erde, das ihr hier habt. Vielleicht sollte ich bleiben."

Wieder hatte Blue einen dieser Geistesblitze und war höchst amüsiert. „Oh, ich glaube nicht, dass das ein Problem sein wird. Weder für Jace noch für deine Gefährtin."

Lance richtete seine Aufmerksamkeit schnell auf ihn, ein Anflug von Ärger in seinem Blick. „Hör auf damit."

Blue grinste.

Er klopfte Lance auf die Schulter und nickte dann in Richtung der Hütte, in der er übernachtet hatte. „Ich werde mich ein bisschen aufs Ohr hauen. Ich kann nicht sagen, was, aber es fühlt sich an, als ob was in der Luft liegt. Wir sollten auf alles vorbereitet sein", warnte er.

Sein Freund nickte und verschwand dann wie der Schatten, der er manchmal sein konnte.

Blue stand lange da und wartete darauf, dass etwas passierte. Etwas, das die Frage beantwortete, die ihm auf dem Herzen lag.

Es war am nächsten Morgen, als das Erste, das Blue nicht erwartet hatte, geschah. Er war erst ein halbes Dutzend Schritte in Richtung des Haupthauses gegangen, als Lance nach ihm rief. Blue wartete darauf, dass sein Freund zu ihm kam.

„Danke. Ich bin mir immer noch nicht sicher, wie willkommen ich im Haus bin", erklärte Lance. „Mir ist etwas mehr Aktivität aufgefallen als gestern Morgen. Ich dachte, du solltest mich besser vorstellen, bevor ich irgendjemanden erschrecke."

„Was? Du denkst, du bist der große böse Wolf oder so?"

Lance grinste. „Oder so."

Vor der Küchentür herrschte viel Betrieb. Es schien, als wäre Sophie aus dem Urlaub zurück, und sie und ihre kleine Tochter unterhielten sich aufgeregt mit Stacy und dem anderen Küchenpersonal. Perfekt. „Wenn du sicher sein willst, dass du willkommen und gut versorgt bist, sind das die Leute, die ich dir vorstellen sollte."

Er bedeutete Lance, ihm zu folgen.

Sie waren noch nicht mehr als ein Dutzend Schritte gegangen, als Lance wie angewurzelt stehenblieb. Er neigte den Kopf zur Seite und holte tief Luft.

Seine Augen weiteten sich.

Blue erstarrte, eine Woge von etwas *Richtigem* traf ihn. Erheiterung machte sich breit und Vorfreude.

Lance stand die Überraschung seines Lebens bevor.

Dixie, die bezauberndste fünfjährige Dominante, die Blue je getroffen hatte, riss sich aus dem Griff ihrer Mutter los, rannte über die Wiese und blieb nur wenige Zentimeter von ihnen entfernt stehen.

Sie starrte zu Lance auf, den Kopf zur Seite geneigt, als wäre sie ein bisschen verwirrt. „Wer bist du?", fragte sie.

Lance öffnete und schloss den Mund ein paarmal, aber es kam nichts heraus.

Dixies Gesicht erblühte zu einem wunderschönen kleinen Mädchenlächeln. „Ich weiß, wer du bist." Sie drehte sich auf der Stelle um und rief: „Mamaaaaaa! Komm und schau! Bitte, bitte?"

Sophie blickte auf und lächelte über die süße Bitte. Ihr Blick wanderte zur Seite und traf Lance, und sie richtete sich ruckartig auf. Alles an ihr sah aus, als hätte sie eine stromführende Steckdose berührt. Sie machte den ersten Schritt. Erst einen Fuß, dann den anderen und dann noch ein halbes Dutzend, bis sie so schnell sie konnte auf sie zurannte.

Dann blieb sie ruckartig zwei Meter entfernt stehen, reglos wie eine Statue.

Lance hob Dixie hoch, als sie an seinen Beinen zog, drückte sie an sich, ohne sie anzusehen, denn sein Blick war auf Sophies gerichtet.

„Du solltest dich besser bewegen", schlug Blue vor. Er legte eine Hand zwischen Lance' Schultern und gab ihm einen Schubs. „Sieht nicht so aus, als würdest du deine Amazone bekommen, aber ich garantiere dir, dass sie trotzdem perfekt für dich ist."

Unartikuliertes Gurgeln stieg tief in Lance' Kehle auf, als Dixie ihren Kopf auf seine Schulter legte und ihm sanft auf die Brust klopfte, während sie ein Mädchenlied über Herzen und Regenbögen und Wölfe mit glänzendem Fell sang.

Lance blieb nur wenige Zentimeter vor Sophie stehen. „Ähm."

Sophie blinzelte heftig. „Wie?" Sie schüttelte heftig den Kopf. „Vergiss, dass ich das gefragt habe. Hi."

Blue erwartete etwas Angemessenes wie *„Oh, hallo"* als

Antwort oder einen Austausch von Namen, aber was passierte, war viel unterhaltsamer anzusehen. Lance legte seine Finger in Sophies Nacken, neigte ihren Kopf, beugte sich vor und küsste sie.

Leidenschaftlich, gründlich. Als ob es nichts anderes auf dieser Erde gäbe, als sie zu küssen.

Dixie kicherte, tätschelte die beiden und wand sich dann, um runtergelassen zu werden. Sie rannte zu Blue, und ihr glückliches Strahlen erhellte alles. „Meine Mama hat einen Gefährten!"

„Sieht ganz danach aus", stimmte er zu. Er nahm sie in die Arme und tippte ihr auf die Nase. „Er ist ein guter Mann. Er wird eine toller Daddy für dich sein."

Dixie grinste. „Ich werde einen kleinen Bruder bekommen. *Zwei* kleine Brüder."

Na, wenn das keine klare Ansage aus dem Mund des kleinen Mädchens war. Blue musterte sie aufmerksam, aber sie wand sich schon wieder, um abgesetzt zu werden, und hüpfte nun im Kreis um ihre Mutter und Lance herum und sang fröhlich.

Das Küssen und Singen erregte Aufmerksamkeit, aber Sophie schien das nicht zu stören. Als die beiden einander losließen, um Luft zu holen, hatten sich die anderen Wölfe der Hütte zu ihnen auf die Wiese gesellt.

Jace sah viel zu großspurig und zufrieden aus. „Willkommen im Rudel! Ich schätze, jetzt ist es offiziell", sagte er zu Lance.

Sophies Finger waren mit denen von Lance verschlungen. Er sah immer noch ein wenig geschockt aus, aber er neigte seinen Kopf zu Sophie und lächelte sie an. „Sieht aus, als würde ich für immer blieben."

Blue hatte davon gehört, aber es war das erste Mal, dass er es gesehen hatte. Gefährten waren schließlich etwas, die man sich sehnlichst wünschte. Diese sofortige Paarung zeigte deutlich, dass die beiden Wölfe und ihre beiden menschlichen Seiten nicht nur füreinander bestimmt waren, sondern auch ohne zu zögern einverstanden waren.

Was ihn sehr für Lance freute, aber ihn selbst wieder warten ließ.

Er studierte Stephanies Gesicht. Sie beobachtete Sophie und Lance mit etwas, das wie Hoffnung und Sehnsucht aussah. Ihm kam in den Sinn, dass das ihr vielleicht, nur vielleicht, helfen würde, den nächsten Schritt mit ihm zu gehen.

Gott, Blue hoffte es.

~

DIE SPONTANE FEIER, die nach der Paarung von Sophie und Lance stattfand, war mit nichts zu vergleichen, was Stephanie je zuvor erlebt hatte.

Sie wusste, dass Wölfe anders waren. Hatte die Geschichten ihrer Schwester und ihrer Freundin gehört, dass die Verbindung zwischen ihnen und ihren Gefährten etwas weitgehend Unbeschreibliches war.

Sie hatte nie genau begriffen, wie wenig menschlich es war. Der Anblick von Lance und Sophie, die nach nur wenigen Sekunden vollkommen einverstanden waren, den Rest ihres Lebens miteinander zu verbringen, war inspirierend und wunderschön, und er ließ Stephanie bis ins Mark erschauern.

Ein grinsender Lance und eine sehr selbstgefällige Sophie standen vor der Menge. Dixie saß auf Sophies Hüfte, hielt sich aber an der Schulter ihres neuen Daddys fest. Obwohl sie einander nicht gebissen hatten – etwas, wovon Stephanie wusste, dass es Teil des offiziellen Paarungsakts war – waren sie eindeutig eine Einheit.

„Es sind noch ein paar Reste von gestern übrig, aber ich denke, wir sollten Steaks rausholen und eine Frühstücksparty veranstalten." Stacy zeigte in verschiedene Richtungen, schnauzte Befehle, und die Wölfe rannten los.

„Du bekommst einen verlängerten Urlaub", sagte Cassidy zu Sophie. „Und du auch." Sie lächelte Lance an.

Lance blickte seine Gefährtin liebevoll an. „Ja, Ma'am, aber nein, Ma'am. Ich habe meinen Auftrag von deinem Gefährten, also werden wir nicht so bald wegkommen."

Sie dachte einen Moment nach. „Aber ihr werdet irgendwann in die richtigen Flitterwochen gehen, verstanden?"

Sophie errötete, aber ihre Augen strahlten vor Glück. „Wir werden schon klarkommen." Sie wandte sich Lance zu. „Ich kann es kaum erwarten, mit dir zu laufen."

Hitze loderte in seinen Augen, sein Wolf war nah an der Oberfläche und bereit zum Spielen. Es war auch klar, dass sie sich bei der ersten Gelegenheit auch aus anderen Gründen ausziehen würden.

Stephanie war sich nicht sicher, wie sie mit dieser Direktheit umgehen sollte.

Die Gruppe bewegte sich in Richtung der Lodge, und die Versammlung entwickelte sich zu einer Frühstücksparty.

Als Stephanie schließlich neben Sophie landete, ohne dass jemand nah genug war, um zu lauschen –

Na ja, okay, sie waren Wölfe. Alle außer Cassidy und Stacy waren immer noch nah genug, um zu lauschen. Trotzdem gebot die Höflichkeit, dass bei ihrem Gespräch zumindest die Illusion von Privatsphäre bestehen blieb.

Außerdem schien Sophie ihre Gedanken gelesen zu

haben, denn die andere Frau drehte sich zu Stephanie um und seufzte glücklich. „Das muss dir komisch vorkommen, und du und deine Familie habt mich in den letzten Monaten sehr beschützt. Nur um dich zu beruhigen: Ich bin glücklich. Ich hätte nie gedacht, dass das passieren würde. Ich bin so froh, dass er es ist."

„Aber du *kennst* ihn nicht", sagte Stephanie langsam.

Sophie schnaubte. Der unfeine Laut schien nicht zu ihren zarten Gesichtszügen zu passen, und sie hielt sich kurz die Nase zu und lächelte verlegen. „Es tut mir leid, aber das klingt so falsch. Er ist mein Gefährte."

„Und ihr habt weniger als fünf Minuten geredet."

Sophie zuckte mit den Schultern. „Es braucht nicht viel Zeit, wenn es richtig ist. Ich muss nicht wissen, was seine Lieblingsfarbe ist, denn ich weiß, dass er als mein Gefährte die Welt für mich und Dixie zu einem wunderbaren Ort machen will. Er will mir helfen, Dinge zu tun, die mich zu einer besseren Frau machen. Das ist einfach, was Gefährten tun."

„Mit nicht mehr als einem Kuss – obwohl der superheiß war", versicherte Stephanie ihr.

Sophie blickte hinüber und sah, dass Lance in ihre Richtung sah. Ihre Wangen erröteten niedlich, während sie ihm zuzwinkerte.

Sie wandte sich wieder Steph zu. „Es ist wohl so eine Wolfssache. Nein, wir haben körperlich nicht viel gemacht, aber ehrlich gesagt ist das nur ein Teil einer Beziehung. Sex und der Rest. Das Wichtigste ist hier oben." Sophie tippte sich an die Schläfe. „In dem Moment, als ich ihn gesehen habe, wusste ich, dass er mir gehört. Es wird Zeit brauchen, seine Hoffnungen und Träume zu entdecken. Von seinem Leben vor mir zu hören. Aber es ist egal, wie viele Geschichten aus der Vergangenheit er hat, was wir uns für die Zukunft wünschen ist das Wichtigste."

Die ganze Situation ergab Sinn, wenn Stephanie es sich so vorstellte, als würde man etwas über ein fremdes Land und dessen unbekannten Bräuche lernen.

Aber das Letzte, das Sophie gesagt hatte – das traf den Nagel ihrer Ängste auf den Kopf. „Aber was, wenn er mit etwas aus deiner Vergangenheit unglücklich ist? Wie mit Dixies Vater. Wird das nicht hart für Lance? Oder für dich?"

Verständnis leuchtete in den Augen der jungen Frau auf. Sophie packte Stephanie an den Armen, hielt sie an den Schultern fest und sah für ihr Alter sehr weise aus, als sie eindringlich antwortete. „Wer Dixies Vater war und was mich zu einer alleinerziehenden Mutter gemacht hat, ist Teil meiner Geschichte. Lance liebt mich schon bedingungslos. Er wird traurig sein über die Dinge in meiner Vergangenheit, die mich verletzt haben, aber alles andere ... Wie kann er etwas anderes tun, als meine Vergangenheit zu lieben, wenn sie mich zu dem gemacht hat, was ich heute bin?"

Es schien zu schön, um wahr zu sein.

Es musste etwas mit der Gefährtenmagie zu tun haben, denn sonst hätte diese junge Frau nie so zuversichtlich sein können, nachdem sie weniger als ein halbes Dutzend Worte mit dem Mann gewechselt hatte, bevor sie sich bereit erklärt hatte, seine Gefährtin zu sein.

Gott sei Dank rief Stacy Stephanie weg, um Gemüse für Salsa zu schneiden, denn sich eine Weile mit einem scharfen Messer in der Hand zu konzentrieren war viel besser, als ihren eigenen Gedanken nachzuhängen.

An der Feier nahmen die Angestellten der Timberwolf Lodge und die Führung des Jasper-Rudels teil, die sich entspannt in Gartenstühlen und auf Bänken ausstreckten und aufgeregt plauderten. Lance und Sophie waren selten mehr als einen halben Meter voneinander entfernt und tauschten liebevolle Blicke aus, bis Stephanie die Augen verdrehen wollte.

„Du musst wirklich an deinem Pokerface arbeiten", flüsterte Blue, als er neben sie auf die Bank rutschte. „Ich weiß, dass spontane Paarungen eine Wolfssache sind, aber es ist real. Hör für eine Minute auf, wie ein Mensch zu sein, und genieß einfach die Party."

Sie starrte ihn wütend an. „Ich kann nicht aufhören, ein Mensch zu sein, falls du es noch nicht bemerkt hast."

Er sah sie geduldig an. „Du weißt, was ich meine."

Nein. Nein, sie wusste nicht, was er meinte. Oder vielleicht wusste sie es, und vielleicht wäre ein richtig großer Streit eine Möglichkeit, Abstand zu schaffen, während sie mit all den anderen Emotionen kämpfte, die Lance' und Sophies spontane Verbindung weckte.

Sie öffnete den Mund, um eine Klugscheißer-Bemerkung zu machen, als er seine Finger in ihre schob. „Kann ich dich heute Abend auf ein Date einladen?"

Zeit allein mit Blue? Schlechte Idee. Außerdem würden sie sich gleich streiten.

„Das würde mir gefallen." Stephanie lehnte ihre Stirn an seine. „Na, Mist."

Er lachte. „Keine Sorge. Ich verstehe."

Er küsste sie auf die Schläfe, schmiegte sich dann an sie und hielt sie an seiner Seite. Er unterhielt sich ungezwungen mit den anderen um sie herum. Er bot ihr ab und zu ein paar Häppchen an, war aber hauptsächlich einfach nur da.

Und war Blue. Ein Fels in der Brandung. Real.

Stephanie konnte jedoch nicht aufhören, Lance und

Sophie anzusehen. Denn so sehr es ihr auch Angst machte, diese Erfahrung hatte etwas Großes und Wunderbares.

Vielleicht ...

Könnte sie das?

Ein plötzlicher Anflug von Verlangen überkam sie. Nicht sexueller Natur, sondern nach Verbindung und Einheit. Sie wollte, was ihre Schwester hatte. Was Cassidy hatte. Was Sophie im Handumdrehen akzeptiert hatte.

Warum also war sie eine Närrin und stürzte sich nicht von ganzem Herzen darauf, Blue zum Gefährten zu nehmen?

Weil du Geheimnisse hast, die geheim bleiben müssen. Die Worte feuerten aus ihrem Hinterkopf, zusammen mit einem Bild von blutigen Fingern und einem heftigen Sturm.

„Alles in Ordnung?" Blue rieb sich kurz den Arm. „Du zitterst."

„Mir ist nur ein bisschen kalt", log sie und war dankbar, als er sich enger an sie schmiegte und sie festhielt.

Ja, es gab gute Gründe, nicht zu wollen, dass jemand anderes in ihrem Kopf war. Aber ...

Scheiß drauf. Sie hatte es satt, sich zurückzuhalten. Na ja, nicht ganz, aber sie und Blue waren Freunde, oder? Dieses Date heute Abend würde der perfekte Zeitpunkt sein, um ein paar Wahrheiten mit ihm zu teilen.

Falls sie sich traute.

Ein weiterer plötzlicher Gedanke schoss ihr durch den Kopf. Dieser war tief und leise und viel weniger beängstigend. Fast so, als hätte ihn jemand anderes ausgesprochen.

Er liebt dich schon. Ich liebe dich. Du gehörst uns und nichts wird das ändern.

Stephanie saß still da und dachte nach.

13

Blue nahm an, dass er das als Payback für all die Bemerkungen verdient hatte, die er bei seinen Freunden gemacht hatte, als sie ihre Gefährten umworben hatten. Aber manche Dinge gingen einen Schritt zu weit.

„Wenn du noch ein langweiliges Kleidungsstück auf dieses Bett legst, binde ich dich mit Kabelbindern an den Deckenventilator", drohte er.

„Du müsstest mich erst erwischen, und du bist zu sehr in Gedanken bei Stephanie, um koordiniert zu sein." Jace warf ein Hawaiihemd beiseite und starrte die Kleider auf dem Bett an, als wäre er beleidigt. „Hast du was, das dazu passt? Hast du was, das nicht so grell ist, dass mir die Augen bluten?"

„Ich werde meinen Kleidungsstil nicht ändern, um Steph zu beeindrucken." Blue zögerte. „Scheiße. Denkst du, ich muss meinen Kleidungsstil ändern, um Steph zu beeindrucken?"

Del schnaubte und griff in den Stapel, um Blues rotes Lieblingshemd zu retten. „Wenn sie deine Gefährtin ist, was sie ist, sind deine grellen Klamotten schon etwas, das sie an dir am liebsten mag. Zieh das hier an und mach dir keine Sorgen.“

„Aber bitte, kämm dir die Haare. Das ist ein Befehl von Cassidy“, sagte Jace und streckte sich auf dem Bett aus. Er verschränkte die Arme hinter dem Kopf und grinste. „Da du diese langen Hippie-Locken hast, mach das Beste daraus.“

Blue zog sich an und seufzte schwer, als er nach der Bürste griff. „Das ist scheiße.“

Del klopfte ihm auf die Schulter und ließ sich dann neben Jace auf die Matratze fallen. „Das stimmt, aber nur weil Lance und Sophie sofort zusammengekommen sind, heißt das nicht, dass du irgendwas falsch machst.“

Blue runzelte die Stirn, während er einen Knoten auskämmte. „Darüber habe ich mich nicht beschwert. Ich meine, es ist Dienstagabend. Pete's hat geschlossen. Ich muss Steph stattdessen in den superschicken Laden in der Jasper Park Lodge bringen, und wir alle wissen, dass das Essen nicht annähernd so lecker ist wie das, was Pete macht.“

Die anderen beiden verdrehten die Augen wie die Teenager letzte Woche.

„Das Traurige ist, dass er die Wahrheit sagt“, stellte Jace fest.

„Natürlich.“ Blue betrachtete sich im Spiegel. Mit seinem Haar, das ihm bis über die Schultern fiel, sah er überhaupt nicht mehr so aus wie zu seiner Zeit beim Militär. Das war wahrscheinlich einer der Gründe, warum er es in erster Linie wachsen ließ.

Hm. Jetzt gestand er sich selbst die Wahrheit ein. Interessant.

„Hast du noch andere Erkenntnisse darüber, was los

ist?", fragte Del. "Oder ist dein Omega-Supersinn immer noch kaputt?"

"Auf jeden Fall durcheinander. Ich glaube nicht, dass er dauerhaft im Arsch ist – es war schön, die kurzen Momente der Präkognition mit Lance zu haben, aber es ist nicht wie sonst." Blue zeigte auf Jace. "Und nein, ich habe keine neuen Superkräfte bekommen. Abgesehen von dem einen Mal, als ich Emmas Arsch vom Berg gesprengt habe, kann ich keine Blitze herbeirufen."

"Schade. Und gut. Das war ein bisschen viel für meinen Geschmack." Jace musterte ihn. "Ich höre, François ist zurück."

Das tiefe Knurren, das aus Blues Kehle drang, ließ Del überrascht zusammenzucken. "Mein lieber Blue. Wie unpazifistisch von dir."

"Ich verstehe immer noch nicht, wie du darauf beharren kannst, dass Blue kein Kämpfer ist", sagte Jace. "Du hast Lance kennengelernt. Er und Blue waren Teamkollegen."

Del zuckte mit den Schultern. "Es ist schwer, gegen die letzten sieben Jahre greller Surferklamotten und grinsender Eskapaden anzukommen."

"Das liegt jetzt alles hinter mir", sagte Blue. "Ich werde ein erwachsenes Mitglied der Wolfsgesellschaft und nie wieder grinsen."

"Gott, das hoffe ich nicht." Jace sprang auf und näherte sich Blue. Er rückte seinen Kragen zurecht und strich sich dann das Haar über die Schulter nach hinten. "Du siehst gut aus. Und ich will keinen weiteren steifen Typen im Rudel. Bleib du selbst, Kumpel. Ich mag dich, wie du bist. Das Einzige, was dich besser machen wird, ist, wenn du Steph an deiner Seite hast."

"Und in diesem Sinne ..." Del zog eine rechteckige

Schachtel aus seiner Gesäßtasche. „Stacy meinte, du solltest Stephanie das hier geben."

Blue nahm die Schachtel, schüttelte aber den Kopf. „Ich kann meine Gefährtin selbst umwerben."

„Nimm jede Hilfe an, die du kriegen kannst", schlug Jace vor. Dann zog auch er ein Geschenk hervor. „Cassidy hat mir das hier gegeben, damit du es Steph gibst."

„Ich gebe ihr keine Geschenke, wenn ich nicht weiß, was drin ist", protestierte Blue. Er sah auf die Uhr und schüttelte dann den Kopf. „Also gut. Lass uns sehen, was sie für so verdammt wichtig halten."

Zum Glück waren beide Schachteln mit Kordeln zugebunden. Blue zog die erste Schleife auf und nahm den Deckel ab.

Del schnaubte. „Cassidy hat dir Kondome gegeben."

Mit einem entschlossenen Kopfschütteln widersprach Jace. „Nein, Cassidy hat *Steph* Kondome gegeben. Da Cass weiß, dass keine nötig sind, um Krankheiten oder Schwangerschaften zu verhindern, ist es eine Botschaft an Steph, nicht an dich."

Blue betrachtete die andere Schachtel misstrauisch. „Sie ist größer, als mir lieb ist."

Del schnaubte. „Bitte. Das ist schon so lustig genug, auch ohne dass du ernst bist."

Was bedeutete, dass sie alle leicht lachten, als Blue die längere Schachtel öffnete und einen Plastikpenis zum Vorschein brachte. „Fuck, was für ein dämlicher Witz soll das sein?"

Das Kichern, das Jace entfleuchte, hallte von der Wand wider. „Lebensecht."

„Wenn dein Penis leuchtend pink und grün ist", sagte Del gedehnt. Er betrachtete Blue. „Wenn man bedenkt, mit wem wir sprechen, ist das nicht unmöglich."

„Fick dich." Aber Blue sagte es ohne Leidenschaft. Er nahm das Monstrum aus der Schachtel und fand eine Fernbedienung darunter. „Toll. Er ist wiederaufladbar und funktioniert per Fernbedienung."

„Einen Schritt voraus. Ich meine, ich bin wiederaufladbar, aber ich mag Sex nah und persönlich." Jace grinste Blue ins Gesicht. „Oh, schau. Zeit für dich, aufzubrechen. Viel Spaß, und behandle deine Gefährtin auf Probe gut."

Er würde sie beide umbringen. „Danke."

Er schloss die Geschenke schnell und stopfte sie in eine Tasche. Nachdem er sein Hemd noch einmal zurechtgerückt hatte, schlenderte er aus der Tür der Hütte und zur Eingangstür der Lodge.

Er hatte kaum die Hand gehoben, um an die Tür zu klopfen, als sie aufschwang und Marvin, der Elch, erschien. Das bedeutete, dass hinter dem Ungetüm kein einziger Zentimeter des Wohnzimmers oder Foyers zu sehen war.

„Ja?", fragte Marvin höflich.

Blue zog eine Augenbraue hoch. „Im Ernst?"

Marvin lächelte. „Ich bringe Dixie Türetikette bei." Er drehte seinen Körper ein kleines bisschen zur Seite, um den kleinen Wolf zu zeigen. „Kann ich dir helfen?"

„Hi, Blue. Ich werde heute Abend gebabysittet", verkündete Dixie. „Stephanie sieht hübsch aus. Bringst du sie irgendwo Besonderes hin? Mein neuer Daddy hat meine Mommy heute Abend auch ausgeführt."

Um die Paarung abzuschließen. Glücklicher Teufel. Blue ging in die Hocke und tippte Dixie auf die Nase. „Ich freue mich sehr für deine Mommy und deinen neuen Daddy. Und ja, ich bringe Stephanie an einen besonderen Ort. Kannst du mich bitte zu ihr bringen?"

Dixie streckte eine Hand aus und drückte dann ihre

kleine Faust in Marvins massiven Oberschenkel. „Aus dem Weg, Mr. Marvin. Stephanie braucht Blue."

„Das tut sie tatsächlich", stimmte Marvin lachend zu und trat zur Seite. „Genauso sehr, wie er sie braucht."

Ein Lichtschimmer schoss durch den Raum. Blue stand einen Moment lang reglos da, bevor ihm klar wurde, dass es vielleicht keine Omega-Reaktion war. Es könnte Sonnenlicht gewesen sein, das von den silbernen Fäden in Stephanies Kleid reflektiert wurde.

Heilige. Scheiße. Blue legte seine Hand auf sein Herz. „Wunderschöne Frau."

Sie kam auf ihn zu, die Linien ihres Kleides ein Kaleidoskop aus Gelb-, Orange- und Rottönen. Dazwischen schwarze Linien, als trüge sie ein Buntglasfenster. Und jeder Rahmen glitzerte, wenn sie sich bewegte, die feinen Linien der kontrastierenden Fäden fingen das Licht ein.

Sie blieb vor ihm stehen und musterte ihn eingehend. „Du bist ein sehr hübscher Mann, Blue."

„Ist das gut? Sag mir, dass das gut ist."

Sie fuhr mit den Fingern durch sein Haar und ließ die langen Strähnen über sich schweben. „Oh, das ist sehr gut. Verdammt, dein Haar ist weicher als meines. Was verwendest du als Spülung?"

„Ihr könnt euch im Restaurant austauschen." Cassidy stand ein paar Schritte zurück im Foyer und hatte ein breites Grinsen im Gesicht.

„Hierher, Blue", befahl Stacy von ihrem Platz neben Cassidy.

Blue gehorchte und stellte sich neben Steph.

„Und jetzt lächeln!" Stacy nahm ihr Handy und machte ein Foto.

„Das ist nicht der Abschlussball, Mom", beschwerte sich Steph und legte ihren Arm um Blues Ellbogen.

Stacy betrachtete das Foto. „Ihr zwei seid so süß zusammen. Außerdem mache ich ein Album. *Erinnerungen an die Zeit als Gefährten auf Probe.*"

„Lass uns gehen, bevor sie anfangen, ungefragt Ratschläge zu erteilen", schlug Steph leise vor und zog ihn zur Tür.

Apropos. „Einen Moment." Er schlich zu Cassidy und Stacy. Er nahm die Kartons, die ihre Männer ihm gegeben hatten, aus der Tasche und gab sie entschlossen zurück. „Danke. Aber ich habe das unter Kontrolle."

Stacy zog eine Augenbraue hoch.

„Oh nein", warnte Blue. „Keine Kommentare, nicht einen. Geht und sucht eure Jungs und quält sie."

„Aber du bist im Moment so viel leichter aus der Fassung zu bringen", bemerkte Cassidy.

„Sag gute Nacht, Ladys", befahl Blue, nahm Steph an der Hand und los.

„Gute Nacht, Ladys." Stacy kicherte. „Viel Spaß. Tut nichts, was ..."

„Lauf!", befahl Steph.

Sie flohen, während Gelächter hinter ihnen herdrang.

BLUE FÜHRTE sie zu einem glänzenden blauen Mustang, der sie blinzeln ließ. Sie hatte ihn noch nie gesehen.

„Neues Auto?", fragte sie, denn sich auf das Auto zu konzentrieren war sicherer, als daran zu denken, wie gut es sich anfühlte, seine Hand zu halten.

„Geheimes Auto", sagte er, öffnete die Tür und wartete darauf, dass sie einstieg. „Ich lasse Birdie nicht von Jace oder Del fahren. Das funktioniert am einfachsten, wenn ich sie zu Hause in meiner Garage lasse."

„Birdie?“

Er grinste. „Bluebird des Glücks.“

Stephanie tat gedankenlos die Dinge, die sie normalerweise tat, wenn sie in ein Auto stieg, aber die Bemerkung blitzte in ihrem Verstand auf wie ein großes Neonschild in höchster Alarmbereitschaft.

Sobald Blue sich setzte, stürzte sie sich darauf. „Zu Hause. Ich bin schrecklich. Ich kann nicht glauben, dass ich seit Juni in Jasper bin und nie gefragt habe, wo du vorher gewohnt hast.“

Blue wartete, bis sie den langen Hügel hinauf in Richtung Stadt fuhren, bevor er sprach. „Das liegt hauptsächlich an mir“, sagte er. „Ich bin derjenige, der eine der Hütten übernommen hat, damit ich auf dem Grundstück übernachten kann.“

„Damit du näher bist, um all das zu machen, was du gemacht hast, um uns zu helfen.“

Seine Finger schlossen sich um ihre. „Nein. Das war ein Nebeneffekt. Ich bin umgezogen, damit ich näher bei dir bin.“

Auf das Zittern in ihrem Bauch folgte heftige Wärme, die über sie strömte wie eine innige Umarmung. „Weil du wusstest, dass wir Gefährten sind.“

Er drückte sanft ihre Finger.

Sie saßen ein paar Minuten schweigend da, während Stephanie das ein wenig auf sich wirken ließ. Er hatte sein ganzes Leben auf den Kopf gestellt, um in ihrer Nähe zu sein, ohne sie jemals zu drängen, dass sie etwas änderte.

Du gehörst uns.

Sie warf Blue einen Blick zu, aber er hatte nichts gesagt.

Na toll. Jetzt hörte sie Stimmen. Sie brauchte eine Ablenkung. „Wohin fahren wir?“

„Leider nicht zu Pete“, sagte er. „Obwohl wir für

nächste Woche eine Einladung von ihm haben. Er nimmt einige Änderungen an der Speisekarte vor und will uns als Versuchskaninchen haben."

„Ja, bitte." Sie begann zu raten. „Also, gibt es heute Abend Pizza? Pasta?"

„Steak." Blue nickte, als sie zustimmend summte. „Ich versuche nicht, dich schick auszuführen, um dich zu beeindrucken ..." Er begegnete ihrem Blick. „Es sei denn, es funktioniert."

Stephanie lachte mit ihm, bevor sie merkte, dass er nur einen Scherz gemacht hatte. „Du musst mich nicht beeindrucken", sagte sie leise zu ihm. „Wir sind mehr als Freunde, weißt du noch?"

Sie hielten den Rest der Fahrt Händchen. Blue rieb seinen Daumen über ihre Fingerknöchel, eine Liebkosung, die ihr Schauer der Vorfreude über den Rücken jagte.

Auch wenn Blue vielleicht nicht vorgehabt hatte, sie zu beeindrucken, war die Lage fantastisch. Wie die Timberwolf Lodge, aber für Menschen gedacht. Mit den hohen Holzbalkendecken und den riesigen Holzstämmen hätte es ein Ableger der Lodge sein können, die Stephanie jetzt ihr Zuhause nannte.

Zuhause. Die Wilsons.

„Wie lief es deiner Meinung nach mit Mrs. Wilson? Du hast ihre Enkelin nach Hause gebracht, nicht wahr?" Sie hatten sich gerade hingesetzt, Blue zu ihrer Rechten. Der kleine halbrunde Tisch bot einen epischen Blick über den Elizabeth Lake, mit Lichterketten, die in all den Bäumen in der Nähe funkelten. „Wow. Wir müssen in der Timberwolf Lodge die Möbel ein bisschen umstellen. Vielleicht im Frühling ein paar zusätzliche Sitzplätze draußen, die auf den See ausgerichtet sind."

„Gute Idee. Wir werden es Cass morgen sagen." Blue

warf einen Blick auf die Weinkarte und legte sie dann auf den Tisch. „Was die Wilsons angeht ... bin ich mir nicht sicher."

Die Besorgnis stand in deutlichem Kontrast zu seinem normalerweise fröhlichen Gesichtsausdruck. „Was ist los?"

Er schüttelte den Kopf. „Ich werde es dir erzählen, aber lass uns zuerst bestellen. Willst du den Wein aussuchen?"

„Warum machst du das nicht?" Ein böser Impuls überkam Stephanie, und sie hob ihr Kinn. „Vielleicht solltest du das ganze Essen bestellen. Ich werde mich entspannen und die Aussicht genießen."

Seine Lippen zuckten. „Sicher. Ich glaube, ich habe Stierhoden als Vorspeise gesehen."

Sie kicherte. „Wenn du sie isst, esse ich sie auch."

Blue zog ein kleines Notizbuch aus seiner Tasche. „Herausforderung angenommen."

Er schrieb schnell ihre Bestellung auf, ohne sie lesen zu lassen, riss dann die Seite aus dem Buch und gab sie dem Kellner, als er zurückkam.

Dann nahm Blue ihre Hand in seine und sah ihr in die Augen. „Als Omega habe ich normalerweise bestimmte Fähigkeiten. Zum Beispiel die Fähigkeit, wirklich an die Wurzel der Emotionen im Rudel zu gelangen. Als Wölfe haben wir nicht viele Probleme mit Depressionen oder Angstzuständen, aber es kommt vor. Ich kann die Emotionen eines anderen Wolfs so gut spüren, dass ich weiß, was er braucht, um sich besser zu fühlen. Abstand, eine Umarmung oder einen guten alten Tritt in den Hintern."

„Praktische Fähigkeit." Sie runzelte die Stirn. „Normalerweise?"

Er nickte. „Im Moment ist das alles verschwommen. Und was dich betrifft, kann ich zwar deine Gefühle spüren, aber ich bekomme keine konkreten Hinweise. Ich versuche, so zu sein, wie du mich brauchst, aber ich habe keine magische Kristallkugel. Nicht mehr als der durchschnittliche Wolf."

Dass er sich Mühe gab, war nicht das Problem. „Dass wir noch keine Gefährten sind, liegt nicht an irgendetwas, das du getan hast", versicherte sie ihm.

Er zuckte mit den Schultern. „Du hast nach den Wilsons gefragt. Was ich von Ermeline gespürt habe, war ein wenig Neugier und eine ganze Menge anhaltender Wut. Sie hat eigentlich keinen Grund, sauer auf uns zu sein – abgesehen von ihrer Nichte."

Stephanie konnte sich nicht an alle Beziehungen erinnern, doch dann traf es sie. „Emma. Wir haben sie verbannt."

„Aus gutem Grund. Kein Wolfsrudel würde etwas gegen die Entscheidung sagen. Aber wenn es um Familie geht, haben die Leute manchmal tiefe Gefühle." Blue lehnte sich zurück und deutete zur Seite. „Unser Wein ist da."

Der Syrah war köstlich, aber Stephanie war von Blues Neuigkeiten abgelenkt. „Ich schätze, in gewisser Weise ist es gut, dass wir wissen, dass Ermeline im Moment nicht nur von uns begeistert ist. Das gibt uns Zeit, ihre Meinung zu ändern."

„Das stimmt. Es ist gut, dass du vorgeschlagen hast, Kontakt herzustellen."

Blue wechselte das Thema und erzählte von den Weihnachtsfeiertagen in der Lodge, wie sie sie früher mit Schlittschuhlaufen auf dem See und Rodelbahnen den großen Hügel hinunter in Menschen- und Wolfsgestalt verbracht hatten. Sie aßen Calamari und einen Ziegenkäse-Feigen-Salat. Die Steaks, die als Hauptgericht serviert wurden, ließen Steph das Wasser im Mund zusammenlaufen.

„Filet im Speckmantel für mich?"

Blue nickte. „Und du darfst dir ein Stück von meinem Filet mit Pfeffersoße und Apfelbeeren-Reduktion klauen."

Köstlich. „Ich werde im Fresskoma enden."

Er zwinkerte. „Nicht! Du schuldest mir noch eine Fußmassage."

„Seit wann?", sagte sie, während das erste Stück Steak an ihre Lippen hob. „Egal. Ich bin im Himmel. Fußmassagen gibt's im Himmel immer."

Blue schnitt ein Stück von seinem Steak für sie ab und tunkte die eine Hälfte in die eine Soße, die andere in die andere. „Hier. Für dich."

Er hielt seine Gabel hoch, und sie beugte sich vor und legte die Lippen um die Zinken. Seine Augen weiteten sich, als er auf ihren Mund starrte.

Angesichts des Essens und des Ausdrucks auf seinem Gesicht war sie kurz davor, in Verzückung zu geraten. Sie schluckte schwer. „Benimm dich", flüsterte sie.

„Ich benehme mich. Ich bitte, zur Kenntnis zu nehmen, dass ich dich gerade nicht hochhebe und an der Wand vögele?"

Sie hasste es wirklich, dass der Plan nach einer sehr guten Idee klang. Themenwechsel.

„Erzähl mir mehr von deiner Tante und deinem Onkel", schlug sie vor. „Die, die vor uns in der Timberwolf Lodge gelebt haben."

Er zog eine Augenbraue hoch, gab aber nach und erzählte ihr Geschichten, während sie ihre Steaks genossen und dann ein riesiges Stück mehlfreien Schokoladenkuchen verschlangen.

Stephanie starrte in die letzten Schlucke ihres Weins,

als sie ihre Neugier nicht länger zurückhalten konnte und die Worte einfach herausplatzten.

„Blue? Glaubst du, es gibt eine Verbindung zwischen uns? So ein ... Omega-Ding?" Wenn sie an seine Fähigkeit dachte, Emotionen zu spüren, konnte sie sie vielleicht verbergen, wenn sie sie auch spüren konnte.

Blue zögerte. „Weil du es willst oder weil du es nicht willst?"

Sie seufzte. „Manchmal bist du viel zu einfühlsam."

„Hat nichts damit zu tun, ein Omega zu sein." Er berührte mit den Fingern ihre Wange. „Sondern alles damit, dass ich weiß, dass du mir was bedeutest. Ich brauche keine magischen Omega-Sinne, um zu erkennen, wenn du besorgt bist. Bitte, Sweetheart. Vertrau mir."

Und das tat sie auch. Voll und ganz. „Ich vertraue mir nicht", flüsterte sie.

Geheimnisse. Geheimnisse müssen bewahrt werden.

Steph, Geheimnisse müssen geteilt werden, sagte ihr diese andere Stimme streng.

Sie schüttelte den Kopf. „Warum höre ich immer wieder –?" Dann verschwanden alle Fragen, denn draußen vor dem Fenster ging ein Geist vorbei. Schwindel setzte ein, gefolgt von Panik. „O mein Gott!"

Blue griff nach ihrer Hand und versuchte, ihrem Blick zu folgen. „Was ist?"

Stephanie deutete auf den Mann, der den Weg am See entlangging. „Das ist – also, er sieht genauso aus wie Stacys Ex-Mann Porter."

Sie wusste, dass das unmöglich war. Sie wusste es bis ins Innerste ihres Wesens, denn sie hatte seine Leiche zu ihren Füßen gesehen.

Der Wolf neben ihr nahm Haltung an. „Es könnte

Porter sein, aber wahrscheinlicher ist es Dwight, der Mann, der behauptet hat, sein Bruder zu sein. Wo?"

Sie nickte. „In diese Richtung."

Blue überlegte einen Sekundenbruchteil und zog sie dann auf die Beine. „Ich muss ihm folgen. Willst du hier bleiben oder –"

„Ich komme mit dir." Sie winkte dem Kellner zu, als sie schnell zum Ausgang gingen. „Ich werde dir aus dem Weg bleiben, aber ich muss das tun."

Blue warf ein Bündel Geldscheine auf die Theke, dann eilten sie hinaus in die kühle Herbstnacht.

14

———

Diesen Mann mit Stephanie an seiner Seite zu verfolgen war nicht ideal. Zumindest nicht, bis Blue erkannte, dass Anpirschen unter diesen Umständen nicht der richtige Angriffsplan war.

Er legte ihre Hand auf seinen Ellbogen und ging langsam weiter, als machten sie einen Spaziergang. Nur ein weiteres Paar, das in dieser herrlich kühlen Nacht am See spazieren ging.

„Siehst du ihn noch?", fragte Blue und beugte sich näher zu ihr.

„Auf dem Weg nach rechts. Er sieht sich um, als wäre er ein Tourist. Was er wohl ist, wenn man die Situation bedenkt." Steph hielt sich an seinem Arm fest. „Warum ist er hier?"

„Das werden wir herausfinden", versprach Blue. „Aber zuerst bestätigen wir, dass er zu der Adresse geht, die Lance aufgespürt hat. Wenn wir damit anfangen, wird es einfacher sein, ein Auge auf ihn zu haben."

Als der vermutliche Dwight stehenblieb, um sich auf

eine Bank am See zu setzen, zog Blue Steph an sich, mit dem Rücken zum nächsten Baum.

Sie sah mit leuchtenden Augen zu ihm auf. Da war ein bisschen Angst, aber noch stärker war das Verlangen, das er roch, das wilde Pochen ihres Herzschlags.

Das Verlangen war zu groß, um es zu ignorieren. Trotz der beschissenen Situation musste er es tun. „Du siehst aus, als ob du etwas brauchst", sagte er zu ihr.

„Was?" Sie versuchte, so weit wie möglich zur Seite zu spähen, aber er drückte eine Hand auf ihre Wange und drehte sie zu sich um.

„Das."

Er bewegte sich langsam näher. Langsam genug vermischten sich zunächst ihre Atemzüge, der immer noch präsente Geschmack süßer Schokolade verband sich mit dem unverwechselbaren Aroma seiner Gefährtin.

Steph packte seinen Hemdkragen mit beiden Händen, die Worte wehten über seine Wange. „Sollten wir das machen?"

„Es ist keine Frage des Sollens, es ist eine Frage der Notwendigkeit. Ich brauche dich, Steph. So wie ich Luft zum Atmen brauche." Blue küsste sie dann, die gierige Reaktion ihrer Lippen auf seinen ließ all seine unterdrückten Wünsche an die Oberfläche schießen.

Steph ließ ihre Zunge an seiner gleiten und zog sich zurück. Er reagierte, indem er sie mit seinem Körper fester an den Baum drückte, die weichen Rundungen ihrer Brüste nahmen ihn auf wie ein warmes Kissen. Sein härter werdender Schwanz traf die Wölbung ihres Bauches, und die ganze Zeit knabberte er an ihrer Unterlippe. Kostete ihren Mund. Ließ ihre Zungen tanzen und rang darum, ihr Bein nicht über seine Hüfte zu heben und sich wie ein brünstiges Tier an ihr zu reiben.

Sie vergrub die Hände in seinem Haar und zog ihn ein winziges Stück zurück. „Siehst du Dwight noch?"

„Ja." Gott sei Dank, der Mann bewunderte die Landschaft. „Küss mich nochmal", befahl Blue.

Stephanie kam der Aufforderung nach. Gott, er war so heiß, dass er kurz davor war, zu explodieren, und sie küssten einander nur. Wie sollte er seine Nerven zusammenhalten, wenn sie tatsächlich ins Bett gingen?

Das war jedoch ein Problem für ein anderes Mal, mit seiner Gefährtin, unter seinem Körpergewicht sexy und zerzaust. Ihr sexuelles Verlangen lag in der Luft wie das beste Aphrodisiakum, und Blue schwelgte darin.

Bewegung, warnte sein Wolf.

Blue zog sich von Steph zurück, ihre Blicke trafen einander. „Wir sind noch nicht fertig damit", bemerkte er.

Sie nickte schnell, während sie sich umdrehte, um nach dem Mann zu sehen. „Er geht", flüsterte sie.

„Also gehen wir auch. Nicht zu dicht, nur für den Fall."

Für ihn war es ganz natürlich, weiterzugehen. Und als hätte sie das schon ihr ganzes Leben lang getan, legte Steph ihre Finger in seine Ellenbeuge und schlenderte neben ihm her. Nicht schnell genug, um die Distanz zwischen ihnen und ihrem Ziel zu verringern. Nicht zu langsam, dass sie sich, wenn Dwight um eine Ecke bog, beeilen und sich möglicherweise verraten müssten.

Der Mann war offensichtlich selbst kein Fährtenleser, und sein Selbsterhaltungstrieb war nicht sehr ausgeprägt. Er ging zu einem der Miethütten am See und verschwand im Haus. Einen Moment später ging das Licht im Wohnzimmer an.

Blue zog Stephanie an sich, weg von der Hütte. „Geh weiter. Ich will sichergehen, dass er nicht rauskommt, es sei denn, er kriecht aus einem Fenster."

„Die haben keine Hintertüren", flüsterte sie. „Ich habe das recherchiert, als ich Vergleiche für die Timberwolf Lodge angestellt habe."

„Gut zu wissen." Er drückte ihre Schultern und führte sie dann weit genug weg, dass er die Tür noch sehen konnte, aber Dwight sie nicht. „Ich werde Verstärkung rufen. Die anderen können die Überwachung für den Rest der Nacht fortsetzen."

„Wir könnten bleiben", schlug Steph vor, auch wenn sie beim Gedanken daran schauderte.

„Wir haben ein Date", sagte er. Er schickte schnell eine SMS an die Nummer eines Rudelkameraden, die Del ihm gegeben hatte. Als er die Bestätigung bekam, dass die Wache unterwegs war, schob er Steph vorsichtig zur Seite und zog sie wieder an sich. „Sie werden bald hier sein. Ich habe ein paar wirklich gute Ideen, wie wir uns die Zeit vertreiben könnten."

Sie hob eine Augenbraue und blickte besorgt zurück zur Hütte. „Aber was, wenn ..."

Die Sorge von ihren Lippen zu küssen war die beste aller Lösungen.

Er lauschte in Richtung Hütte, und Dwight konnte unmöglich verschwinden, ohne, dass er es bemerkte. Auch wenn es sehr ablenkend war, Stephanies Mund zu erforschen, war Blue in der Lage, mehrere Dinge gleichzeitig zu tun. Besonders, da er sie nicht hätte küssen können, wenn er nicht bereit gewesen wäre für Multitasking.

Die Ankunft seines Rudelkameraden nur wenige Minuten später war jedoch ein erfreuliches Ereignis. Blue löste sich von Stephs Mund und summte glücklich, während er mit einem Finger über ihre Unterlippe strich. „Köstlich."

„Es ist der Kuchen", neckte sie.

„Das bist du", beharrte er. „Komm. Die Wache ist hier. Sie ist in Wolfsgestalt und wird unseren ungebetenen Gast genau im Auge behalten können."

Steph senkte ihr Kinn. Sie biss sich auf die Lippe und richtete sich dann ein wenig auf, als ob sie eine Entscheidung traf. „Lass uns zu dir gehen."

„Meine Hütte in der Lodge?"

„Dein Haus hier in Jasper. Wo deine Werkstatt ist."

Das hatte er nicht kommen sehen. „Okay. Es gibt da nichts zu essen und nicht viel zu trinken."

Steph versetzte ihm einen Klaps auf die Brust. „Ich habe keinen Hunger. Nicht so."

Dann traf ihn ein dringendes Verlangen. Sie hochzuheben und den ganzen Weg nach Hause zu sprinten, war nicht das coole und gelassene Bild, das er gern nach außen projizierte.

Aber andererseits – das war Steph. Sie kannte ihn. Irgendwann würde sie ihn in- und auswendig kennen. Vergiss cool und gelassen. Sie roch nach Vorfreude und Vergnügen, und er konnte es kaum erwarten, ihre Bedürfnisse zu stillen.

Er wartete, bis sie zwischen den Bäumen und außer Sichtweite anderer Spaziergänger waren, bevor er sie hochhob und losrannte.

Steph lachte, als sie ihre Arme um seinen Hals schlang und sich wie eine Liane an ihn klammerte. „Blue. Was machst du da? Dein Auto –"

„Mein Haus ist nicht weit weg, wir sind in ein paar Minuten da. Mein Auto braucht ein bisschen Zeit draußen in der Welt. Auf dem Parkplatz wird es ihm gut gehen. Es wird ein Abenteuer."

Sie lachte jetzt lauter, der Klang hell und warm in der

kühlen Nachtluft. Sie hielt ihn fest, aber nicht, als hätte sie Angst ... viel eher als wollte sie ihn nicht loslassen.

Augenblicke später näherte er sich seinem Haus vom Seeufer aus, stellte sie sanft auf die Füße und nahm sie bei der Hand, um sie zur Terrasse auf der Rückseite zu führen. „Willkommen! Das Haus ist klein und die Werkstatt chaotisch, aber es gehört alles mir."

Und jetzt gehört das alles ihr, sagte sein Wolf deutlich.

Ja, aber eins nach dem anderen, warnte Blue seine andere Seite. *Immer noch nichts überstürzen.*

Du bist zu langsam, knurrte sein inneres Tier.

Blue ignorierte ... sich selbst? ... und ging die kurze Treppe hinauf. „Die Türen sind alle unverschlossen."

„Du bist vertrauensselig."

„Ich bin ein Omega. Kein Wolf kommt hier ohne Einladung rein, und ich sprühe regelmäßig *Humans Be Gone*, um den Rest fernzuhalten."

Stephanie warf ihm einen erschrockenen Blick zu und verdrehte dann die Augen, als er zwinkerte. „Scherzkeks."

„Ich kann es nicht erklären, aber ich schließe nie Türen ab. Entweder bleiben die Leute draußen, oder sie sollen reinkommen. Es ist alles gut." Und seine Politik der offenen Tür war nicht das, womit er jetzt Zeit verschwenden wollte.

Sie drehte sich um und betrachtete die Sonnenliegen, die mitten auf der Terrasse standen, die sich über die gesamte Länge des Hauses erstreckte. Auf der rechten Seite standen sein Grill und der gemütliche Picknicktisch, der groß genug für vier war.

Sie zögerte und führte ihn dann ganz nach links, wo zwei bequeme Sessel neben seiner Gasfeuerstelle standen. Dahinter waren die Glasschiebetüren zu seinem Schlafzimmer.

Steph öffnete die Tür und schob die Vorhänge beiseite.

Die dunkelrote Steppdecke lag ordentlich auf seinem großen Doppelbett, und am Kopfende lagen zwei Kissen. Sie holte tief Luft und sah ihn dann an. „Deine Steppdecke ist nicht neongelb?"

„Ich kaufe eine, wenn du möchtest."

Ein Gefühl des Verlangens überkam sie, aber sie schüttelte den Kopf. Steph trat ins Zimmer und drehte sich um. Sie begegnete seinem Blick. „Du hast gesagt, du brauchst mich. Ich brauche dich auch."

Gott sei Dank. Blue trat ins Zimmer und gesellte sich zu seiner Gefährtin.

～

DAS WAR FALSCH. Stephanie hatte vorgehabt, ihm zu sagen, warum sie solche Angst hatte.

Oh, sie würde ihm nicht alles erzählen, aber sie dachte, zumindest die Wahrheit über ihre Angst würde erklären, warum sie einen Schritt vor der Vollendung ihrer Paarung innehalten mussten. Bevor sie Gefährten wurden?

Wie auch immer man es sagte, sie würden es nicht tun.

Nur, dass sie *es* auf jeden Fall tun würden.

Jeder Zentimeter von ihr sehnte sich nach seiner Berührung, und so, wie er sie jetzt ansah, war sie nur eine Berührung davon entfernt, in Flammen zu stehen.

In seinen Augen lag Hunger, aber auch das, was ihn zu Blue machte. Belustigung vermischte sich mit sturer Stärke. „Ich werde mich um dich kümmern", versprach er, „aber wenn ich etwas tue, das dir nicht gefällt, sag mir einfach, dass ich aufhören soll."

„Ich habe das Gefühl, ich werde noch viel mehr Zeit damit verbringen, dir zu sagen, dass du weitermachen sollst", neckte sie. „Warum stehst du so weit weg?"

Blue hatte das Zimmer kaum betreten. Er schob die Tür zu und ließ die Vorhänge offen, sodass das Licht von draußen hereinfiel und goldene Finger über das Bett warf. „Ich habe seit Monaten davon geträumt, Steph. Ich werde nicht hetzen."

Dann, als wäre es das Gegenteil dessen, was er tun wollte, kam er näher. Instinktiv wich sie zurück. Ihre Waden berührten das Bett, und sie setzte sich und sah zu ihm auf, während seine Augen vor Feuer glühten.

Aber es war nicht beängstigend; es machte Spaß. Und Stephanie ließ ihre Schuhe fallen und rutschte auf das Bett, versuchte wegzukommen und wusste, dass sie es nicht konnte.

Blue war in einer Sekunde über ihr, starke Arme stützten sich auf beiden Seiten ihres Kopfes ab. Sein Körper ruhte auf ihrem, die Hüften zwischen ihren Beinen. Perfekt intim, die lange, harte Länge seines Schwanzes drückte gegen ihre Klitoris. Stoffschichten mochten sie trennen, aber sie waren immer noch genau *dort*. Vollkommen einverstanden und genossen jede Sekunde.

„Ich wäre gern nackt", schlug Stephanie vor.

„Von mir aus", sagte Blue zu ihr, und sein Haar fiel wie ein Vorhang um sie herum. Er ließ seinen Blick über den Teil ihres Oberkörpers gleiten, mit dem er nicht aktiv in Kontakt war. „Zieh dich aus."

Sie wartete darauf, dass er zurückwich, aber er schmiegte sich sogar noch fester an sie. Zwischen ihren Beinen hatte ein heftiges Pochen eingesetzt, die sexuelle Spannung stieg. Eine andere Art von Köstlichkeit. Stephanie begegnete seinem Blick, als ihre Hand nach unten wanderte, um mit den Fingerspitzen den Saum ihres Rocks zu fassen.

Den Stoff langsam nach oben zu ziehen, funktionierte

nicht ganz so gut. Sie musste zappeln, sich winden und sich an ihn drücken. Er quälte sie beide auf die süßeste Art und Weise, die es gab.

Er stützte sich auf seinen Ellbogen und benutzte die rechte Hand, um den Reißverschluss ihres Kleides zu öffnen. Das war das einzige Zugeständnis, das er machte, um ihr beim Ausziehen zu helfen. Das und das Öffnen ihres BHs – so schnell, dass sie sich fragte, ob er eine Klaue benutzt hatte, um den Stoff durchzuschneiden.

„Was wirst du machen, wenn ich nackt bin und du noch all deine Kleider anhast?", neckte sie.

„Ich werde mein Dessert zu Ende essen."

Ein weiterer heftiger Puls zwischen ihren Beinen.

Als er ihr half, den Stoff über den Kopf zu ziehen, atmeten beide schwer, und nicht vor Anstrengung. Ihre Haut fühlte sich an, als würde sie von tausend Glühwürmchen gekitzelt, und der Ausdruck in seinen Augen –

Blue hielt ihr Gesicht mit seiner rechten Hand und küsste sie. Lang und behutsam, während seine Finger langsam ihren Hals hinab und über ihr Schlüsselbein wanderten, bevor sie über ihre Brust glitten.

Sein Mund folgte demselben Weg und landete mit einem kleinen Lecken hier und einem sanften Knabbern da bei ihrer Brustwarze, die sie ihm entgegenschob.

Ein leises Knurren entfuhr ihm. Er bewegte sich etwas schneller, seine Hände legten sich um beide Brüste, während er sie neckte und küsste und leckte, bis ihre Brustwarzen so hart und empfindlich waren, dass sie nicht wusste, ob sie ihn wegstoßen oder an sich pressen sollte.

Blue legte seinen Kopf auf ihren Bauch und atmete tief durch. „Verdammt, Steph. Dein Duft ist so verdammt gut.

Ich kann dein Verlangen nach mir riechen und bin kurz davor, die Kontrolle zu verlieren."

Sie strich mit den Fingern durch sein Haar und begegnete seinem frustrierten Gesichtsausdruck mit einem Lächeln. „Nur zu, verlier die Kontrolle. Wie ich gehört habe, seid ihr Wölfe wie der Duracell-Hase. In ein paar Minuten seid ihr wieder einsatzbereit."

Da lernte Stephanie, dass es gefährlich war, ihrem Wolf zu sagen, er solle die Kontrolle verlieren.

Er tat ihr nicht weh, aber er verlor jegliche Zurückhaltung. Er schabte mit den Zähnen über ihren Bauch, schob seine Hände unter ihre Hüften und hob sie zu seinem Mund. Das waren keine sanften Leckereien und neckischen Zungenspiele. Das war ein ausgewachsenes Festmahl, denn er war ein ausgehungerter Wolf und sie das zuckersüße Dessert, das er verdient hatte. Stephanie krallte ihre Finger in sein Haar und hielt sich fest. Es war ihre einzige Wahl, denn wenn sie nicht körperlich die Kontrolle zurückerobern wollte – ha! –, war das Einzige, wozu sie die Kraft hatte, es zu genießen.

Er nahm sie hart und schnell hoch und entlockte ihrem Körper in weniger als einer Minute einen Orgasmus. Als sie ihn über sich ziehen wollte, um den nächsten logischen Schritt zu tun, fing er von vorn an. Scharfe kleine Bisse, die elektrische Stürme über ihre Haut jagten. Intensive Saugbewegungen, die ihr eine ganze Menge Knutschflecken bescheren würden.

Gut, dass es nicht Sommer war und sie nicht vorhatte, in nächster Zeit im Bikini herumzulaufen.

Nach dem dritten Orgasmus zitterte sie und klammerte sich verzweifelt an die Laken. „Blue. Schluss damit! Ich brauche dich."

Er stützte sich auf, wischte sich mit den Fingern über

den Mund und starrte an ihrem nackten Körper hinab, als überlegte er, woran er als Nächstes knabbern sollte. „Ich bin noch nicht fertig."

Verdammt. Viel mehr konnte sie nicht ertragen. Sie wand sich so weit wie möglich, um die Vorderseite seines Hemdes zu packen. Sie riss ihre Hände auseinander, die oberen Knöpfe und etwas Stoff gaben mit einem befriedigenden Geräusch nach. „Dann sei noch nicht fertig, aber steck zuerst deinen Schwanz in mich."

Was folgte, war die schnellste Stripshow der Welt.

Stephanie hatte kaum bemerkt, wie er sich von ihr erhob, als er wieder zurückkam, jeder Zentimeter seines muskulösen Körpers an ihren gepresst, und sein Schwanz genau dort, wo –

Blue wiegte seine Hüften und verteilte die Feuchtigkeit, die ihre Orgasmen produziert hatten. „Steph?" Er starrte ihr in die Augen.

Sie berührte kurz sein Gesicht und gab ihm einen weiteren Befehl zusammen mit ihrer klaren Zustimmung. „Schau nach unten. Sieh zu, wie du in mich eindringst. Sieh, wie wir eins werden."

Wieder flammte Hitze auf und Schalk, als er ihre Hand ergriff und sie zwischen ihre Körper führte. Ihrer beider Finger waren genau dort, glitten über seinen Schwanz und den Rand ihrer Pussy, als er sie langsam, aber fest miteinander verband. Sein Schwanz glitt ganz in sie hinein, bis sie vereint waren, sein Oberkörper schwebte immer noch über ihrem, damit sie alles sehen konnte.

Intim, unglaublich.

Sie war so, so voll und genau dort, wo sie sein musste. „Das ist gut", flüsterte sie.

„Es ist verdammt fantastisch", korrigierte er und grinste vergnügt. Er hob seine Hüften und senkte sie, die Hinein-

und Herausbewegung seines Schwanzes gegen ihren Körper streichelte mit so perfektem Druck, dass die Lust wieder anstieg.

Er bewegte sich schneller, und da gab Stephanie jedes Vortäuschen auf, dafür bereit zu sein. Sie hatte einen schnellen Orgasmus erwartet. Das war Verlangen und Dringlichkeit und kaum zurückgehaltene Kraft. Seine Hüften pulsierten in rasendem Tempo, die Muskeln seines Oberkörpers waren vor Lust verkrampft.

Sie stieg empor. Schwebend auf ein unmögliches Ziel zu – zu viele Orgasmen, um sie zu zählen, und noch ein weiterer in greifbarer Nähe? Sie grub die Finger in seine Schultern und genoss seine Hitze. Über ihr und um sie herum und in ihr.

Blue ließ sich auf sie sinken, während er sie weiter fickte, ihre Oberkörper glitten aneinander, während extreme Lust über ihre Haut strömte und sie brach. Sein Mund fing ihren Freudenschrei auf, seine Zunge und Zähne verschluckten den Klang seines Namens von ihren Lippen.

Er wurde langsamer, der enge Druck ihres Schafts um seinen Schwanz ließ ihn erschauern, bis er sich versteifte und ihr in den Orgasmus folgte.

Sie atmete schwer, küsste jetzt zärtlicher, sein Schwanz immer noch schwer in ihr. Stephanie seufzte, als all die glücklichen kleinen Endorphine in ihre Extremitäten rasten und sie in eine Pfütze Lust verwandelten. „Das war sehr guter, Sex ohne jede Kontrolle."

Blue schmiegte sich an ihren Hals und lachte leise. „Ich dachte, ich hätte mich ganz gut unter Kontrolle gehabt. Das nächste Mal werden wir es mal ganz ohne Kontrolle versuchen."

Gott steh ihr bei! „Zuerst ein bisschen kuscheln? Denn

meine Pussy prickelt so, dass ich Zeit brauche, damit sich der Blutfluss in meinem Körper wieder normalisiert, sonst werde ich vielleicht ohnmächtig."

„Das kann ich nicht verantworten", stimmte er lachend zu und tätschelte ihren Po. „Arme Pussy."

Er rollte sich herum, und sie landete ausgestreckt auf ihm. Immer noch verbunden, doch der intensive Druck zwischen ihren Beinen ließ langsam nach. Stephanie drückte ihre Hände auf seine Brust und betrachtete sein Gesicht.

Zufriedenheit und Glück waren deutlich zu sehen.

Sie küsste ihn zärtlich, senkte dann ihren Kopf und konzentrierte sich auf tiefes, gleichmäßiges Atmen. Sie hatte ihm einige Wahrheiten zu erzählen, aber gerade jetzt, in diesem Moment –

Das war zu wichtig, um es mit irgendetwas zu unterbrechen.

15

Ein leises, hohes Geräusch weckte ihn. Blue erwachte, ohne auch nur mit einem Muskel zu zucken. Er wollte die Frau in seinen Armen nicht stören.

Nur war Stephanie die Quelle des Geräuschs. Knapp eine Stunde, nachdem sie in seinen Armen eingeschlafen war, zitterte sie und wand sich, während sie leise vor sich hin wimmerte. Als sie sich noch fester an seine Brust schmiegte, fluchte Blue leise und hielt sie.

„Steph, Sweetheart. Wach auf."

Es folgte ein weiteres Wimmern, ihre Finger zuckten, als wollten sie etwas abschütteln.

Blue hielt sie fest, während er ihr fester auf die Schulter klopfte. „Steph. Wach auf. Du hast einen Alptraum."

Ein plötzliches Keuchen explodierte von ihren Lippen. Sie stieß ihre Handflächen so fest gegen seine Brust, dass er blaue Flecken davongetragen hätte, wenn er kein Wandler gewesen wäre. In dem kleinen Raum, den sie zwischen ihnen geschaffen hatte, versuchte Steph, sich wegzuwinden. „Nein. Niemals."

„Ich bin's, Blue. Ich bin hier", beharrte er und ließ ihr die Freiheit zu entkommen, wenn sie das brauchte.

Zu langsam, sagte sein Wolf in einem verzweifelten Tonfall. *Mein Job*, fügte er vorwurfsvoll hinzu.

Ein unangenehmer Ruck durchfuhr Blue. Ein ähnliches Gefühl, wie wenn er wandelte, nur, dass er immer noch auf zwei Beinen stand – oder besser lag. Immer noch in menschlicher Gestalt.

Aber Stephs Augen flogen auf, ihr Mund öffnete sich ein wenig, während sie versuchte, sich auf ihn zu konzentrieren. „Blue?"

„Ja, Baby. Ich bin's. Du bist in Sicherheit. Du hattest einen Alptraum."

„Kein Alptraum." Sie schauderte und schüttelte den Kopf. „Ich habe dich gehört."

„Weil ich genau hier bin."

Steph stützte sich auf einen Ellbogen und drehte sich, um sich im Zimmer umzusehen. Sie stieß einen tiefen, erleichterten Seufzer aus und begegnete dann seinem Blick. Eine Falte war zwischen ihren Brauen, aber wenigstens zitterte sie nicht mehr. „Nein, ich habe dich gehört. Hier drinnen." Sie tippte sich an die Schläfe.

Was zum ...?

Aber das Wichtigste zuerst. „Bist du okay? Du hattest Angst vor etwas."

„Ein alter ... Alptraum." Sie schluckte schwer, und ihre Augen weiteten sich. „Oh." Sie untersuchte seine Lippen. „Du sagst nichts. Aber du *redest* mit mir."

Blue runzelte die Stirn. „Was?"

Ich kümmere mich um unsere Gefährtin, informierte sein Wolf Blue. *Wenn sie nicht allein ist, wird sie keine Angst haben.*

Oh Scheiße, noch mehr seltsame Wandlertricks. „Mein Wolf redet mit dir? Was hat er dir erzählt?", fragte Blue.

Sie nickte. „Er sagte, er wäre für mich da, bis du und ich ganz Gefährten sind."

Der Ausdruck auf ihrem Gesicht – er war sicher, dass auch seins voller Verwirrung und Unglauben war. „Das ist nicht normal", warnte er sie. „Ich meine, ich *weiß*, dass Gefährten im Geist miteinander reden können, aber ich kann nicht hören, was er sagt."

Du musst es nicht hören. Stephanie braucht mich, also bin ich gekommen. Ich kümmere mich um diese Seite, du kümmerst dich um deine.

Danke für die Geste, sagte Blue, *aber so ein Alleingang hilft nicht wirklich.*

Sie hat keine Angst mehr. Sein Wolf hörte sich fast an, als prahlte er, als er das sagte.

Blue schob seine Frustration beiseite und fing Stephs Finger mit seinen ein. „Seltsame Omega-Wolf-Tricks beiseite, bist du okay?"

„Ich denke schon." Sie änderte ihre Position, lehnte sich mit dem Rücken an das Kopfende seines Betts und zog die Laken wie eine Toga um sich. Was schade war, denn er hatte ihre Nacktheit genossen, wenn auch nicht die Angst. Sie hielt inne, als würde sie einer anderen Stimme lauschen, die er nicht hören konnte. „Das ist nicht normal?"

„Nein. Einzigartig, wie es scheint. Du und ich."

Sie nickte langsam, als würde sie nachdenken. „Du und ich. Wir hatten Sex, aber wir sind noch keine richtigen Gefährten. Das hat der pelzige Blue gesagt."

Er schüttelte den Kopf. „Einfach exzellenter Sex. Oder zumindest dachte ich, es wäre exzellenter Sex gewesen."

Trotz ihrer Verwirrung brach Belustigung durch. „Ganz

exzellent. Und der Gefährtenteil ist noch nicht vollständig, aber dein Wolf ist in meinem Kopf."

„Irgendwie, ja."

„Okay." Sie holte tief Luft. „Okay."

Nicht wirklich, aber er würde es einfach vortäuschen müssen. „Willst du aufstehen? Dich anziehen und nach Hause gehen?" Hoffentlich nicht. „Oder möchtest du eine Rückenmassage oder die Fußmassage, die ich dir schulde?"

Sie richtete sich auf, als würde sie sich auf einen Streit vorbereiten. „Ich möchte reden, wenn das okay ist. Ich muss dir was sagen. PB sagt, es ist wichtig."

„PB?"

„Pelziger Blue", sagte sie.

Blue schnaubte. „Er bedeutet Ärger."

„Ihr passt zusammen." Steph kaute auf ihrer Unterlippe. „Ich wollte dir das eigentlich nicht sagen. Es hat mich seit dem Moment verfolgt, als du herausgeplatzt hast, dass wir Gefährten sind."

Gott, das klang bedrohlich. „Tut mir leid."

Sie schüttelte den Kopf. „Du hast nichts falsch gemacht. Aber die Mädchen haben mir von ihren Verbindungen zu ihren Gefährten erzählt und ..." Sie hatte sich beim Sprechen zusammengerollt, aber jetzt zwang sie sich, sich wieder aufzurichten, als würde sie sich darum bemühen, tapfer zu sein. „Ich habe in der Vergangenheit Dinge getan, die ich nie jemandem erzählt habe. Und ich mache mir Sorgen, dass, wenn die Leute es wissen" – sie begegnete seinem Blick erneut – „wenn du es weißt, du schlecht über mich denkst. Dass du entsetzt oder angewidert sein wirst."

Ein kleiner Hoffnungsschimmer erhellte sein Herz. „Steph? Du weißt, dass ich eine Zeitlang beim Militär war, oder?"

Sie nickte. „Du hast uns ein paarmal am Feuer Geschichten erzählt."

„Ich habe dir die jugendfreien Versionen erzählt, und die, die mehr von den Orten handeln, wo wir waren, als von den Dingen, die ich gesehen habe. Den Dingen, die ich getan habe."

„Militärkram ist normalerweise nicht sehr nett." Sie schluckte. „Du bist ein ehrenhafter Mann – Wandler."

„Das versuche ich zu sein", stimmte Blue zu. „Aber ich war ein Wandler mit einem Job an einigen gefährlichen Orten. Ich habe mein Team nicht im Stich gelassen, und das bedeutete, dass es Zeiten und Dinge gibt, an die ich mich nicht gern erinnere."

„Dann tu es nicht." Sie verzog das Gesicht. „Aber ich weiß, dass das leichter gesagt ist als getan. An manche Dinge nicht zu denken, ist unmöglich. Aber Blue, was du gemacht hast – dafür würde ich dich nie verurteilen."

„Danke." Er senkte seine Stimme zu einer Liebkosung. „Warum klingt es dann, als würdest du dich selbst verurteilen?"

Er traf den Nagel auf den Kopf. Steph sog so tief Luft ein, dass sie aussah, als könnte sie jeden Moment platzen, bevor sie wieder ausatmete. „Ich bereue nicht, was ich getan habe, aber ich wünschte, es wäre nie passiert. Ist das verständlich?"

„Absolut." Impulsiv stand er auf. Er holte eines seiner Hemden aus dem Schrank und warf es ihr zu. „Zieh das an. Wir brauchen heiße Schokolade mit Rum und ein schönes Feuer, vor dem wir es uns gemütlich machen können. Und dann werde ich dich halten, bis du weißt, dass ich dir gehöre und PB dir gehört und du uns alles erzählen kannst und nichts jemals ändern wird, wie sehr wir dich lieben."

Sie presste eine Hand auf ihre Brust, ihre Augen füllten sich mit Tränen. „Du liebst mich?"

„Ja." Blue beugte sich hinunter und wischte sanft eine Träne weg, bevor er zurücktrat und Boxershorts anzog. „Weil wir Gefährten sind, aber in erster Linie, weil wir mehr als nur Freunde sind. Ja, ich liebe dich. Ich bete dich an, begehre dich und sehne mich nach dir. Und jetzt zieh dich an, denn ich möchte dich auch so schnell wie möglich umarmen."

Sie lachte, als sie sein Hemd anzog. Dann nahm sie seine Hand und folgte ihm ins Wohnzimmer.

WÄHREND SIE ZUSAMMEN HEISSE SCHOKOLADE KOCHTEN UND das Feuer anzündeten, dachte Stephanie angestrengt nach. Blues Worte hackten mit der Begeisterung eines Spechts, der in alten Bäumen nach saftigen Käfern gräbt, auf ihr schlechtes Gewissen ein.

Er hatte recht.

Sie verurteilte ihn nicht für irgendetwas, das er getan hatte, um seine Teamkollegen oder die Menschen um sie herum in Sicherheit zu bringen. Warum ließ sie sich dann immer noch von ihrer Wahrheit quälen?

Weil du es von Anfang an nie hättest tun müssen. Die Stimme in ihrem Kopf war tief und freundlich.

Zu wissen, dass es Blues Wolf war – was Blue gleichkam –, der in ihrem Kopf sprach, machte es besser und seltsamer zugleich.

Du weißt, was ich getan habe?, fragte Stephanie zögernd.

Nicht die Einzelheiten, aber ich kenne dein Herz. Und deine Gefühle sind durcheinander. Erleichterung und Angst und Stärke – du bist so stark, Stephanie. Wir sind froh, eine starke Gefährtin zu haben.

Stephanie rührte die Schokolade noch einmal um und goss einen großzügigen Schuss Baileys hinein. Dann nahm sie all ihren Mut zusammen und setzte sich zu Blue vors Feuer.

Er nahm die Tasse, die sie ihm reichte, stellte sie zur Seite und klopfte auf den Teppich links von sich. „Hab dir einen Platz freigehalten."

„Danke, aber ich sehe einen besseren Platz." Sie kletterte auf ihn.

Sie rückte sich auf seinem Schoß zurecht, bis es bequem war, und er musste lachen. „Fühl dich wie zu Hause." Er drückte ihr einen Kuss auf die Schläfe. „Und das meine ich absolut."

„Ich weiß. Ich fange an, es wirklich zu verstehen." Stephanie legte ihren Kopf an seine Schulter. „Du warst Soldat. Eine Wandler-Einheit?"

„Beim Militär gibt es Leute, die Bescheid wissen. Wenn du deine Ressourcen optimal nutzen willst, steck deine Wölfe und Katzen und andere Wandler in denselben Zug und nutzte all ihre Fähigkeiten." Er streichelte ihr Haar, und obwohl sie ihm nicht in die Augen sah, spürte sie seine Gefühle. Seine tiefe Überzeugung, dass das, was er sagte, wahr war. „Ich bin froh, dass diese Zeit vorbei ist, aber sie hat mich zu dem gemacht, der ich heute bin."

Ein Echo dessen, was Sophie zuvor gesagt hatte. Dass die Vergangenheit vorbei war, aber immer noch wichtig.

Sie wappnete sich und begann dann. „Ich bin ein einfacher Mensch, Blue. Ich bin nicht superschlau, stark oder kreativ. Ich habe weder ein Community-College noch eine Universität besucht, aber ich habe immer einen Weg gefunden, über die Runden zu kommen. Spa-Behandlungen und Massagen zu geben, macht mich glücklich, und ich verdiene genug. Aber am wichtigsten ist, dass ich dadurch für Stacy und Cassidy da sein kann. Sie sind jeden Tag mein wichtigster Job. Für sie da zu sein, ist alles."

„Das spüre ich. Du liebst sie bedingungslos, und das merkt man."

Stephanie trommelte ihm auf die Brust und lehnte sich dann weit genug zurück, dass sie ihm in die Augen sehen konnte. „Als Stacy das erste Mal geheiratet hat, war ihr Mann ein toller Kerl. Er war oft weg, was bedeutete, dass unsere Mädelsgruppe intakt und eng zusammenblieb. Als James gestorben ist und wir herausgefunden haben, dass Colt ein Wandler ist, kamen wir uns noch näher."

Blue blieb still und fuhr sich mit den Fingern durchs Haar. Das Gefühl, gestreichelt zu werden, beruhigte ihre Nerven.

„Porter hat das geändert. Ich habe ihn vom ersten Moment an gehasst. Als er hinterhältig versucht hat, uns zu trennen und Stacy zu isolieren, wusste ich, dass was nicht stimmte. Stacy hat schließlich erkannt, dass seine nette Seite ein Trick war, und sie hat die Schritte unternommen, die nötig waren, um da rauszukommen."

Gott, wollte sie ihm das wirklich erzählen? Ihm *alles* erzählen?

Du musst es sagen, Steph, sagte PB in ihren Gedanken. *Wir lieben dich. Egal, was passiert.*

Ich habe Angst, gab sie zu.

Es ist okay, Angst zu haben. Es ist nicht okay, grausam zu sich selbst zu sein. Lass los, drängte er. *Wir haben große Arme, um dich aufzufangen.*

Stephanie begegnete Blues Blick. Er zog eine

Augenbraue fragend hoch. „Tut mir leid. PB gibt mir Ratschläge."

„Gute Ratschläge?"

„Ja. Er sagt mir, ich soll mich zusammenreißen und es rauslassen."

Das habe ich nicht gesagt. Ich war viel eloquenter, protestierte PB, woraufhin Stephanie schnaubte.

Sie umklammerte Blues Finger. „Okay, ich spuck's einfach aus. Als Stacy Porter die Scheidungspapiere gegeben hat, wusste ich, dass das nicht gut ankommen würde. Ich wusste es einfach. Ich glaube, ich habe öfter Anzeichen seines aufbrausenden Temperaments bemerkt als Cass oder Stacy, denn immer, wenn er die Fassung verloren hat, bin ich gerade gekommen oder an ihm vorbeigegangen. Ich weiß nicht, warum. Ich habe eine Abkürzung durch die Gasse genommen und fand ihn fluchend Dinge gegen den Zaun schlagen. Einmal habe ich was für einen Nachbarn gemacht, impulsiv eine Abkürzung genommen und ihn dabei beobachtet, wie er einen Teil von Stacys Garten abgeholzt hat. Er hat eine Machete geschwungen, als wäre er im Dschungel, sein Gesicht war vor Wut fleckig. Er hat Stacy erzählt, dass Vandalen ihren Garten ruiniert hätten. Ich habe ihr die Wahrheit gesagt, und ich glaube, da wurde Stacy klar, dass sie da wegmusste."

Blues Gesichtsausdruck wurde hart.

„Es war ein schrecklicher Tag, draußen hat ein gewaltiger Sturm getobt. Cass und ich waren im Haus, um Stacy zu unterstützen und zu beschützen. Cassidy hatte eine Freundin bei der Polizei, und sie hatte sich bereit erklärt, für alle Fälle da zu sein. Stell dir uns drei vor, eine davon in Polizeiuniform, alle in einer Reihe aufgestellt, um sicherzustellen, dass Porter nichts Dummes anstellte, als Stacy ihm die Papiere gab."

„Die Kinder? Damals waren es nur Colt und Blaze, richtig?"

„Ja. Sie waren bei einem Freund zum Spielen, damit sie in Sicherheit waren. Und ich bin froh, denn wenn du Porters Gesicht gesehen hättest ..." Die Erinnerungen strömten herein, klar wie immer. „Wenn er in diesem Moment nach Stacy hätte greifen und sie erwürgen können, hätte er es getan."

„Ich dachte, Porter hat die Scheidungspapiere genommen und ist dann gegangen. Er wurde seitdem nicht mehr gesehen."

„Ich bin ihm nachgegangen", gestand sie.

Blue erschrak. „Du bist *was*?"

„Er hat ein trauriges Lächeln aufgesetzt – so, so unecht – sagte, er verstehe, und ist gegangen. Cassidy und Jen blieben bei Stacy, aber ich habe gespürt, dass was nicht gestimmt hat, also bin ich ihm gefolgt. Ich war in Sekundenschnelle klatschnass, der Regen prasselte herunter, und der Donner kam so nah, dass das Haus gezittert hat. Ich sah, wie Porter im Gartenhäuschen auf der Rückseite des Grundstücks verschwunden ist."

Jeder Muskel in Blues Körper war steif geworden. „Steph."

Sie musste zu Ende erzählen. Musste alles rauslassen. „Die Tür stand halb offen, also habe ich hineingeschaut. Er hat eine Waffe aus einer Schublade geholt. Ich muss irgendein Geräusch gemacht haben, denn er hat sich umgedreht und sich auf mich gestürzt. Er hat mein Handgelenk gepackt und mich in den Schuppen gezerrt."

Sie schloss die Augen und sah es deutlich vor sich.

Porters Wut und Zorn. Und Lust, als er seinen Blick auf sie fallen ließ.

Zeig es mir, verlangte PB. *Ich bin hier. Du bist in Sicherheit.*

Plötzlich war Stephanie an zwei Orten gleichzeitig. Sie wusste, dass Blues Arme um sie lagen. Dieser PB war in ihrem Kopf, seine angenehme, tiefe Stimme so gut wie eine Umarmung.

Aber sie war auch wieder dort – zurück in einer Zeit und an einem Ort, als sie in den Gartenschuppen gegangen war, weil sie wusste, dass Porter vorhatte, ihre Schwester zu töten.

„Du hättest nicht herkommen sollen", sagte der Porter in ihren Erinnerungen. „Du hättest schnell mit den anderen sterben können. Mit allen außer Colt, natürlich. Dieses Kind wird sich eines Tages in einen Wolf verwandeln, und ich werde herausfinden, wie. Aber da du hier bist, kann ich mich auch erst einmal amüsieren, bevor ich den Rest von ihnen loswerde."

Er riss sie zu sich heran.

Stephanie reagierte, ohne nachzudenken. Er hielt ihre rechte Hand vielleicht fest im Griff, aber das bedeutete nicht viel. Auf dem Arbeitstisch zu ihrer Linken standen Blumentöpfen und Gartengeräten. Sie tastete mit der Hand darüber und landete auf etwas Hartem und Kühlem. Sie umklammerte es fest. Ein Rechen fiel zu Boden, und eine Kelle, schwarze Plastiktöpfe flogen, als sie den rasiermesserscharfen Löwenzahnstecher so hart sie konnte nach vorn in seinen Bauch und nach oben stieß.

Porters Augen weiteten sich, und er brüllte, Schmerz entstellte seine wutverzerrten Gesichtszüge.

Stephanie hielt ihre Finger fest um das Gartengerät, das sie mit ihrer linken Hand von der Arbeitsplatte genommen hatte, und drehte es in Richtung seiner Lunge, bevor sie es herausriss. „Niemals. Du wirst meine Schwester nicht anfassen oder meine Neffen oder meine Freundinnen. Du wirst keine von ihnen jemals wieder anfassen."

Sie trat zurück und entkam, als er nach ihr zu greifen versuchte. Über ihr zuckten Blitze, Donner hallte sofort durch den kleinen Raum und übertönte Porters Schreie.

Er fiel zu Boden, die Hände auf den Bauch gepresst, während Blut durch seine Finger strömte. Stephanie kippte das Lagerregal zu ihrer Rechten um, die Säcke mit Blumenerde trafen Porter, bevor der schwere Holzrahmen ihn zu Boden drückte.

Sie erinnerte sich, wie sie dort gestanden und angespannt gewartet hatte. Voller Erwartung, dass er wieder brüllen und wie ein Monster aufstehen würde, um sie zu ermorden, bevor er ihre Familie vernichten würde.

Der Sturm attackierte den Schuppen weitere zehn Minuten lang mit Donner und Blitz, bevor sie die Blutlache sah, die unter dem umgestürzten Regal hervorsickerte. Ihre Hände waren mit Blut verschmiert, das rot schimmerte und in den silbernen Blitzen durch das Fenster leuchtete.

Ich bin hier. Du bist nicht allein. PBs Worte brachen den Bann, und Stephanie wurde sich langsam des Hier und Jetzt bewusst. Die Erinnerungen verblassten, die Bilder verschwammen.

„Du hast sie gerettet." Blue flüsterte die Worte an ihre Schläfe. Er hielt sie fester als zuvor, sein Atem war unregelmäßig. „Und dich selbst auch. Gott, Steph. Du warst so tapfer."

„Ich habe ihn getötet." Blut an ihren Händen. Ihre Fingernägel waren eingerissen und schmutzig, als sie mit seiner Leiche fertig gewesen war. „Ich habe seine Leiche in seinen Truck geschleppt, mein Moped auf die Ladefläche gewuchtet und dann den Saustall im Schuppen aufgeräumt, einschließlich seiner Waffe und der Munition. Ich habe Stacy angerufen, um ihr zu sagen, dass ich einen Job zu erledigen hätte – sie dachte wohl, ich meinte eine Massage. Dann bin ich losgefahren."

Das war der Teil, der sie wirklich verfolgte. Wie einfach es gewesen war, die nächsten Schritte zu berechnen.

„Wo hast du ihn versteckt?", fragte Blue leise.

„Wir hatten einen Freund mit einem Haus im Lake District. Nicht schön – abgelegen und isoliert. Ich habe den Truck mit Porters Leiche so manipuliert, dass er über eine Klippe in einen Teil des Sees fahren konnte, wo das Ufer noch nicht erschlossen ist." Sie sah Blue direkt in die Augen. „Dass ich ihn getötet habe? Das war impulsiv und instinktiv. Alles andere habe ich ganz bewusst getan. Ich habe es vertuscht. Ich habe geplant und überlegt, wie ich nicht erwischt werde. Die Fahrt dorthin hat Stunden gedauert, und ich habe nicht ein einziges Mal daran gedacht, mich zu stellen. Ich wusste, dass sie nur sicher waren, wenn Porter tot war, und da Colt ein Wandler ist ... konnte ich nicht riskieren, die Polizei da reinzuziehen. Ich habe sogar Porters Unterschrift auf den Scheidungspapieren gefälscht. Ich habe Stacy gesagt, ich würde dafür sorgen, dass er sie unterschreibt."

Er sah einen Moment lang aus, als wollte er protestieren, überlegte es sich dann aber anders und nickte langsam. „Das macht das, was du getan hast, nicht falsch. Nicht in meinen Augen."

Erschöpfung legte sich über sie wie eine schwere Decke. Trotzdem war da der Ausdruck auf seinem Gesicht – sie musste ihn fragen.

„Liebst du mich noch?" Gott. Ihre Stimme zitterte, als

wäre sie den Tränen nahe. Und vielleicht war sie das auch. Ihn jetzt zu verlieren, würde sie zerstören.

Blue legte seine große, starke Handfläche an ihre Wange. „Ich liebe dich jetzt mehr als je zuvor. Und morgen werde ich einen weiteren Grund erfahren, dich noch mehr zu lieben. Es wird nicht weggehen, Steph. Diese Sache zwischen uns wird nur noch größer werden."

Menschen benutzen so viele Worte, beschwerte sich PB. *Unsere Liebe ist für immer. Punkt.*

Was bedeutete, dass Stephanies Herz vor Freude über das süße, süße Geschenk von Blue überlief und sie über die trockene Direktheit von PB in Gelächter ausbrach.

Sie schlang ihre Arme um Blues Hals. „Ich liebe dich auch."

Dann weinte sie. Um all die Tage und Monate und Jahre, die sie es für sich hatte behalten müssen. Für die Last, die sie getragen hatte und die sie jetzt teilen konnte. Sie ließ die Schuldgefühle los und akzeptierte stattdessen die Liebe, die ihr angeboten wurde.

Ein wässriges Schniefen nach dem anderen.

16

———————

*B*lue hielt Stephanie, bis sie sich wand, um losgelassen zu werden. Dann küsste er sie zärtlich und schickte sie unter die Dusche. „Wasch deine Tränen weg. Ich stelle schonmal die nächste Folge ein.“

„Mehr Bingen? Toll.“ Stephanie zögerte. „Du wirst es Jace doch nicht erzählen, oder? Gibt es nicht eine Regel, die besagt, dass man keine Geheimnisse vor seinem Alpha haben darf?“

Endlich etwas, wo er sie vollkommen beruhigen konnte. „Du hast es vielleicht bemerkt, dass die Regeln irgendwie nicht auf mich zutreffen. Was bedeutet, dass sie für dich als meine Gefährtin genauso wenig gelten.“ Er zog sie für eine beruhigende Umarmung an sich. „Niemand muss die Einzelheiten kennen. Wenn ich sage, dass ich weiß, dass Porter nicht im Bilde ist, muss ich es nicht weiter erklären. Ich werde jedoch meine Kontakte nutzen, um sicherzustellen, dass Porters Auto und Leiche nie gefunden werden. Wenn das okay ist?“

Ihr Gesicht war weiß, die Erleichterung war fast greifbar. „Danke.“

Sie verschwand wieder in seinem Schlafzimmer. Blue ließ sich auf das Sofa fallen, als seine Beine einfach nachgaben.

Heilige. Scheiße.

Unsere Gefährtin ist unglaublich.

Das ist sie wirklich, PB, stimmte Blue zu.

Sein Wolf schnaufte verächtlich. *Ihr Menschen verschwendet viel zu viel Energie darauf, Dinge zu benennen.*

Das macht es einfacher. Ich kann zwischen meinen hervorragenden Meinungen und PBs Schwachsinn unterscheiden, argumentierte Blue, bevor er sich mit ausgebreiteten Armen zurücklehnte und ungläubig an die Decke starrte. *Großartig. Jetzt führe ich auch noch Selbstgespräche.*

Ich sitze im selben Boot, beschwerte sich sein Wolf. *Und von uns beiden bin ich weitaus weniger geneigt, Schwachsinn zu erzählen.*

Der Rest des Abends verging in süßer Kameradschaft und mehr Liebemachen. Weder Blue noch sein Wolf drängten Steph jedoch dazu, ihn ganz zu akzeptieren. Sicher, sie hatte das Geheimnis geteilt, von dem sie befürchtet hatte, dass er es versehentlich entdecken könnte. Aber das bedeutete nicht, dass sie wirklich bereit war, sich voll und ganz darauf einzulassen.

Die nächsten Tage machten klar, dass es die richtige Entscheidung gewesen war. Steph wurde langsam selbstbewusster. In gewisser Weise *entschlossener,* als würde sie wirklich akzeptieren, dass sie Gefährten waren und dass sie es wert war, von allen um sie herum geliebt zu werden.

Sonst änderte sich nicht viel. Blue schlich sich nachts in ihr Zimmer in der Lodge, oder Stephanie ging zu ihm in seine Hütte. Sein Haus war ein bisschen zu weit weg, aber er konnte sich vorstellen, dass sie irgendwann dauerhaft dort lebten, und dieser Gedanke wärmte ihn innerlich und äußerlich.

Weißt du, männliche Wandler sind ziemlich einfach, sagte er zu seinem Wolf. *Mir gefällt die Vorstellung, dass Steph in meinem Territorium ist.*

Bald, sagte sein Wolf. *Und du hast recht. Wir können sie im Haus besser beschützen. Außerdem werden ihre Freundinnen immer noch in der Nähe sein, nur nicht nah genug, um mich zu stören, wenn ich gebürstet werde.*

Du bist sowas von verwöhnt.

Aber Blue genoss auch die Zeit, die Steph mit seiner Wolfsseite verbrachte. Sie hatte offensichtlich keine Angst, was großartig war. Der seltsame Teil, dass sein Wolf heimlich mit Stephanie kommunizierte, ging weiter. Blue fand heraus, dass er es hören konnte, wenn es passierte – wie ein leises Summen in seinem Hinterkopf –, aber er hatte nie eine Ahnung, was gesagt wurde.

Jace erwischte ihn, als er am Mittwochmorgen die Treppe herunterkam. Sein Cousin winkte ihn zur Seite des Foyers. Einer der seltenen Momente, in denen in der Lodge noch niemand auf den Beinen zu sein schien.

Steph schnarchte noch. Ein süßes Summen, das sie immer machte, wenn er sie ordentlich bearbeitet hatte, was bedeutete, dass sie es oft tat.

Jace lachte. „Ich werde mir nicht die Mühe machen zu fragen, wie es dir geht. Das Grinsen und der Geruch von Sex sagen mir genug.“

„Hast du in letzter Zeit mal in einen Spiegel geschaut?“, neckte Blue.

„Ja. Wir haben es verdammt gut hinbekommen, oder?“ Dann verhärtete sich Jace' Gesichtsausdruck. „Ich wollte nochmal nachhaken wegen des Gesprächs, das nicht wirklich eins war, das wir vor ein paar Tagen hatten. Bist du sicher, dass Porter kein Faktor mehr ist? Dein Omega oder welche Magie auch immer du verwendet hast, um das herauszufinden, ist absolut sicher?"

„Mein Omega oder welche Magie ich auch immer verwendet habe, ist absolut sicher." Das war keine Lüge. Wie auch immer ihre Paarung letztendlich ausging, Steph würde seinen Rang im Rudel übernehmen. Also wusste sein Omega es mit Sicherheit. Blue musterte Jace neugierig. „Warum?"

Jace verzog das Gesicht. „Dwight. Wir haben ihn rund um die Uhr beobachtet. Er ist immer noch in der Hütte und es ist nichts Verdächtiges passiert. Tatsächlich ist er, wenn überhaupt, zu *unverdächtig*."

Interessant. „Was meinst du?"

„Er macht nichts als Touristenaktivitäten. Die Gondel, die Geschäfte auf der Main Street. Er ist drei Stunden lang in einem verdammten Kanu gepaddelt. Oh, entschuldige, zwei Stunden und siebenundfünfzig Minuten. Er wollte keine zusätzliche Gebühr bezahlen müssen."

„Klingt nicht sehr gefährlich", stimmte Blue nickend zu. „Zeit für eine direkte Annäherung?"

Jace nickte. „Ich denke, Del und Angie sollten ihn zufällig treffen, da er von Anfang an E-Mails an die Anwaltskanzlei geschickt hat."

„Passt für mich." Blue dachte nach, als ihm die Waffe einfiel, die Porter hatte verwenden wollen. „Schau, dass sie Verstärkung in Wolfsgestalt haben und das Treffen abseits von Zivilisten stattfindet."

Der Gesichtsausdruck seines Alphas sagte nur zu deutlich, dass er wusste, dass Blue Geheimnisse hatte. Aber er nickte nur. „Gut."

Ein plötzliches Klopfen an der massiven Eingangstür der Hütte ließ sie innehalten.

„Ich komme schon!", riefen eine Stimme von der Treppe und eine aus der Küche.

„Bin schneller als ihr beide." Blue lachte, als eine zerzauste Steph und Sophie mit sehr rosigen Wangen auftauchten. Er hörte auf zu lachen, als er die Tür öffnete und ein Mann da stand, den er sofort am Geruch erkannte.

François.

Gutaussehend, mit einem ordentlich gestutzten grauen Bart. Er hielt einen riesigen Blumenstrauß in der Hand, den er Stephanie mit einem höflichen Lächeln entgegenstreckte.

Blue knurrte. Jace knurrte.

Steph knurrte.

Alle drei Männer drehten sich um und starrten sie an, François stand wie erstarrt da, mit ausgestrecktem Arm.

Der Puma-Wandler holte tief Luft. Seine Augen weiteten sich, sein Blick huschte zwischen Stephanie und Blue hin und her, als die Blumen zu Boden fielen. „Oh, merde."

Eine lachende Dixie rannte ins Foyer und klatschte vor Freude in die Hände. „Oh. Hübsche Blumen!"

Die Katze riss sich mit schockierender Geschwindigkeit zusammen, was gut war. Blue hatte heute nicht wirklich Lust, jemanden die Gliedmaßen auszureißen. „Was bedeutet, dass sie für das hübscheste Mädchen im Raum sind." Er fing schnell Sophies Blick auf, und als sie nickte, überreichte er Dixie den Strauß mit einer schwungvollen Geste. „Für dich, *ma petite*. Um eure neue Familie zu feiern."

„Danke", antwortete sie begeistert. Sie küsste seine Wange und quietschte dann, als sie fast unter dem riesigen

Strauß verschwand. „Mama, schau, was mir die Schmusekatze gegeben hat."

François schniefte und richtete sich elegant auf. „Schmusekatze. *Wirklich.*"

Steph schmiegte sich in Blues Arme, die Hand in einer vertrauten Streichelbewegung auf seiner Brust. Eine Position, die es auch schwierig machen würde, die Katze am Hals zu packen. „François. Danke, dass du vorbeigekommen bist. Möchtest du sehen, wo wir deine Kunst aufgehängt haben?"

Keine Erwähnung seiner Werbungsgeschenke. Brillante Frau. Einfach, und es erlaubte dem Mann, so zu tun, als wäre nichts davon jemals passiert.

Blue war immer noch sehr glücklich, als sich die Tür eine Stunde später hinter der Katze schloss.

Nachdem François in seinem teuren Auto weggefahren war, zog Steph Blue zu ihren Lieblingsstühlen auf der Terrasse.

„Nettes Knurren", sagte er zu ihr. „Ich liebe dich über alles."

Steph ließ ihr Glück mit ihrem breiten Grinsen erstrahlen. „PB sagt, du wolltest François auseinandernehmen, was keine gute Idee war. Und ich wollte auch nicht, dass Jace es tut."

„Du warst perfekt", sagte er und murmelte dem Wolf in seinem Kopf zu: *Petze.*

Steph bekam diesen Blick in den Augen. Der, der sagte, dass PB mit ihr sprach. Sie schnaubte und begegnete dann Blues Blick. „PB sagt, er wollte die struppige Katze auch in Stücke reißen. Nicht, dass ich nicht vermutet hätte, dass dem so war."

Blue seufzte. „Nun, ich bin froh, dass das erledigt ist."

Seine Gefährtin starrte ihn misstrauisch an. „Okay. Was ist denn jetzt los?"

Scheiße. Er kniff die Augen zusammen. „Omeganisierst du mich?"

„Ich Gefährtin-auf-Probe dich", erwiderte sie. „Spuck's aus, Blue."

„PB." Dann fluchte er. „Du hast wirklich diesen Omega-spuck-sofort-deine Geheimnisse-aus-Touch begriffen."

Steph rutschte auf den Boden und ließ sich zwischen seinen Knien nieder, die Hände auf den Oberschenkeln. „Ich sage es dir nur ungern, aber den hatte ich schon immer. Es ist das Reiki und die Massage und das Definieren von Absichten, über die ich jahrelang gelernt habe. Es geht nur darum, genau zuzuhören." Sie streichelte seine Wange. „Erzähl es mir", flüsterte sie.

„Dass PB auf diese seltsame Art und Weise von mir getrennt ist, ist mehr als nur ein bisschen unangenehm", gab er zu. Als ihre Augen sich besorgt weiteten, beeilte er sich, sie zu beruhigen. „Nicht der Teil, in dem du mit meinem Wolf sprichst. Und es ist nicht so, als ob es körperlich wehtut oder so."

Der kleine Junge in ihm, der einmal von wohlmeinenden Leuten verletzt worden war, die versucht hatten, ihn zu beschützen, trat vor und gab ihm einen Schubs, und das allein war durch und durch freudianisch. Seine Beschwerde würde so verdammt kindisch klingen.

Sag es ihr, befahl sein Wolf.

Sonst machst du es?, fragte Blue sich, so bizarr das Gespräch auch war.

Es ist deine Geschichte, beharrte sein Wolf. *Sie ist, was dich zu dir macht, schon vergessen?* Dann zerstörte er das tröstliche Gefühl, indem er hinzufügte: *Außerdem bin ich nicht derjenige, der von trivialen menschlichen Ereignissen traumatisiert wird.*

Du bist so ein Arsch.

Wir sind so ein Arsch, wiederholte sein Wolf mit erstaunlicher Selbstwahrnehmung.

Blue konzentrierte sich auf Stephanie und bemerkte einen verwirrten Ausdruck in ihren Augen, aber Belustigung umspielte ihre Lippen. „Was hat PB dir erzählt?", wollte er wissen, da er es wirklich leid war, diese unmögliche Frage zu stellen.

„Dass ihr beide die Köpfe zusammengesteckt habt und du zurückkommst, wenn er dir Vernunft eingeredet hat." Sie strich ihm mit den Fingern übers Gesicht und musterte ihn sorgfältig. „Aber ich möchte nicht, dass du Gruppenzwang nachgibst. Nicht einmal von dir selbst."

„Du hast es nicht leicht mit mir. So viel Ärger."

Sie erhob sich auf die Knie und drückte ihm einen Kuss auf die Lippen. Flüchtig, aber besitzergreifend. „Aber es scheint, als ob ihr *beide* mein Problem seid. Sprich mit mir!"

Er schlang seine Arme um sie. „Ich bin eifersüchtig, dass ich nicht dabei bin, wenn ihr beide Geheimnisse teilt. Aber ich möchte nicht, dass du sie *nicht* teilst, weil du diesen sicheren Raum brauchst. Wenn du mit meiner anderen Seite sprechen kannst, sprichst du immer noch mit jemandem, der dich liebt, also wie kann ich darüber verärgert sein?"

„Weil Gefühle keinen Sinn ergeben müssen, um echt zu sein", sagte Steph leise. „Außerdem, diese ganze Sache, dass nur du oder nur PB mit mir spricht, wenn es in Wirklichkeit du bist und du mit mir sprichst ... das ist nicht normal, Blue. Versuch nicht, so zu tun, als wäre es das und als hättest du alle Antworten."

„Das mache ich nicht. Deshalb sage ich dir, was mir auf

dem Herzen liegt, egal, wie albern ich mir vorkomme, wenn ich mich beschwere." Er schob sie so, dass sie sich einander direkt ansahen und sie rittlings auf seinem Schoß saß. „Hör nicht auf, mit PB zu sprechen, nur, damit ich mich nicht seltsam fühle."

„Behalte dein Unbehagen nicht für dich und lass mich euch beide besser streicheln." Steph legte ihre Arme um seine Schultern. „Wir sitzen im selben Boot, richtig?"

„Egal, wie sehr wir uns da durchimprovisieren, ja."

Sie saßen da, ihre Stirn berührte seine. Ruhig, aber dennoch zusammen. Eine weitere Verbindung. Ein weiterer Schritt auf ihrer Reise.

„Nehmt euch ein Zimmer!", rief Del, als er die Treppe hinauf polterte und sie angrinste.

„Großartige Idee." Blue stand auf. Er drehte Steph in eine Huckepackposition, und als er fertig war, lachten beide. „Halt' dich gut fest!", befahl er.

Dann sprintete er um Timberwolf Lodge herum zu seiner Hütte und genoss mehr Zeit mit seiner Gefährtin.

ES WAR NACHMITTAG, bevor sie mit dem Lieben, ihrer Mittagspause und einer weiteren Runde Liebemachen fertig waren.

„Wir müssen heute Zeit mit den anderen verbringen." Stephanie duckte sich aus Blues Reichweite. „Das heißt, du musst mich was anziehen lassen."

„Sie sind alle Wandler. Es ist okay, wenn du nackt bist." Blue hielt inne. „Warte. Du hast recht. Zieh dir sofort was an."

Er warf ihr sein leuchtend pink-rot-kariertes Holzfällerhemd zu, und sie lachte, als sie es anzog. „Dir ist gerade aufgefallen, dass, wenn ich nackt bin, es auch jeder andere sehen kann. Ja?"

„Ja", brummte er und schlüpfte in seine eigenen Klamotten. Sie lagen überall am Boden verstreut, wo sie bei ihrem letzten Versuch, sich anzuziehen, gelandet waren.

„Sie haben alle ihre eigenen Gefährten", bemerkte Stephanie.

Blue zog eine Augenbraue hoch. „Versuch nicht, dich mit Logik rauszureden. Zieh mein Hemd an. Es macht mich glücklich."

Das war für vieles ein guter Grund, entschied Stephanie, als sie Hand in Hand mit Blue zur Lodge ging.

Eine Gruppe hatte sich an der Feuerstelle versammelt – ihr inoffizielles Clubhaus, wie es schien. Stephs Freundinnen hatten einen Tisch mit Erfrischungen und Abendessensvorbereitungen aufgestellt. Die Jungs brachten Brennholz, um den Stapel aufzufüllen. Die Kinder rannten im Kreis um Marvin, der offenbar immer noch mit der Kinderbetreuung beschäftigt war, weil er sich wieder in seine Elchgestalt verwandelt hatte und geduldig darauf wartete, dass Dixie von seinem Rücken kletterte.

Mit anderen Worten, es war das ganze fröhliche Chaos, das Stephanie kennen und lieben gelernt hatte.

Aus irgendeinem Grund stapften Jace, Del und Lance alle oben ohne durch den Garten. Blue küsste sie schnell und riss sich dann sein eigenes Hemd vom Leib. „Halt das für mich. Meine Brüder haben mich gerufen."

Er rannte los, um sie einzuholen.

Sie zog das zusätzliche Hemd wie eine Jacke über den Rest ihrer Kleidung, als sie sich zu den anderen Mädels gesellte. „Schöner Knutschfleck, Sophie."

Die junge Frau lächelte stolz. „Danke."

„Lance hat einen auf der Brust, und er hat absichtlich

sein Hemd ausgezogen, damit die Jungs es sehen." Cassidy deutete auf das hemdlose Quartett auf dem Rückweg mit Armladungen von Holz. „Deshalb dieses Macho-Gehabe."

Stacy hob eine Augenbraue. „Ich muss meine Beißkünste verbessern."

Steph auch. Obwohl ... Zähne auch Paarung bedeuten. Sie freundete sich mit dem Gedanken an, aber –

Du kannst uns beißen, ohne uns zu paaren, versicherte ihr PB. *Wir beißen gern. Beiß ihm ins Ohr, und Blue wird ausrasten.*

Und das waren Informationen, die sie sowohl wollte als auch nicht. *Bitte erzähl mir keinen Sexkram. Mit der pelzigen Seite von Blue zu sprechen ist schon seltsam genug.*

Dummer Mensch. Er sagte es mit so viel Zuneigung, dass Stephanie die Wärme bis in ihre Zehen spürte.

„Tante Steph?" Blaze zog an ihrer Hand.

Sie zerzauste seinen Kopf. „Ja, Kurzer?"

Er beugte sich vor. „Wie hält man einen Wolf davon ab, im Dunkeln zu heulen?"

Sie überlegte. „Ähm, das ist eine schwierige Frage. Keine Ahnung."

„Du machst das Licht an." Blaze zeigte auf sie. „Dein Gesicht ist komisch, Tante Steph. Wo ist Blue? Ich habe auch einen für ihn."

„Blue ist gleich hier." Er kniete nieder, um Blaze in die Augen zu sehen. „Was ist los?"

Blaze runzelte die Stirn, als er Blues nackten Oberkörper und dann die anderen Männer musterte, die halbnackt herumstanden und redeten. „Mama sagt, wir müssen Klamotten tragen, weil es bald Winter ist."

„Deine Mom hat recht." Stephanie reichte Blue schweigend sein Hemd, und er zog es an, bevor er eine Augenbraue hochzog. „Sonst noch was?"

Ihr Neffe öffnete eifrig den Mund, dann weiteten sich seine Augen, und er versteckte sich hinter Blue. „Oh nein. *Sie* ist hier."

Stephanie drehte sich um und sah in die Richtung, in die Blaze gestarrt hatte.

Blue sprang auf. „Scheiße."

Über den Rasen kam eine ältere Frau anmutig auf sie zu. Sie trug einen perfekten blauen Anzug und hielt eine kleine perlweiße Clutch in der Hand. Sie war jedoch nicht diejenige, die das Problem darstellte. Es war die junge Frau, die stolz neben ihr herging und alle in der Gruppe fluchen ließ.

„Sie sollte nicht hier sein", murmelte Stephanie Blue zu, während sie immer noch Emma ansah, die vor etwas mehr als einem Monat verbannt worden war, nachdem sie versucht hatte, sie alle umzubringen.

Stacy schob ihre Söhne hinter sich und trat dann vor. „Emma Wilson. Was willst du hier?", fragte sie mit tiefer Kraft in der Stimme.

Wahrscheinlich hätte Jace das fragen sollen, aber Stacy hatte ein Recht, da sie diejenige war, der Emma am meisten geschadet hatte.

Anstatt Emma antworten zu lassen, hob die ältere Frau eine Hand. „Ich bitte um Entschuldigung, Alphas des Jasper-Rudels. Da mir die Autorität verliehen wurde, über das endgültige Schicksal der Timberwolf Lodge zu entscheiden, hoffe ich, dass Sie eine Unterhaltung in Erwägung ziehen werden."

Sie sprach herablassend. Geradezu majestätisch. Als ob es supercool und kein Problem wäre, mit einer Ausgestoßenen das Territorium eines anderen zu betreten. Die Hüter des Rudels hatten sich alle in Verteidigungspositionen begeben.

Moment. Autorität zu *entscheiden* ...

Das Wilson-Rudel. Das war also diejenige, die das Sagen hatte, ob sie die Timberwolf Lodge behalten durften?

Stephanie warf Blue einen Blick zu, aber er starrte Emma eindringlich an, als versuchte er, ihre Gedanken zu lesen.

Jace nickte langsam. „Sie sind willkommen, Ermeline." Er hob einen Finger und zeigte auf Emma. „Aber diese hier wurde gewarnt, dass ihr Leben verwirkt ist, wenn sie nochmal unser Territorium betritt."

„Es sei denn, der Omega des Rudels lädt sie ein, zurückzukehren." Emma grinste Blue an. „Was, wie mir meine Nichte erzählt, in der Nacht des Teenager-Events passiert ist. Herzlichen Dank, dass ihr alle Verwandten von Carolyn eingeladen habt, euch jederzeit zu besuchen."

Blue, der etwas vor Stephanie stand, versteifte seine Schultern und fluchte leise.

„Hast du das gesagt?", fragte Jace leise.

„Vielleicht, aber es war nur Höflichkeit. Das sollte nicht so ausgelegt werden, dass eine Ausgestoßene hier aufkreuzen darf."

Jace nickte und richtete seine Aufmerksamkeit auf die Besucher. „Welchem Umstand haben wir diese unerwartete Überraschung zu verdanken?"

Ermeline warf einen weiteren prüfenden Blick auf die Lodge. „Als ich neulich hier war, musste ich an die Zeiten denken, als wir in der Timberwolf Lodge alle möglichen Herausforderungen organisiert haben. Ihre Tante Rachel und Ihr Onkel Jim haben fantastische Events veranstaltet. Ich habe mich gefragt, ob Sie dieses Jahr wieder sowas vorhaben. Für ein Herbstfest ist es zu spät, aber vielleicht ein Winterfest?"

Cassidy stand jetzt neben Jace, die Arme vor der Brust verschränkt. „Wir haben ein paar Ideen."

Zum ersten Mal zeigte sich ein Riss in Ermelines Fassade. Ein Hauch von List und Schalk. Die Emotionen waren verschwunden, bevor Stephanie bestätigen konnte, dass sie da gewesen waren. „Ich liebe die Unterhaltung eines echten Wolfsevents. Die Herausforderungen, die Kreativität –"

„Die Kämpfe auf Leben und Tod", fügte Emma beiläufig hinzu, bevor sie mit den Wimpern klimperte und Stacy anblinzelte. „Schön, dich wiederzusehen. Wie geht's deinem süßen, kleinen Jungen? Denkst du, er würde gern mit mir Verstecken spielen?" Sie spähte hinter Stacy und versuchte, Ace in die Augen zu sehen. Sie hatte ihn schon einmal in einem verrückten Versuch, das Rudel zu übernehmen, benutzt.

„Versuch es, und diesmal wirst du mehr als nur einen Biss und einen Kratzer davontragen." Stacy sagte es ruhig, aber ihr Tonfall war eisig.

„Bitch", zischte Emma und zeigte ihre Zähne. „Du wirst mich verdammt nochmal nicht anfassen. Du hättest von vornherein nicht den Mut oder die Kraft gehabt, es durchzuziehen."

Überraschenderweise ergriff Ermeline sofort das Wort und schalt ihre Nichte. „Hör auf damit. Zivilisierte Wölfe zeigen ihre Überlegenheit in einer Herausforderung, nicht mit gehässigen Worten und einer schlechten Einstellung. Ehrlich, ich hätte gedacht, dass du das inzwischen gelernt hast, Emma. Ich schäme mich, dass ich einen meiner Verwandten an eine so einfache Regel erinnern muss."

Emma errötete, ihre Verlegenheit nährte ihre Wut. Doch sie antwortete unterwürfig: „Ja, Tante."

Der Blick des älteren Wolfs schweifte über die gesamte

Gruppe, zögerte bei Blue und kehrte dann zu Cassidy zurück. „Ich fände es unterhaltsam, wenn ihr dieses Jahr eine kleine Herausforderung veranstalten würdet. Eine Möglichkeit für eure Wölfe, ihre wahre Stärke zu zeigen."

„Und ist das wichtig für Ihre Bewertung, ob wir die Timberwolf Lodge behalten dürfen?", fragte Cassidy.

Ermeline zuckte mit den Schultern. „Eine Herausforderung ist immer eine gute Möglichkeit, herauszufinden, wer einen Schatz verdient."

Emma drehte sich auf der Stelle um, um ihre Tante anzugrinsen. „Ich möchte mitmachen. Ich möchte mitmachen, um zu beweisen, dass *ich* es am meisten verdiene."

Die alte Frau starrte sie wütend an, ohne dabei ihre überlegene Haltung zu verlieren. „Für jemanden, der eigentlich nicht hier sein sollte, nimmst du viele Dinge an. Auch mein Interesse an dem, was *du* willst. Und jetzt sei *still*."

Aber Emma machte einfach weiter. „Aber, Tante, du sagst immer, dass der Wolf, der sein Land nicht beschützen kann, es nicht behalten darf. Warum also nicht die älteste aller Herausforderungen? Außerdem wäre es hier auf dem Timberwolf-Land nur richtig, einen Wettkampf zwischen dem Jasper-Rudel und den Wilsons auszutragen."

Stille breitete sich unter den versammelten Wölfen aus. Unbehagen. Unruhe.

„Was ist die älteste Herausforderung?", fragte Stacy leise. „Für die von uns, die nicht Bescheid wissen."

„Eine Variante von Erobere die Fahne. Eine Dreiergruppe verteidigt, die andere greift an. Am Ende des Tages ist klar, wer gewonnen hat." Emma legte ihrer Tante eine Hand auf den Arm. „Ehrenhafte Wölfe nutzen diese Herausforderung oft, um ihren Wert zu beweisen und im

Rudel aufzusteigen, da keine Führungsmitglieder antreten dürfen."

Cassidy beugte sich zu Stephanie und flüsterte. „Jace gefällt das nicht."

„Haben wir eine Wahl?", flüsterte Stephanie zurück. „Ermeline entscheidet, ob wir die Timberwolf Lodge behalten dürfen oder nicht."

„Es ist ein Risiko."

„Gibt es einen Ausweg?"

„Nicht wirklich."

Blue hatte Jace eindringlich angestarrt. Er nickte und trat dann vor. „Wir nehmen die Herausforderung an. Ich werde das Timberwolf-Team anführen."

„Du hast nicht die Wahl." Emma tanzte fast, als sie das sagte. „Ich habe die Herausforderung gestellt, du hast sie angenommen. Jetzt wähle ich meinen Gegner."

Ein tiefes Knurren erhob sich von den versammelten Wölfen. Alle außer Ermeline, die von den Details ein wenig gelangweilt aussah.

Sie zuckte die Achseln. „Beschwert euch, soviel ihr wollt, aber Emma hat recht. Es mag ärgerlich sein, aber richtig. Emma, such deine Gegnerin aus. Die Herausforderung findet morgen früh statt und fängt um neun an. Wen rufst du aus dem Jasper-Rudel auf, Emma Wilson?"

Emma sah nicht mehr aus, als wäre sie auf Drogen, aber der Wahnsinn war immer noch in ihren Augen. Sie trat vor und zeigte mit dem Finger auf sie, Freude stand ihr ins Gesicht geschrieben.

„Stephanie Nix."

17

———

Emmas Stimme klang triumphierend, während Angst Stephanies Bauch flutete, als wäre ein Damm gebrochen. Eine Herausforderung von einem Wolf mit mörderischen Tendenzen anzunehmen, schrie einfach dumme Idee.

Vorsicht, warnte PB. *Du gehörst zum Rudel, also kann sie dich auswählen. Sie denkt, sie sei schlau, aber sie kennt dich nicht so wie wir.*

Der gefährliche Wolf hatte offensichtlich damit gerechnet, dass Stephanie die Herausforderung ablehnen würde. Vielleicht war das eine List gewesen. Hätte sie abgelehnt, hätte das einen sofortigen Sieg für Emma bedeutet?

Danke für die Warnung. Was soll ich als Nächstes tun?

Sag ihr, dass du annimmst. Warte – er hielt inne. *Sag ihr, wenn die Herausforderung Geschick gegen Geschick ist, nimmst du an.*

Sie bat nicht um eine Klarstellung. Stephanie ignorierte Emma und wandte sich direkt an die ältere Frau, die der einzige Grund war, warum dieser ganze Unsinn einen Sinn hatte. „Geschick gegen Geschick?"

Ermelines Lippen zuckten. „Natürlich."

Neben ihr sah Emma wütend aus, aber sie nickte. „Einverstanden."

Gut. Jetzt nimm an, dann wirf sie raus. Je weniger Emma weiß, was als Nächstes kommt, desto besser. PBs Stimme wurde von dem Gefühl begleitet, als würde eine Hand in ihre gleiten. Blue gesellte sich neben sie und stand stark und groß an ihrer Seite.

„Herausforderung angenommen. Wenn Sie jetzt bitte gehen würden? Lance wird Sie begleiten."

Sie verschwendete keine Zeit für Nettigkeiten, und wenn Emma auf dem Weg vom Timberwolf-Land höhnisch grinste, war es Stephanie völlig egal.

Stattdessen drehte sie sich zu Blue um und konzentrierte sich auf ihn, bis dem Rest des Rudels um sie herum klar wurde, dass sie wieder nur Freunde waren. „Also. Ich schätze, ich darf ein paar Werwolfspiele spielen."

„Das war brillant." Blue musterte sie eingehend. „PB hat dir von Geschick gegen Geschick erzählt?"

Stephanie nickte. „Jetzt erklär es mir. Ich habe nur seine Anweisungen befolgt."

Er schnaubte. „Du bist unglaublich. Das bedeutet, dass alle, die kämpfen, nur mit dem größten gemeinsamen Vorteil kämpfen dürfen. Du wirst also nicht gegen Emma oder ihr Team in Wolfsgestalt kämpfen. Nur Menschen und keine Waffen."

Das war besser, als sich Sorgen machen zu müssen, von einem angepissten Emma-Wolf in Stücke gerissen zu werden. „Das kann ich."

„Du wirst das großartig machen." Das kam von Jace. Als sie ihm in die Augen sah, nickte er. „Ich meine es ernst.

Lass dich davon nicht verrückt machen. Das ist nicht so, wie als Del und ich gegeneinander angetreten sind."

„Nein, denn Stephanie hat mehr Verstand in ihrem kleinen Finger als ihr beide zusammen." Cassidy kam näher. „Du schaffst das. Ich weiß, dass du das kannst. Wir müssen nur zwei tolle Partner für dich finden."

„Ich bin einer", sagte Blue und hielt ihre Hand fest. „Weder Jace noch Del können mitmachen, da das Führungsteam von der Herausforderung ausgeschlossen ist. Nur ich bin ein Omega ..."

„Dich betreffen die Führungsregeln nicht." Unmöglich, dass sie in einem solchen Moment lachen konnte. „Lieber, süßer Blue. Du brichst die Regeln immer, oder?"

„Für dich? Für immer."

„Du bist dabei", bestätigte sie, als sie den Rest der versammelten Leute betrachtete. Sie trat gegen Wolfswandler an, um die Timberwolf Lodge zu beschützen. Jace war raus, Del war raus. Lance war eine Möglichkeit ...

Denk nicht wie ein Wolf. Ziehe deine Optionen in Betracht. Was ist deine Absicht, und wer kann dir am besten helfen, das zu tun?

Dieses Mal war es nicht PB in ihrem Kopf. Es waren alle Trainingsvideos und Kurse, die sie je besucht hatte, in denen es darum ging, ihrer Intuition zu vertrauen, um den richtigen Weg zu finden.

In dem Moment, als sie es sah, wusste sie es. „Nur Rudelmitglieder für die Herausforderung, richtig? Wer gilt als Rudel?"

Alle um sie herum überlegten.

„Wölfe, die ins Rudel hineingeboren wurden", sagte Sophie.

Cassidy deutete im Kreis auf die vertretenen Paare. „Gefährten."

Del überlegte. „Die letzte Gruppe, die mir einfällt, sind die, die als Familie akzeptiert werden. Manche, weil sie seit Jahren befreundet sind, manche, weil sie sich um die ganz Alten oder die ganz Jungen kümmern."

Perfekt. Stephanie stieß einen scharfen Pfiff aus, und Marvin hob seinen riesigen Elchkopf von der Stelle, an der er am Seeufer Binsen gekaut hatte. „Hey, Marvin. Hast du morgen Zeit, mir zu helfen, die Lodge vor einem größenwahnsinnigen, drogensüchtigen Wolf zu verteidigen?"

Marvin überlegte einen Moment, dann senkte er das Kinn, wobei seine riesigen Geweihschaufeln in der Luft schwankten.

Stephanie wandte sich wieder ihren Freunden und ihrer Familie zu. Ihrem Rudel. „Ich habe mein Team. Und wenn mir jetzt bitte jemand den Rest der Regeln erklären könnte, denn obwohl es mir nichts ausmacht, sie zu brechen, möchte ich wissen, worauf ich mich einlasse, bevor ich noch jemanden verletze."

Sie war unglaublich. Während Jace und Del die Regeln und Strategien durchgingen, blieb Stephanie die ganze Zeit aufmerksam und stellte verdammt gute Fragen. Sie füllte auch ein halbes Buch mit Notizen und winzigen Skizzen, was Blue den Kopf schütteln ließ.

„Du wirst nicht sehen können, was du geschrieben hast", warnte er.

„Das muss ich nicht. Wenn ich es aufschreibe, kann ich es mir besser merken." Sie streckte die Zunge heraus. „Jetzt still. Die großen bösen Wölfe bringen mir Sachen bei."

„Wir lernen genauso viel von dir", sagte Del

geschmeidig. „Marvin als deinen Dritten auswählen? Brillant. Emma wird das nicht kommen sehen."

„Emma wird ihn sehen, sobald sie die Wiese rund um die Lodge betritt. Ich glaube kaum, dass sie große Chancen hat, eine direkte Konfrontation mit dem Elch der Lodge zu überleben." Cassidy gab Steph ein High-Five.

Del hatte recht. Jace, Del und Blue hatten gedacht, sie würden Wege finden, Steph zu beschützen, aber sie hatte einfach eine fantastische Idee nach der anderen.

„Mal sehen, ob ich das im Griff habe." Stephanie zeigte auf Abschnitte ihres Notizbuchs. „Emmas Team wird sich der Lodge von nirgendwo anders als vom Rasen und der Seeseite aus nähern, weil der Rest von euch den ganzen Tag lang eine riesige Party auf dem Parkplatz veranstalten wird."

„Wir können sie nicht fernhalten, aber wir können rufen, wenn jemand aufkreuzt", stimmte Cassidy zu.

„Happy Birthday zu schreien, verstößt nicht gegen die Regeln. Und dann müsste ich einfach kommen und nachsehen, was los ist, oder? Ich liebe ja Kuchen und so." Marvin saß in seinem üblichen Schaukelstuhl.

Er schien all dem nicht viel Aufmerksamkeit zu schenken, doch Blue kannte den Mann. Er war ein grundsolider letzter Plan B. Wenn man bedenkt, dass Elche so schnell wie Wölfe und fast doppelt so schnell wie Menschen laufen konnten, war er ein großartiger Beschützer und eine perfekte letzte Verteidigungslinie.

Kein einsamer Wolf würde freiwillig in die Nähe eines Elchs kommen. Tod durch Hufe war nichts, was jemand riskieren wollte.

Steph nickte entschlossen und ging immer noch ihre Notizen durch. „Blue und ich werden den Rest der Gegend abdecken. Irgendwann wird Emma versuchen, sich einzuschleichen, aber wir werden versuchen, sie zuerst zu entdecken. Wir werden das Baumhaus, das Bootshaus und den Aussichtsturm überprüfen. Ansonsten bewegen wir uns weiter im Kreis entlang der Wiese. Wenn wir sie entdecken, tarnen wir uns nicht mehr und machen so viel Lärm wie möglich. Wir halten sie fest und warten, bis die Zeit abgelaufen ist."

„Blues Spürsinn ist ausgezeichnet, also ignorier seine Warnungen nicht", erinnerte Del sie.

„Verstanden. Spürsinn erster Güte." Sie zwinkerte Blue zu. „Du brauchst ein Zertifikat oder sowas."

„Oder sowas", stimmte er zu. „Genug geredet. Wir sollten uns ausruhen gehen. Der morgige Tag kommt bald, und Steph muss bereit sein."

Es dauerte trotzdem lange, bis sich alle trennten und in verschiedene Richtungen gingen. Steph blieb stehen und sprach eine ganze Weile privat mit ihrer Schwester und Cassidy.

Während er wartete, umringten ihn Blues Freunde.

Del beäugte ihn mit Belustigung im Gesicht.

„Was?"

Der Alpha, der zum Hüter geworden war, zuckte mit den Schultern. „Wenn dir vor einem Jahr jemand gesagt hätte, dass du an einem Wolfswettbewerb mit einem Menschen und einem Elch an deiner Seite teilnehmen würdest, hätte ich es nicht geglaubt. Nicht, weil du nicht die Fähigkeiten hast, sondern weil das nicht ... du bist."

„Wir müssen alle irgendwann erwachsen werden." Blue hob eine Augenbraue. „Und außerdem bin ich es nicht, der sie an meiner Seite hat. Ich stelle mich einer Herausforderung neben Steph. Sie ist der Mittelpunkt. Sie ist der Grund."

„Apropos – du wirst dich um Steph kümmern,

verstanden?“ Jace hatte diesen leuchtenden Alpha-Blick in den Augen.

„Schon dabei“, antwortete Blue trocken.

„Nein, ich meine, wenn es gefährlich wird, holst du sie da raus. Ich weiß, es ist Geschick gegen Geschick, aber Dinge passieren. Wenn die Mädchen die Lodge verlieren, werden sie überleben. Wenn sie Steph verlieren, werden sie nie darüber hinwegkommen.“

Del nickte. „Einverstanden. Stephanie ist ihr Herz. Egal, wie sehr sie die Lodge lieben, es ist es nicht wert, dass sie dafür stirbt.“

„Keine Einwände meinerseits.“ Blue nahm Umarmungen von seinen Freunden entgegen. Das Klopfen auf den Rücken war heute Abend besonders heftig und sein Omega-Sinn lief lange genug auf Hochtouren, um zu wissen, dass sowohl Jace als auch Del besorgt waren, aber sie vertrauten Blue. Das war sowohl eine Streicheleinheit für sein Ego als auch ein bestärkender Tritt in den Hintern. Morgen hatte er eine wichtige Aufgabe zu erledigen.

Heute Abend? Hatte er eine andere wichtige Aufgabe.

Sie ist bereit, sagte sein Wolf zu ihm.

Danke, PB. Blue drehte sich mit ausgestreckter Hand um und zog sie an sich. „Danke euch allen. Wir sehen uns morgen früh zum Frühstück.“

Stephanies Finger in seinen waren kühl, aber sie hielt sie fest. Schweigend gingen sie von der Feuerstelle zu seiner Hütte.

„Lass uns ein bisschen auf der Terrasse sitzen“, bat Steph.

„Es wird kälter“, warnte Blue.

„Wir werden kuscheln. Ich hole eine Decke.“

Sie verschwand im Inneren.

Ich brauche Zeit mit Steph, sagte sein Wolf leise. *Du wirst den Rest der Nacht mit ihr verbringen. Ich will jetzt.*

Wie konnte Blue dagegen argumentieren? Er zog sich aus, wandelte und sprang auf das Sofa, um auf ihre Rückkehr zu warten.

Die Überraschung in ihren Augen war da, aber sie ließ sich neben ihm nieder. „Hey. Brauchst du auch eine Umarmung?"

Die nächste Stunde war eine der seltsamsten, die Blue je erlebt hatte. Stephanie und sein Wolf unterhielten sich, und obwohl er es spürte, konnte Blue die Worte nicht hören. Emotionen trieben durch den seltsamen Schleier zwischen seinen Hälften – ein starkes Gefühl der Liebe mit gelegentlichen Ausbrüchen von Belustigung.

Das einzig Klare waren Stephanies Finger, die sein Fell streichelten, und Blue gab es schließlich auf, nicht hören zu wollen, was vor sich ging, und konzentrierte sich auf das taktile Vergnügen ihrer Berührung.

Als sich seine Wolfsseite zurückzog und die Kontrolle aufgab, wandelte und streckte Blue sich. Die seltsame Rebellion seines Wolfs, seine Gefährtin in Gefahr, ihre Gefährtenbindung noch nicht vollständig ... Ein Gefühl des Wohlbefindens umgab Blue, das über das hinausging, was er eigentlich fühlen sollte, wenn man alles in Betracht zog, was vor sich ging.

Besonders, als Stephanie sich an ihn lehnte, warm und weich und ... nackt?

Er senkte überrascht den Blick. Ja. Ihre Kleider lagen in einem unordentlichen Haufen neben dem Sofa. Was zumindest bedeutete, dass er nicht allzu viel verpasst hatte. „Ähm?"

Sie lachte sanft und sinnlich. „Fürs Erste genug geredet. Zeit für eine andere Art der Unterhaltung."

Die kalte Herbstluft wehte mit ihnen in die Hütte, aber das war ihm egal. Die nackte Stephanie gehörte zu seinen zehn Lieblingsdingen auf Erden. „Einverstanden. Meine Zunge braucht ein bisschen Übung."

„Blue." Sie klang schockiert, und ihre Wangen waren gerötet. Aber vielleicht lag das an der Kälte.

Er sollte nachsehen. Wenn es an der Kälte lag, sollten auch andere Teile von ihr gerötet sein.

Er packte sie an den Schenkeln und hob sie himmelwärts. Steph umklammerte seinen Kopf und lachte, als er sie hineinbrachte und aufs Bett warf. „Ich bin kein Sack Kartoffeln", beschwerte sie sich.

„Nein. Du bist ein Sack Zucker."

„Wirklich? Was—? Oh, ja. Verdammt, Blue. Ich wollte —"

Ihre Proteste erstarben, als er mit seiner Zunge über ihre Haut tanzte. Er küsste ihren Mund, ihren Hals. Über ihre Brüste und bis zwischen ihre Beine. Er neckte sie mit seinen Fingern und küsste sie überall, bis sie sich vor Lust wand.

Erst dann brachte er seinen Penis an ihrer Pussy in Position und glitt hinein.

Einen. Zentimeter. Nach. Dem. Anderen.

Die ganze Zeit starrte er in ihre Augen. Ihre blauen Tiefen waren erfüllt von Glück und Lust, und das allein ließ ihn vor Verlangen rasen.

„Blue?"

„Ja?" Er hatte sich ganz hineingedrückt, ihre Beine miteinander verschlungen wie ein sinnliches menschliches Puzzle. Ihre Beine über seiner Hüfte, die Arme um ihn, die Münder in einem leidenschaftlichen Kuss verbunden.

Als er sie atmen ließ, holte Steph tief Luft und sprach dann leise, aber bestimmt. „Ich liebe dich."

Diesmal hatte sie es zuerst gesagt.

Blue kniff die Augen zusammen und ließ die Woge der Gefühle, die sie überkam, anwachsen. Spürbare Hitze, die sich aufreizend gut auf der Haut anfühlte. Ihre Liebe war ein lebendiges, atmendes Etwas, das sie in einen Kokon hüllte.

Er öffnete die Augen und sah, wie sie ihn angrinste. Sie bewegten sich gemeinsam in einem Rhythmus, der keine andere Musik brauchte.

„Ich liebe dich auch", sagte er, während ihm das Vergnügen den Rücken hinauflief.

Steph stöhnte. „Oh, Blue."

Sternschnuppen. Feuerwerk. Nordlichter. Nichts davon war vergleichbar mit der wilden Energie, die um die kleine Hütte tobte, als sie den Gipfel erreichten und gemeinsam fielen.

In ein Meer aus Liebe.

Die Wärme der letzten Nacht schien weit weg.

„Wie zum Teufel kommt es, dass hier Schnee liegt?", wollte Stephanie von ihrer Schwester wissen und starrte auf die Wiese, die gestern noch grün gewesen war, jetzt aber ein endloses weißes Feld.

Sie hatten gut gefrühstückt – nicht, dass Stephanie viel gegessen hätte, denn sie war ein Nervenbündel. Sie hatte sich warm angezogen, mit Stiefeln und Fäustlingen, um mit dem unerwarteten Schnee klarzukommen. Jetzt bekam ihr ganzes Team letzte gute Wünsche und Tipps von ihren Freunden.

Es waren noch zehn Minuten bis neun Uhr und dem Beginn der Herausforderung. Ermeline war als offizielle

Zeugin erschienen. Sie saß auf der Terrasse mit Blick auf den See, eine Kanne Tee vor sich und dem üblichen hochmütigen Gesichtsausdruck im Gesicht.

Sophie und Lance unterhielten sich mit Marvin, der schon in Elchgestalt war. Jace, Del und Cassidy waren bei Blue. Und Stephanie hatte ihre Schwester für ein nettes letztes Gespräch beiseitegenommen.

„Willkommen im Winter in Jasper." Stacy legte eine Hand auf Stephs Arm. „Laut Colt sagt sein Wolf, dass der Schnee dir helfen wird."

„Mit Fährten, ja. Aber warm und trocken bleiben? Höchst unwahrscheinlich." Stephanie straffte die Schultern. „Ugh. Also gut. Ich muss mich auf zwölf elende Stunden gefasst machen."

„Du bist verrückt."

Stephanie merkte, dass sie fest umklammert wurde. „Ähm, danke?"

Stacy ließ sie teilweise frei. Sie hielt Stephs Hände fest und sah ihr fest in die Augen. „Du tust so, als würdest du dich beklagen, und oh, wehe mir, aber ich kenne dich, Schwester. Es ist alles nur Show. Wie immer bist du ständig für uns da. Du bist der Fels in der Brandung, und ich habe nicht oft genug gesagt, wie dankbar ich für alles bin, was du im Laufe der Jahre für mich und die Kinder gemacht hast. Ich habe nicht oft genug gesagt, wie sehr ich dich liebe."

Verdammt. „Du bringst mich noch zum Weinen", warnte Stephanie. „Wenn ich weine, werde ich fleckig und gesprenkelt, und wäre das nicht ein tolles Teamfoto zu Beginn dieses verrückten Events?"

Stacy umarmte und küsste sie ein letztes Mal. „Das ist von mir und Cassidy und allen Jungs. Und Del und Jace und Sophie und Jessica und allen anderen hier in der Lodge. Wir lieben dich, und wir vertrauen dir, aber egal, was passiert, pass auf dich auf und komm in einem Stück zurück. Verstanden?"

„Ja, Mom." Stacys Augenrollen war genau das, was Stephanie brauchte. „Ich werde mein Bestes geben."

Es gab keine langen Verabschiedungen. Zwei Minuten vor der vollen Stunde gingen diejenigen, die zurückbleiben würden, in unterschiedliche Richtungen. Cassidy setzte sich zu Ermeline, und der Rest ging zur Südseite der Hütte, um ihre ganztägige Party zu beginnen, bei der sie einfach nur gemütlich auf dem Parkplatz herumhängen würden.

Marvin schlenderte langsam zu einer Stelle in der Mitte des Rasens. Seine riesigen Hufabdrücke waren im unberührten Schnee deutlich zu erkennen.

Blue salutierte vor ihm und wartete dann, bis Stephanie sich zu ihm an den Rand der Bäume gesellte. „Bereit? Du siehst gut angezogen aus."

„Wie ein Truthahn", stimmte sie amüsiert zu.

Seine Augen tanzten. „Schön zu sehen, dass dir heute Morgen zum Spaßen zumute ist."

„Was soll ich sonst tun?", bemerkte sie. „Zwischen Baum und Borke und so – aber wenn ich das schon machen muss, bin ich froh, dass ich es mit dir machen kann."

Er drückte ihre Schultern und drehte sie dann zum Pfad. „Lass uns mit unserer Suche anfangen."

Es hätte einen Startschuss geben sollen. Oder eine Band. Doch nichts. Nichts außer den leisen Geräuschen des Waldes an einem kalten Wintertag.

Stephanie machte den ersten Schritt, und es ging los.

Die erste Stunde verging schnell genug. Der Schnee hatte noch keine Zeit gehabt, sich zu verdichten, und der Wind hatte nachgelassen. Das bedeutete, dass sie Spuren hinterließen, aber es war nicht eisig, und das Gehen war auch nicht unangenehm.

Die zweite Stunde ihres Erkundungsganges war wie die erste. Sie gingen schweigend, Stephanie lauschte so angestrengt sie konnte. Ein paar Schritte von ihr entfernt atmete Blue so tief ein, dass er fast hyperventilierte, aber bisher hatte er nichts gerochen.

Sie hielten jede halbe Stunde an, um etwas Wasser zu trinken und ein paar Bissen zu essen. Sie war nicht hungrig, wusste aber, dass sie ihren Energiepegel aufrechterhalten musste. Es würde ein langer Nachmittag und Abend werden.

Es war fast vierzehn Uhr, als sie Spuren entdeckten.

„Eine von einem Wolf, zwei menschlich", sagte Blue leise und zeigte auf die Stelle, wo Emmas Gruppe über den Hügel gekommen war.

Stephanie folgte der Spur weiter nach Norden. „Sie haben sich getrennt."

Blue fluchte leise.

Sie wusste genau, was los war. Der Wolf war allein losgegangen. „Wir müssen ihnen folgen."

„Ich will dich nicht mit zweien alleinlassen, denen du folgen musst." Er drückte ihre Hand fest, die Fäustlingsschichten zwischen ihnen hielten seine Wärme von ihr fern. „Ich werde wandeln. Hoffentlich hole ich diesen hier ein und erledige ihn schnell. Ich werde zurückkommen, um dir zu helfen, sobald ich kann."

„Das ist sinnvoll. Lass uns nicht darüber reden; lass es uns einfach tun." Sie hielt ihn jedoch zurück, nahm sein Gesicht und zog ihn zu sich heran, um ihm einen schnellen, intensiven Kuss zu geben. „Pass auf dich auf", befahl sie. „Das meine ich ernst."

Blue zog seine Kleider aus, und sie stopfte den Haufen in ihren Rucksack. „Aye, Captain."

Er wandelte. Sein weißer Wolf war im Weiß um sie

herum wunderbar getarnt. Das war zumindest ein Vorteil für sie.

Er rannte los und folgte der Spur, die der andere Wolf hinterlassen hatte.

Stephanie war allein.

Der Himmel über ihnen war grau und trostlos, und es war, als würde die Kälte den Berghang hinunterrollen. So ein schöner Tag für einen Spaziergang im Wald. Nicht wirklich.

Als es wieder zu schneien begann, zeigte Stephanie den Wettergöttern im Geiste den Mittelfinger und ging weiter.

Die Spur war leicht zu verfolgen. Stephanie bemühte sich, eine kluge Fährtenleserin zu sein und anhand der Spuren vor sich herauszufinden, was los war. Eine davon sah aus, als ob der Wanderer ständig das Gleichgewicht verlor, Schlurfen und ungleichmäßige Belastung waren deutlich zu erkennen.

Ihre Waden brannten, während sie einen kurzen, steilen Abschnitt hinaufstieg. Als sie über die Kuppe blicken konnte, erstarrte sie. Der Anblick einer kleinen Hütte, die keine sechs Meter entfernt war, ließ ihr Herz rasen. Sie war in keinem guten Zustand, aber es war auch nicht eines der Gebäude, die sie sich näher ansehen wollten.

Nur fünf Gehminuten vom äußersten Nordufer des Sees entfernt. Stephanie fragte sich, warum sie die Hütte noch nie zuvor gesehen hatte.

Die Bewegung verschwamm am Rand ihres peripheren Sichtfelds. Sie wirbelte herum und sah, wie Emma im vollen Sprint auf sie zukam, ein großes keulenartiges Objekt in der Hand.

So viel zum Thema Geschick gegen Geschick und ohne Waffen. Aber es schien jetzt nicht der richtige Zeitpunkt zu sein, mit Emma über die Regeln zu diskutieren. Nicht, solange Stephanie unbewaffnet war.

Sie rannte los.

Ein klarer Pfad führte nach unten, und irgendwo in der Nähe war eine Lichtung. Das wusste sie, denn wenn sie Discgolf spielten, hatte eines ihrer Lieblingslöcher einen Korb auf dieser Seite des Sees.

Was ist los? Das war PBs Stimme, laut und deutlich. Was nichts darüber aussagte, wie nah Blue war, aber trotzdem keimte Hoffnung.

Emma jagt mich, sagte sie zu PB. *Ich laufe den Hügel runter zu Korb acht.*

Ich komme. Bin gleich da, versprach er.

Stephanie duckte sich unter einem weiteren tiefen Fichtenast hindurch und rutschte dann über die Kuppe eines Hügels in die Lichtung. *Emma schummelt. Sie hat eine Art Waffe.*

Dann schummle zurück.

Emma war ihr dicht auf den Fersen. „Lauf nicht weg, kleines Mädchen. Ich hab' was für dich."

Gah. „Du gehst mir sowas von auf den Sack." Stephanie hielt auf der anderen Seite des Korbs an und fühlte sich mit dem stabilen Metallgestell zwischen ihnen etwas sicherer. „Schöner Baseballschläger, Emma."

Die andere Frau grinste. „Sport kann uns so viel beibringen."

Wo sie recht hatte ... Deshalb war Stephanie sehr dankbar, dass ihre Neffen nicht gehorcht und die Ausrüstung nicht weggeräumt hatten. Sie griff in den Boden des Drahtkorbs und schnappte sich die Scheiben, die dort liegen geblieben waren.

Sie ging gerade weit genug zurück, um ausholen zu

können, zog ihren Arm zurück und ließ dann eine der Scheiben direkt in Emmas Gesicht fliegen.

Sie hörte den Treffer, doch Stephanie war schon wieder auf dem Weg, den sie gekommen war. *Ich gehe zu einer kleinen Hütte. Direkt nördlich des Korbs*, sagte sie zu PB.

Fast da.

Stephanie erreichte den oberen Abschnitt des Pfads, drehte sich um und warf erneut, diesmal mit einer Vorhand, was bedeutete, dass sie sah, wo die Scheibe traf. Es war sehr befriedigend zu sehen, wie Emmas Gesicht vor Wut knallrot wurde und die weiße Linie, wo die Scheibe ihre Stirn getroffen hatte, als starker Kontrast zu sehen war.

Da sie nicht genug Zeit hatte, es wirklich zu genießen, rannte Stephanie weiter und kämpfte darum, ihr eigenes Gleichgewicht zu halten, während sie über Büsche sprang und sich unter Ästen hindurch duckte. Die Hütte kam näher. Noch näher.

Emmas stetiger Schwall von Flüchen und heißem, wütendem Keuchen kam ebenfalls näher.

Stephanie hätte schwören können, dass sie heißen Atem in ihrem Nacken spürte, als sie die Tür aufstieß und hineinsprang. Sie versuchte, die Tür hinter sich zu schließen, und ihre Fingernägel tasteten über den Türrahmen auf der Suche nach einem Riegel, den sie zuschieben konnte, während sie sich gegen die Tür lehnte.

Emma schlug mit ihrem gesamten Körpergewicht gegen die Tür, und sie öffnete sich einen Spalt, bevor Stephanie sie mit Gewalt zudrückte, den Riegel zuschob und erleichtert aufatmete.

Ich bin in der Hütte, warnte sie PB. *Emma ist draußen und schlägt mit einem Baseballschläger auf die Tür ein. Sei vorsichtig.*

Stephanie drehte sich um ... und erstarrte.

Es war eine schreckliche Rückblende auf Jahre zuvor. Das einsame Fenster ließ eine erbärmliche Menge Licht herein, aber genug, um ihr klarzumachen, dass sie vom Regen in die Traufe gekommen war.

Porter – nein, Dwight – stand ein paar Meter entfernt im grauen Schatten. Sein Gesicht war von Wut verzerrt, und die Waffe in seiner Hand zielte direkt auf Stephanies Bauch.

18

$\mathcal{E}$in Schleier legte sich über Stephanies Augen, und sie kämpfte darum, reglos zu bleiben. „Dwight."

Er blinzelte und zitterte mit der Waffe in der Hand. Nicht genug, um das Ende von ihr wegzubewegen, aber genug, um zu zeigen, dass er nicht die volle Kontrolle über das hatte, was er tat.

Was in mancher Hinsicht eher bedrohlicher war.

Er sagte nichts. Er stand einfach nur da, die Waffe auf sie gerichtet und Panik in den Augen. Ziemlich furchteinflößend, aber es gab ihr auch Zeit, ihn etwas genauer zu betrachten.

Dwight war nicht in guter Verfassung. Er war derjenige, der auf der Wanderung durch den Wald gestolpert war. Sein Gesicht war verletzt, und ein Blutstropfen lief ihm die Schläfe hinunter. Seine Hände waren schmutzig und seine Knöchel aufgeschürft. Nicht, als hätte er jemanden geschlagen, sondern, als hätte er versucht, sich zu verteidigen.

Blue war vor der Hütte angekommen. Das Hämmern

215

an der Tür hörte auf, und ein Knurren vermischte sich mit Emmas Fluchen.

Dwight schauderte, schien sich dann zu wappnen, umklammerte die Waffe fester und konzentrierte sich stärker auf Stephanie. „Ich werde nicht zulassen, dass du mich tötest."

Okaaaay. „Ich will Sie nicht töten. Niemand will Sie töten", sagte sie leise.

Er hob das Kinn, als würde er nach draußen zeigen. „Sie hat mir gesagt, was du vorhast. Wie die Monster handeln – was sie tun werden, weil ich von ihnen weiß."

Emma hatte ihm ... *was* erzählt? „Können Sie die Waffe irgendwo anders hin richten, nicht auf mich, während wir darüber reden? Weil es keine Monster gibt, die vorhaben, Sie zu töten. Ich bin genauso ein Mensch wie Sie, das schwöre ich bei Gott und auf einem Stapel Bibeln."

Dwight überlegte und neigte dann den Kopf in Richtung der Ecke der Hütte. „Setz dich da hin. Leg deine Hände auf den Rücken, dann nehme ich die Waffe runter. Aber wenn du angreifst, schieße ich."

„Wenn Sie sich dann besser fühlen, ist mir das recht." Stephanie eilte in die Ecke und setzte sich mit den Händen auf dem Rücken hin. Sie presste ihre Schultern fest gegen die Holzwand. Was wirklich keine so schlechte Position war, wie er vielleicht gedacht hatte, wenn man bedachte, dass sie verdammt beweglich und flink war.

Solange die Mündung der Waffe zu Boden und nicht auf sie gerichtet war, war Stephanie glücklich.

Besonders als der Lärm von Emmas und Blues Kampf wieder lauter wurde. Emma musste sich in einen Wolf verwandelt haben, denn jetzt waren vor der Tür zwei knurrende Bestien.

Dwights Gesicht war schneeweiß. „Sie kämpfen

gegeneinander? Wenn du ein Mensch bist, was sollen wir dann tun?"

„Was hat Emma Ihnen erzählt?", wiederholte Stephanie sanft. „Und geht's Ihnen gut? Wer hat Ihnen wehgetan?"

„Ich wurde entführt. Ich bin hergekommen, um Urlaub zu machen, und ja, es gab da Unsinn über Leute, die sich in Wölfe verwandeln könnten, aber ich war hauptsächlich hier, um Urlaub zu machen. Letzte Nacht ist jemand in meine Hütte eingebrochen und hat mich verprügelt. Sie haben mir die Augen verbunden und mich in den Kofferraum eines Autos gesteckt. Heute Morgen hat Emma mich gerettet. Sie hat mir gesagt, dass die Leute, die mich entführt haben, Monster waren und dass sie versuchen würde, mich zu retten. Wenn jemand anderes in die Hütte käme, sollte ich zuerst schießen und dann Fragen stellen."

Gott sei Dank für kleine Gnaden. „Ich bin wirklich froh, dass Sie mich nicht erschossen haben", sagte Stephanie ehrlich. „Und ich muss Ihnen noch viel sagen, aber Sie müssen mir vertrauen. Ja, es gibt Leute, die manche als Monster bezeichnen würden, aber Emma steht ganz oben auf dieser Liste."

Seine Hand zitterte wieder. Er richtete die Waffe nicht wieder auf sie, aber er schüttelte den Kopf und sah aus, als wäre er den Tränen nahe. „Ich wollte das nicht. Ich wollte das alles nicht. Ich wollte nur meinen Bruder finden, und dann ist alles außer Kontrolle geraten."

Junge, hatte sie einen Haufen Mitgefühl für diesen Mann. Denn wenn das, was er sagte, stimmte, war er mit noch weniger Vorwarnung in die unglaubliche Welt der Wölfe geworfen worden als sie, Cassidy und ihre Schwester.

Denn mal ehrlich, ein süßes kleines Wolfsjunges, das in

deinen Händen landet, ist was anderes als die knurrenden Bestien, die vor der Tür eines Schuppens kämpfen.

Stephanie schloss die Augen. Dumm vielleicht, aber es schien das Richtige zu sein. Sie holte tief Luft und dachte über ihre Absichten nach. Dachte darüber nach, was diesen Moment besser machen könnte; was der arme Dwight brauchte, um mit dem Schock und der Misshandlung fertigzuwerden.

Eine ruhige, kühle Brise wehte um sie herum. Sie holte noch einmal tief Luft und atmete aus. Dann nochmal.

Als ein gewaltiger Seufzer von der anderen Seite des Zimmers kam, öffnete sie die Augen und entdeckte Dwight, dessen Arm mit der Waffe vollkommen entspannt herunterhing.

Er starrte sie verwundert und verwirrt an. „Was hast du gerade gemacht?"

Sie zuckte leise mit den Schultern. „Okay, dann sage ich jetzt einfach auch du. Unsere Chakren angepasst? Ich bin mir nicht ganz sicher, aber so viel weiß ich. Du bist nicht mehr in Gefahr. Das verspreche ich dir, und obwohl es Kreaturen gibt, die durch die Nacht wandern, werden die Leute, die ich kenne, alles tun, um dich zu beschützen. Okay?"

Er schüttelte kurz den Kopf, doch als er sprach, war es voller Ehrfurcht. „Ich weiß nicht, was du machst, aber ich vertraue dir."

Dwight beugte sich hinunter und legte die Waffe auf den Boden, wich zurück, als wollte er sie ihr anbieten.

Stephanie verzog das Gesicht, als sie aufstand. „Weißt du, wie man die benutzt?"

Dwight schüttelte den Kopf. „Den Abzug betätigen?"

Okay. „Ich weiß, wie, aber ich bin kein Fan. Ist es okay für dich, wenn ich sie aufhebe?", fragte sie.

Ein kurzes Nicken. Dwight schien aufmerksam zu lauschen. „Sie sind weg. Was hat vor der Tür gekämpft?"

„Wölfe", sagte sie, während sie vorsichtig die Waffe nahm. „Einen Moment."

Sie versuchte, aus dem Fenster zu spähen, aber es war auf den See ausgerichtet, und sie hatten auf der anderen Seite der Hütte gekämpft.

Wo bist du?, fragte sie PB.

Ich jage das Miststück. Ich habe ihr einen guten Kampf geboten, und sie hat gekniffen. Sie ist westlich der Lodge. Bist du in Sicherheit?

Ja. Ich gehe zurück zur Lodge. Lass dich nicht verletzen. Sie ist ein hinterlistiges Biest.

Sie spürte PBs Stolz mehr, als dass sie ihn hörte. *Sie ist langsamer, als sie denkt. Wenn sie sich weiter in die richtige Richtung bewegt, muss ich nicht viel machen.*

Stephanie nickte vor sich hin und deutete auf die Tür. „Die Wölfe sind jetzt weg, also bringen wir dich an einen sicheren Ort. Ich erzähle dir, was ich kann, und du kannst ein paar Fragen beantworten, die ich habe. Hört sich das gut an?"

Dwight presste eine Hand auf seine Brust, als sie in den immer noch bewölkten Tag hinausgingen, obwohl die Helligkeit draußen ausreichte, um beide blinzeln zu lassen.

„Ich dachte, ich würde da drinnen sterben", gab er leise zu.

Sie tätschelte ihm sanft den Rücken. „Du lebst, und so wird es auch bleiben", versprach sie erneut.

Er berührte vorsichtig sein geschlagenes Gesicht. „Vielleicht sollten wir uns beeilen, an diesen sicheren Ort zu kommen?"

Stephanie führte ihn zurück auf den Weg, den sie vor Emma geflohen war, direkt zur Lodge.

„Was hast du in Jasper gemacht?“, fragte sie. „Ich weiß, du hast Urlaub gesagt, aber du hast auch was von Wölfen gesagt?“

„Sag mir zuerst, woher du meinen Namen kennst.“ Dwight verzog das Gesicht. „Das ist mir gerade erst bewusst geworden. Du hast mich beim Namen genannt, als du zur Tür reingekommen bist.“

„Dieser Teil wird seltsam klingen, aber wir sind irgendwie verwandt. Meine Schwester war mit deinem Bruder verheiratet. Ihr seht euch sehr ähnlich.“

Dwight fluchte. „Du hast Porter gekannt?“

„Jupp.“ Vielleicht ist es besser, weniger zu sagen.

„Dieses Arschloch.“ Dwight ging jetzt neben Stephanie auf der ebenen Wiese am Rande des Sees, und sie liefen mit schnellen Schritten auf die Lodge zu. „Wir standen uns nicht nahe, falls du dich das fragst.“

„Das dachte ich mir. Wir wussten nicht einmal, dass du existierst“, erklärte sie. „Nicht, bis du einen Brief an einen Anwalt hier geschickt hast. Der ist jetzt übrigens mit meiner Schwester verheiratet, Porters Ex.“

„Wie verworren das alles ist.“ Dwight schüttelte den Kopf. „Dieser Brief. Porter und ich sind nie wirklich miteinander ausgekommen, und dann gab es ein oder zwei Vorfälle, die mich dazu veranlasst haben, alle Verbindungen zu ihm abzubrechen. Das Letzte, was ich gehört habe, war, dass er zum Militär gegangen ist, und das war's dann erstmal. Dann bekam ich vor ungefähr sechs Monaten eine Benachrichtigung, dass ich seine Sachen abholen solle, weil sein Vertrag für einen Lagerraum abgelaufen und die Kreditkarte nicht mehr gültig war. Ich war als nächster Angehöriger aufgeführt.“

„Du hast Porters Sachen?“ Gott, was hatte der böse Mann versteckt?

„Es ist nicht viel. Ein bisschen Kram vom Militär und ein paar Notizbücher. Ich hätte das ganze Zeug weggeworfen, aber unser Vater war gerade gestorben. Er hatte sein Testament nie auf den neusten Stand gebracht, also sind sowohl Porter als auch ich die Erben. Ich dachte, ich wäre es meinem Vater schuldig, zumindest zu versuchen, Porter aufzuspüren. Die Notizbücher waren voller verrücktem Gelaber und wütenden Ideen. Und etwas über einen Kumpel beim Militär, der sich in einen Wolf verwandelt hat." Dwight zuckte mit den Schultern. „Ich dachte, es wäre das Gezeter eines Betrunkenen."

„Ist es nicht … aber es ist auch kompliziert." Sie waren jetzt am Rand der Wiese, Marvin beäugte sie neugierig.

„Heilige Scheiße. Beweg dich nicht." Dwight Tremblant trat schützend vor sie. „Elche sind gefährlich, aber sie sehen nicht sehr gut. Lass uns langsam zurückgehen und um die andere Seite des Hotels da rumgehen."

Wenn sie vorher irgendwelche Zweifel gehabt hatte, überzeugte sie sein Versuch, sie zu beschützen, dass Dwight einer der Guten war.

Sie legte eine Hand auf seine Schulter. „Erinnerst du dich an den Teil mit den Monstern, und dass du in Sicherheit bist? Du musst mir zuhören und mir weiter vertrauen."

BLUE HATTE einen Kratzer auf der Nase, der in der kühlen Luft brannte, und einen Blutdurst, der wirklich nicht sehr attraktiv war.

Sie wollte unserer Gefährtin wehtun, sagte PB. *Keine Gnade.*

Erst die Herausforderung gewinnen. Bestrafung später.

Emma rutschte aus, und Blue war über ihr. Er stieß sie und genoss es, zuzusehen, wie ihr die Füße unter dem Hintern wegrutschten. Ihr Körper rutschte ungebremst über den schneebedeckten Boden, bis sie gegen einen Baum knallte.

Blue war sprungbereit und knurrte sie an, während er darauf wartete, dass sie aufstand.

Sie bewegte sich langsam, als wollte sie absichtlich Zeit schinden. Als sie schließlich senkrecht stand, sprang sie auf den Baumstumpf neben sich, verlagerte ihren Schwung und stürzte sich direkt auf ihn.

Doch anstatt gegen ihn zu prallen, flog sie über seinen Kopf, landete und rannte weiter. Geradewegs den Hügel hinunter zur Lodge.

Stephanie ist auf dem Weg zur Lodge, informierte ihn PB.

Scheiße. War irgendwas passiert?

Warum? Noch während er die Frage stellte, gab Blue Vollgas und rannte hinter Emma her.

Sie ließ sich nicht aus der Ruhe bringen, ihre ganze Aufmerksamkeit war geradeaus gerichtet. Sie war gerade klein genug, um sich unter Ästen hindurchzuducken, um die Blue herumlaufen musste. Das bremste ihn genug, dass Emma außer Reichweite blieb.

Als sie auf die Lichtung stürmten, sah sich Blue darum verzweifelt nach Marvin und Steph um.

Emma ignorierte die potenzielle Gefahr. Jetzt, da sie auf der Wiese waren, hatte Blue den Vorteil und war plötzlich nur noch drei Schritte entfernt. Zwei ...

Sie blieben beide nur wenige Meter vor Marvin stehen, der nur ein paar Schritte von der Terrasse der Lodge entfernt war.

Blue wandelte sich, sprang auf seine menschlichen Füße und eilte die Stufen zu seiner Gefährtin hinauf. „Steph. Was ist los? Geht es dir gut?"

„Mir geht's gut. Aber wir haben eine Entdeckung gemacht."

Am Tisch auf der Terrasse saß Ermeline mit vor der Brust verschränkten Armen und einem unleserlichen Gesichtsausdruck. Cassidy hatte für Dwight einen Stuhl neben die Matriarchin gestellt, und Stephanie goss dem Mann eine Tasse Tee ein.

Okay. Nicht die Situation, die Blue erwartet hatte. „Läuft die Herausforderung noch?"

Ermeline zog eine Augenbraue hoch. „Ich warte selbst auf die Antwort darauf."

„Dazu kommen wir gleich. Das Wichtigste zuerst." Steph ignorierte Ermelines missbilligendes Schnauben und klopfte stattdessen Dwight auf die Schulter. „Trink deinen Tee. Nach einem Schock brauchst du den Zucker. Also, wie ich dir gesagt habe, das ist mein Gefährte. Ja, er war vor einer Minute noch ein Wolf. Und Marvin ist ein Elch – auch ein Wandler. Damit hatte dein Bruder also recht. Es gibt Menschen, die sich in Tiere verwandeln können. Aber ein Wandler zu sein bedeutet nicht, böse zu sein. Auf einer Skala von eins bis zehn ist mein Gefährte ein Bösewicht der Stufe zwei. Dein Bruder war, obwohl er ganz Mensch war – tut mir leid – ein Arschloch Stufe zehn."

Dwight nickte, ließ dann seine Teetasse sinken und rutschte auf dem Stuhl zurück, als Emma wandelte und auf die Terrasse kam. „Sie hat mir die Waffe gegeben! Sie sagte, du würdest mich töten."

Stephanie schob sich blitzschnell zwischen Dwight und Emma. „Hey, Emma. Warum fangen wir nicht damit an, dass du dir von deiner Tante erklären lässt, was Geschick gegen Geschick bedeutet? Denn wenn man bedenkt, dass es bei dieser Herausforderung um Ehre gehen sollte, bist du entweder wirklich schwer von Begriff, oder du bist eine riesige Betrügerin."

Emma ignorierte sie. Starrte Dwight nur an. Dann breitete sich ein langsames, böses Lächeln auf ihren Lippen aus, das Blue die Nackenhaare zu Berge stehen ließ.

„Danke, *Teamkollege*. Du scheinst deine Arbeit getan zu haben." Sie deutete eine Verbeugung vor ihrer Tante an. „Ich denke, du wirst mir zustimmen, dass mein Teamkollege Dwight die Verteidigungslinien der Lodge durchbrochen hat. Tatsächlich sieht es so aus, als hätten sie ihn eingeladen. Herausforderung zu meinen Gunsten entschieden."

Stephanie gab ein unhöfliches Geräusch von sich. „Du hast diesen armen Mann verprügelt, ihm gesagt, dass die nächste Person, die in die Hütte kommt, ihn töten wird, und du glaubst, dass du die Siegerin bist, weil ich ihn gerettet habe?"

Emma zuckte mit den Schultern. „Es sei denn, du hast ihn hierher gebracht, um an ihm ein Exempel zu statuieren, was mit deinen Feinden passiert. Ich sag' dir was – schneid ihm die Kehle durch, und du gewinnst. Damit bin ich einverstanden."

Blue knurrte: „Das wird nicht passieren."

„Es ist im Rahmen der Regeln", fauchte Emma zurück. „Oder ihr könnt eure Niederlage eingestehen. Ehre bedeutet nicht immer, unsere Feinde zu vernichten, aber wenn es nötig ist, tun wir es. Es gibt drei eiserne Regeln im Wilson-Rudel: Verteidige dein Eigentum. Wer die Macht hat, übernimmt. Behalte die Oberhand. Ihr habt heute nichts davon getan."

Der Rest der Rudelführung war inzwischen da. Cassidy

hatte wahrscheinlich ihre Gefährtenbindung genutzt, um Jace zu rufen, und der Rest der Gruppe vom Parkplatz schloss sich ihnen an. Es war eine seltsame Gruppe von Leuten, die sich um den kleinen Tisch versammelt hatte, an dem ein fremder Besucher saß.

„Du hast recht, Emma." Die alte Frau schniefte. „Stephanie? Wird jemand aus deinem Team diesen Mann töten?"

„Auf gar keinen Fall." Stephanie klang eher wütend als verängstigt. Sie legte ihre Hand in die von Blue, die Verbindung zwischen ihnen war fest und stark, als sie für sie alle sprach. „Wenn das Leben eines unschuldigen Mannes zu beenden das ist, was nötig ist, um die Herausforderung zu gewinnen, weil Emma denkt, es wäre ein gutes Spiel, dann scheiß drauf. Das wird nicht passieren. Nicht in einem Rudel, dem ich angehöre."

Emma war sichtlich enttäuscht, dass dem Mann nicht vor allen die Kehle aufgeschnitten worden war.

Ermeline hingegen musterte ihre Nichte, als hätte sie gerade einen interessanten Schimmelfleck an der Wand entdeckt. „Du hast die Herausforderung gewonnen. Herzlichen Glückwunsch."

Emma warf die Arme in die Höhe und heulte, ein seltsamer Laut aus ihrer menschlichen Kehle.

Dann wirbelte sie zu Jace und Cassidy herum. „Verschwindet. Fasst nichts an, verschwindet einfach von meinem Land."

„Das ist absolut unver–", begann Cassidy.

„Ich könnte euch alle auf der Stelle töten, wenn ihr unbefugt auf meinem Land seid. Euch am Leben zu lassen ist so viel höflicher und menschlicher", stellte Emma fest, ihr Gesichtsausdruck war widerlich süß. „Ich wollte diese Lodge schon immer, und jetzt gehört sie mir.

Jetzt habe ich mein eigenes Land, um ein Rudel zu gründen.“

„Immer so viel Drama.“ Ermeline stand auf. Sie drängte sich so heftig an ihrer Nichte vorbei, dass Emma zu Boden fiel. Ermeline starrte Dwight einen Moment lang an und zuckte dann die Achseln. „Jace. Ich vertraue darauf, dass Sie eine Möglichkeit haben, das Problem mit ihm zu lösen? Oder Blue? Ich glaube wirklich nicht, dass wir Menschen brauchen, die in der Stadt herumlaufen und Geschichten über uns verbreiten. Ehe wir uns versehen, werden die Menschen uns für wissenschaftliche Experimente benutzen.“

Emma rappelte sich auf. „Wovon redest du? Jace geht. Blue geht. Sie alle gehen.“

„Still.“ Ermeline schrie nicht, doch diesmal nutzte sie anstatt von Lautstärke die Macht eines Alphas.

Die Beschwerden ihrer Nichte verstummten abrupt.

„Ich hatte nicht vor, das so schnell zu tun, aber da du geduldig warst und da deine Kooperation es mir ermöglicht hat, wirklich die Informationen zu bekommen, die ich gebraucht habe, halte ich es für angebracht.“ Ermeline trat vor Cassidy. „Hiermit erkläre ich die Bedingungen der Lotterie für erfüllt. Sie haben die Zustimmung des Wilson-Rudels. Die Timberwolf Lodge gehört offiziell Ihnen.“

Alle Mädchen schnappten geschockt nach Luft, und Stephs Griff um Blues Hand wurde fester. „Ich habe die Lodge nicht für uns alle verloren?“, fragte sie zitternd.

„Sie hätten sie nie verlieren können“, versicherte ihr die ältere Frau. Sie richtete ihren scharfen Blick auf Emma. „Du dagegen, bist ein undankbares Weib. Wie kannst du es wagen zu versuchen, mich zu umgehen?“

„Das ist nicht fair. Ich habe die Herausforderung

gewonnen. Sie haben sich nicht gegen den Feind verteidigt, was bedeutet, dass ich gewonnen habe!", kreischte Emma.

„Darum ging es nicht", sagte die alte Dame. „Die Regeln besagen, dass ich entscheide, ob sie die Lodge behalten. Die Herausforderung war nur ein Spiel. Du warst diejenige, die der irrigen Meinung war, dass sie mehr als das war."

Emma wurde rot und dann blau. Einen Moment lang sah es so aus, als wollte sie sich auf ihre Tante stürzen, aber sie blieb stehen und spannte die Hände an, als wollte sie ihre Krallen ausfahren.

Blue machte sich bereit für den Fall, dass Emma dummerweise irgendjemanden aus seinem Rudel angreifen könnte.

Jace stand auf. „Mrs. Wilson. Danke für Ihre Entscheidung über die Timberwolf Lodge. Aber wir haben eine ernste Angelegenheit zu klären. Ihre Nichte."

„Vollkommen richtig." Ermeline starrte ihre jüngere Verwandte streng an. „Du hast schreckliche Manieren. Ich sollte ihn dich angemessen disziplinieren lassen."

Emma erstarrte. Disziplin bedeutete in diesem Zusammenhang den Tod.

Cassidy unterbrach sie. „Ermeline, vielleicht könnten Sie uns mit Ihrer Erfahrung beraten. Emma wurde wegen gefährlichen Verhaltens aus dem Jasper-Rudel ausgestoßen. Eine höfliche Einladung durch einen jüngeren Angehörigen unseres Rudels hätte nicht ausreichen dürfen, um ihr zu erlauben, in unser Territorium zurückzukehren."

Die ältere Frau hatte den Anstand, verlegen auszusehen. „Das war hauptsächlich meine Schuld."

Cassidy runzelte die Stirn.

Ermeline runzelte ebenfalls die Stirn. „Bitte seien Sie mir nicht böse. Wenn Sie so alt sind wie ich, nutzen Sie jede Möglichkeit, die Sie finden können. Irgendetwas stimmte nicht, und alle Anzeichen deuteten darauf hin, dass diese hier Unfug getrieben hat. Ich wollte, dass sie es klar und deutlich zeigt." Sie deutete mit dem Daumen auf Emma. „Sie hat es uns gerade gesagt. *Verteidige dein Eigentum. Wer die Macht hat, übernimmt. Behalte die Oberhand.* Welch Unsinn! Das ist nicht unser Motto. Das ist eine verdrehte, selbstsüchtige Version davon, und jetzt weiß ich, warum das Wilson-Rudel in den letzten Jahren den Bach runtergegangen ist. Sie hat uns von innen heraus vergiftet."

Emma starrte ihre Tante wütend an. „*Verteidige dein Rudel. Liebe über Macht. Beschreite den rechten Weg.* Leeres Gerede. Es bedeutet nichts."

„Diese Worte bedeuten sehr wohl etwas, wenn man sie lebt", knurrte Ermeline.

Während die Frauen weiter stritten, brachten sich Jace, Del und Lance in Position, falls Ermeline Hilfe brauchte. Es war klar, wer der Unruhestifter war.

Ermeline gehörte zwar nicht zum Jasper-Rudel, aber sie hatte recht.

Gleich wird was passieren, warnte PB Blue. *Nicht schlimm, aber verzwickt.*

Verdammt. Was für eine beschissene Warnung, beschwerte sich Blue.

Pass auf Steph auf. Sie ist ... PB hielt inne. *Oh. Einen Moment. Das könnte wehtun, aber ich komme wieder. Versprochen.*

PBs Stimme verklang.

Einen Moment später keuchte Blue, als sich etwas in ihm drehte. Ein scharfer Schmerz, irgendwo zwischen Wandeln und Gepfähltwerden.

„Blue?" Stephanie ignorierte das andere Drama vollkommen und war da und stützte ihn, als er schwankte.

Heilige Scheiße. Er fühlte sich in zwei Teile gerissen und sein Wolf ... „Was war das?"

Steph runzelte die Stirn. „Was hast du –"

Ein zweites Erdbeben traf ihn, heftiger als das erste. Diesmal war es wirklich Stephanie, die ihn aufrecht hielt, sonst wäre er zu Boden gegangen. Seine Glieder schmerzten, und seine Sicht war verschwommen, als würde er die Welt aus zwei leicht unterschiedlichen Perspektiven sehen.

Alles ist gut. Ich bin zurück, sagte PB zu ihm. *Tut mir leid, aber Stephanie weiß jetzt Bescheid.*

Worüber? Und was zum Teufel hast du getan?

Später. Es ist Zeit ...

19

———

Für Stephanie war die letzte Stunde wie im Nebel verflogen. Das einzig Sinnvolle war, mit dem nächsten Schritt weiterzumachen.

Von einer Durchgeknallten mit einem Baseballschläger verfolgt werden? Okay. Von einem Mann mit einer Waffe bedroht zu werden, der das Spiegelbild eines vergangenen Alptraums war? Ja, darauf hätte sie verzichten können, aber sie dachte, sie hätte es gut gemeistert.

Aber Dwight zur Vernunft zu bringen, zu erklären, was Marvin und die anderen waren, und dann herauszufinden, dass Emma erwartete, dass jemand sterben würde?

Der einzige Gedanke, der Steph gerade durch den Kopf ging, war, dass die blutrünstige Frau wirklich dringend Therapie brauchte, und zwar auf der Stelle.

Ich kann das reparieren.

Das war nicht PB. Nur Stephanie, die einen Moment mit sich selbst hatte, in dem der richtige Weg nach vorn gar kein Weg war. Es war, als könnte sie sehen, dass der Fluchtweg aus dem Fenster eines zwölfstöckigen Gebäudes führte, und sie war im Begriff gewesen, zu springen, weil –

Weil es das Richtige war.

So viel von dem, was schiefgelaufen war, seit sie in Jasper angekommen waren, ging auf Emmas Rechnung. Stephanie wusste es. Wusste es bis ins Mark.

Und mehr noch, sie konnte es *sehen* ...

Als wäre sie auf einen Theatersitz gefallen, beobachtete Stephanie, wie Emma auf eine ältere Frau zuging, die gemütlich auf der Veranda der Timberwolf Lodge schaukelte. Das Gebäude war noch immer genauso heruntergekommen wie im Frühjahr.

„Tante Rachel." Emma lehnte sich an das Geländer und verzog das Gesicht. „Du musst bald ein paar Reparaturen durchführen oder das Haus niederbrennen."

„Reparaturen sind eine bessere Option, denke ich", sagte Tante Rachel. „Aber ich habe nicht mehr das Herz dafür."

„Weißt du, ich liebe Timberwolf Lodge. Lass sie mich übernehmen. Ich werde was Besonderes daraus machen. Ein solides Haus, in dem ein Rudel wachsen kann."

Tante Rachel schnaubte. „Bitte." Sie musterte ihre Nichte. „Seit wann interessiert dich die Lodge? Ich habe dich früher um Hilfe gebeten, und du hattest nie Zeit."

„Ich habe Tante Ermeline geholfen. Man kann nicht an zwei Orten gleichzeitig sein, weißt du?", sagte Emma schüchtern.

„Ermeline hat dir gesagt, du sollst ausziehen und erwachsen werden. Sie hat gesagt, du hast lange genug bei ihr geschnorrt." Emma stieß einen bestürzten Laut aus, und Rachel zeigte belustigt auf sie. „Jetzt schau mich nicht so schockiert an. Wir sind vielleicht älter, Süße, aber wir sind klug genug, miteinander zu reden. Du bist immer da, wenn es was umsonst gibt. Nie, um zu helfen oder zu unterstützen. Ermeline wird dir ihr Zuhause nicht geben, und ich sehe keinen Grund, dir meines zu geben.“

„Niemand sonst will diese Bruchbude.“ Emmas Stimme verlor die vorgetäuschte Süße. „Jace ist weg. Pete hat sein Restaurant. Von all deinen Nichten und Neffen ist nur Blue wirklich in einer Position, die Lodge zu übernehmen, und er ist zu sehr damit beschäftigt, den *einfühlsamen Omega* für das Rudel zu spielen.“

„Vielleicht stimmt das.“ Tante Rachel zuckte die Achseln. „Deshalb habe ich eine Lotterie veranstaltet und die Lodge verschenkt.“

Emmas Kreischen hallte von den Wänden wider. Der Klang ließ Stephanie von einer Szene in die nächste springen.

Emma, die in der Timberwolf Lodge herumschnüffelte und die Kontaktinformationen von Cassidy, Stacy und Steph fand. Emma, die Stacy die Wegbeschreibung schickte, die sie und die Jungs in den Fluss geführt hatte. Emma, die in der Anwaltskanzlei vorbeiging, um herumzuschnüffeln, und irgendwie einen Blick auf die Kontaktinformationen von Dwight erhaschte.

Sie hatte gelogen und unschuldige Leute belästigt. Sie hatte Drogen genommen, um stärker und schneller zu werden.

Emma war das Problem.

Stephanie war die Lösung.

Stephanie hielt Blue immer noch fest. Sie drehte sich zu ihm um. „Ich muss was erledigen. Bist du okay?“

„Wenn du okay bist, bin ich es auch. Ich gehöre dir“, erinnerte er sie.

Und das bedeutete alles. *Alles.* „Ich liebe dich.“

„Gut.“ Er zwinkerte. „Und ich liebe dich auch.“

Als sie vor alle trat, war er an ihrer Seite.

Stephanie räusperte sich. Irgendwie war das alles, was nötig war, damit das Gezanke endete und sich alle Augen auf sie richteten.

„Cool. Warst du das?", fragte sie Blue.

„Ich ... glaube schon? Oder haben wir das gemacht?" Die Belustigung in seiner Stimme war deutlich zu hören. „Dieser Nachmittag ist bisher der Hammer. Ich habe keine Ahnung, was der nächste tolle Omega-Trick sein wird."

„Keine Tricks", versicherte sie ihm. „Nur Gerechtigkeit."

Sie begegnete Cassidys Blick mit einer stummen Bitte.

Cassidy nickte.

Mit Blue an ihrer Seite ging Stephanie weiter, bis sie direkt vor Emma stand. „Genug."

Emma hörte auf, ihre Tante anzugiften, und konzentrierte sich stattdessen auf Stephanie. „Habe ich nach deiner dämlichen Meinung gefragt?"

„Du bewegst dich auf dünnem Eis, Emma", warnte Ermeline. „Du willst die Gefährtin des Omegas nicht beleidigen."

„Sie ist ein Mensch. Was kann sie schon machen? Mich zu Tode labern?"

„Ich will niemanden tot sehen", sagte Stephanie deutlich. Es war so, so wahr, und das zu wissen, machte es jetzt leichter, das Richtige zu tun. „Du hast diesem Rudel mehr als genug Leid zugefügt. Du bist diejenige, die gehen wird, Emma."

Emma zog eine Augenbraue hoch. „Ach, das werde ich? Du und welche Armee wollt mich dazu bringen?"

Stephanie drückte Blues Finger und zeigte dann mit ihrer freien Hand auf Emmas Herz. „Keine Armee. Nur dein Wolf."

Als hätten die letzten Tage, in denen sie allein mit PB

geredet hatte, einen Schlüssel in Steph umgedreht, verband sie sich mit dem Teil von Emma, der ihre wilde Seite war, und nur ihrer wilden Seite. Der Wolf lauschte einen Moment und schauderte dann. Er rollte sich zusammen, steckte die Nase unter die Pfoten und blieb still liegen.

Keine Sekunde später packte Emma ihren Bauch und keuchte, als hätte Stephanie sie tief mit einem Messer aufgeschlitzt.

„Was hast du mit ihr gemacht?", fragte Ermeline leise, als Emma schließlich zu schluchzen begann.

„Ich habe nichts getan. Das war ihr Wolf." Stephanie drückte Blues Hand noch einmal, ließ dann aber los und tätschelte sanft seinen Arm. „Mein Gefährte hat mir vor Kurzem ein paar Dinge beigebracht. Und die Wölfe des Rudels. Ich bin kein Wolf, Mrs. Wilson. Meine Schwester und meine beste Freundin auch nicht, aber wir hatten schon immer etwas mit den Wölfen gemein. Wir sind wie ein Rudel – wir lieben einander bedingungslos und würden alles füreinander tun, und wenn nötig sogar unser Leben geben. Wir haben Ehre. Genau wie echte Wölfe."

Stephanie drehte sich um, um Emma zu untersuchen, die jetzt zusammengerollt am Boden lag, ihre Augen vor Entsetzen weit aufgerissen hatte. „Außer Emma. Sie hat keine Ehre, und ihr Tier schämt sich. Ihr Wolf will im Moment nicht mit ihr zusammen sein."

„Mein Wolf", flüsterte Emma.

„Er ist immer noch da." Stephanie würde nicht lügen, um es noch schwieriger zu machen, egal, wie sehr Emma es verdient hatte. „Wenn du die Kontrolle aufgibst, kannst du dich immer noch verwandeln. Sie wird die volle Kontrolle haben, während du ein Wolf bist. Du wirst nichts damit zu tun haben – du wirst ihn nicht sehen, nicht hören oder mit ihm laufen. Ihr werdet voneinander ausgeschlossen sein, bis er nicht länger entsetzt ist über den Menschen, mit dem er verbunden ist.“

„Wenn Emma Ehre lernt, wird ihr Wolf dann wieder normal?“, fragte Cassidy leise, der Schock über die Strafe war deutlich vom Rudel zu spüren.

„Ja.“ Blue trat vor und antwortete. „Das kann ich hundertprozentig versprechen, Emma.“

Er griff nach ihrer Hand.

Sie starrte auf seine Finger, bevor sie langsam seine Hilfe beim Aufstehen annahm.

Es war eine düstere Prozession, die von der Terrasse zum Parkplatz zog. Emma stieg hinten in das Auto ihrer Tante, den Kopf gesenkt, die Arme um sich geschlungen, als wäre sie dem Tode nahe.

Ermeline blieb stehen, eine Hand auf der Fahrertür. „Es scheint etwas unangebracht, Danke zu sagen. Oder zu gratulieren, dass Sie die Lodge gewonnen haben. Also werde ich so tun, als hätte ich das nicht erwähnt, und Ihnen sagen, dass ich Emma mit nach Hause nehme. Ich hoffe, dass sie, sobald der erste Schock nachlässt, anfangen kann, auf Wiedergutmachung hinzuarbeiten. Sowohl in der Wilson-Familie als auch beim Jasper-Rudel. Wir werden dafür aber keinen Zeitplan festlegen.“

Dieses Gefühl des *Anderen* regte sich in Stephanie. „Wenn Sie möchten, können entweder Blue oder ich gelegentlich vorbeikommen. Einen Omega in der Nähe zu haben, könnte helfen.“

Ermeline hob eine Augenbraue, nickte aber langsam, ihr majestätischer Mantel war wieder an seinem Platz. „Sie waren eine würdige Gegnerin.“ Sie lächelte, und ihr ganzes Gesicht verwandelte sich in das einer alten Frau, die das Leben in vollen Zügen genossen hatte, aber immer noch Dinge fand, an denen sie Freude hatte. „Sie sind auch ein ausgezeichneter Omega-Wolf. Gut gemacht, Kind. Gut gemacht."

In dem Moment, als das Auto den Hügel hinauffuhr, drehte sich Stephanie zu Blue um und hielt ihn so fest sie konnte. „Wir haben es geschafft."

„Du hast es geschafft." Er hob seine Hände an ihre Wange und beugte sich nah an sie heran. „Unheimlicher Omega-Mensch."

So viele unmögliche Dinge waren gerade passiert, aber Stephanie war das egal. In diesem Moment war das Einzige, was sie wollte, brauchte und sich erhoffte, Blues Arme um sich und seine Lippen auf ihren.

Während er sie für sich beanspruchte. Und sie ihn für sich.

Und genau das taten sie.

BLUE GENOSS ES UNGEMEIN, seine Gefährtin zu küssen. Sie klebten wie zwei Kletten aneinander – er hielt sie, sie klammerte sich an ihn – und sie küssten einander. Es schien das perfekte Ende des Chaos zu sein. Nicht kompliziert, genau richtig.

Inzwischen war die ganze Lodge um sie herum in Bewegung.

„Stellt alles an der Feuerstelle auf!", befahl Stacy. „Und holt die Notrationen raus. Jeder braucht Essen, und wir alle brauchen Antworten, und nichts davon kann warten. Wir treffen uns in zehn Minuten."

„Ich hole den guten Schnaps", sagte Del. „Ich brauche was, um die Anspannung abzubauen, nachdem ich gesehen habe –"

„Sprich noch nicht darüber", unterbrach Jace schnell.

„Jeder will wissen, was in aller Welt gerade passiert ist, aber wir lassen Stephanie und Blue es nur einmal erzählen."

„Verstanden."

Weiteres Herumeilen und dann ... Ruhe.

Stephanie zog sich gerade weit genug zurück, um Blue in die Augen zu sehen. „Hey."

„Auch hey. Alles gut?"

Sie überlegte und nickte dann. „Ich habe mir Sorgen um dich gemacht. Was ist passiert, als du da fast umgefallen wärst?"

Blue drehte sie um und legte den Arm um sie, während sie gemeinsam über die Terrasse zum Treffpunkt gingen. „Ich glaube, PB hat einen Testlauf gemacht, nur um sicherzugehen, dass Emmas Wolf die Führung übernehmen kann."

Stephanie erstarrte auf der Stelle, ihr Gesicht war jetzt entsetzt verzerrt. „Er hat den Kontakt zu dir abgebrochen? Komplett?"

„Nur für ein paar Sekunden." Er strich ihr über die Falte zwischen den Brauen und versuchte, sie zu beruhigen. „Ich habe es danach verstanden. Und ich hatte eine Art Vorwarnung, dass es möglich war, wenn man all die Gespräche zwischen dir und PB bedenkt, an denen ich nicht teilgenommen habe."

„Aus einem Gespräch ausgeschlossen zu werden, ist nicht, als würde der Wolf die Verbindung trennen." Sie zog ihn nach unten, bis sie seine Stirn küssen konnte. „Es tut mir leid, dass du das durchmachen musstest."

„Es gibt nichts, wofür du dich entschuldigen müsstest, aber wenn du dich damit besser fühlst, verzeihe ich dir, dass du nicht wusstest, was PB mit deiner Frage machen würde. Ich nehme an, du hast ihn um Rat gefragt?"

Sie gingen weiter, Stephanie sorgte jedoch dafür, dass

sie sich Zeit ließen. „Das habe ich. Und obwohl jeder wissen will, was los ist, denke ich, dass wir einiges davon für uns behalten sollten. Geh langsamer."

„Einverstanden."

„Außerdem ..." Sie betrachtete ihn aus dem Augenwinkel. *Ich habe das Gefühl, das könnte funktionieren. Ja?*

Als er Stephs Stimme in seinem Kopf hörte, stolperte Blue über seine eigenen Füße. Da er sie im Arm hielt, stolperte sie mit ihm, und sie landeten zusammen am Boden.

Sie lachten, und sie richtete sich auf, um mit tanzendem Schalk in den Augen auf ihn hinabzublicken. *Ich dachte, ihr Wölfe steht auf diese Geist-zu-Geist-Magie?*

Wir sind – ich bin ...

Blues Herz war kurz davor, vor Glück zu explodieren.

Und vor Verwirrung.

Wie machen wir das? Wir sind noch keine Gefährten.

Sie stemmte die Fäuste in die Hüften. *Hör zu, Mr. Omega. Du brichst dauernd alle Regeln, und trotzdem glaubst du, unsere Paarung würde einem festgelegten Weg folgen? Träumer.*

Das kam der Perfektion so nahe. *Wir sind Gefährten.*

Sieht so aus.

Er war zu glücklich, um sich zu bewegen. Lag einfach da und strahlte sie an.

Zumindest, bis das Gesicht eines kleinen Jungen über seinem erschien, und sie streng ansah. „Mama sagt, ihr sollt mit dem Ringen aufhören und zur Feuerstelle kommen. Aber ihr ringt nicht, oder?", fragte Ace.

„Nein." Stephanie hob ihn hoch und setzte ihn auf Blues Brust. „Aber jetzt tun wir es."

Ace' Lachen hallte über den See und zurück.

Blue strahlte immer noch, als die drei sich dem Rudel an der Feuerstelle anschlossen.

Dwight war in eine Hütte gebracht worden, um zu duschen und sich auszuruhen, bevor sie ihm erklären würden, was gerade passiert war.

Dem restlichen Rudel zu erklären, was im Wald passiert war, dauerte nicht so lange wie erwartet. Das meiste war logisch, abgesehen von den Teilen, die alle den Kopf schütteln ließen. Die meisten davon drehten sich um Emmas hinterlistige Taktik.

Stephanie ruhte sich auf Blues Schoß aus, die beiden dort, wo alle sie gut sehen und hören konnten. „Was ich nicht weiß, ist, wer der Wolf war, den du verfolgt hast. Das dritte Mitglied von Emmas Team, wenn wir davon ausgehen, dass Dwight unfreiwilliges Mitglied Nummer zwei war."

„Carolyn. Ich habe das Gefühl, sie wusste auch nicht, worauf sie sich eingelassen hat. Ich glaube, als sie bemerkt hat, dass Emma am Rad dreht, ist sie weggelaufen. Direkt zur Territoriumsgrenze und wahrscheinlich nach Hause."

„Armes Kind." Steph verzog das Gesicht. „Wir sollten mit ihr reden. Sicherstellen, dass sie nicht denkt, dass das alles ihre Schuld war."

„Mach es heimlich." Jace deutete mit dem Kinn zu Stacy. „Lade ein paar Teenager zu einem Filmabend ein oder so. Dann können unsere Omegas einen Überraschungsangriff starten und alle Bedenken ausräumen."

Cassidy verschränkte die Arme vor der Brust und grinste ihre beste Freundin an. „Omega."

Steph streckte die Zunge heraus.

Stacy kicherte. „Ich hätte schwören können, dass du

gesagt hast, du würdest das aufgeben, jetzt, wo du erwachsen bist und so.“

„Das ist nicht kindisch. Ich bin ein Omega, und dieser Omega macht das – und ja – ich habe keine Ahnung wie, aber ich scheine in das magische Woo-woo-Hokuspokus-Land gefallen zu sein.“

„Und ihr seid Gefährten. Was ihr nicht wart, als ihr heute Morgen hier weggegangen seid.“ Del hob eine Augenbraue. Er sah die Kinder an, dann wieder Blue und Steph. „Das muss eine interessante Wanderung durch den Wald gewesen sein.“

„Halt die Klappe“, sagte Blue trocken, aber seine Belustigung wuchs weiter. „Wie Steph mich erinnert hat, brechen Regelbrecher gern Regeln. Wir scheinen die … üblichen Anforderungen … übersprungen zu haben und sind trotzdem im Gefährtenland gelandet.“

„Gut für euch.“ Stacy zog Ace’ brennenden Marshmallow aus dem Feuer, pustete ihn aus und steckte ihn dann für ihn zwischen die Cracker, während sie ihre Aufmerksamkeit weiter auf Blue richtete. „Willkommen in der Familie, Schwager.“

Also, ja. „Cool. Hi, Schwester.“ Er zeigte Del einen Daumen hoch. „Bruder! Jetzt sind wir wirklich Cousins-Brüder.“

Cassidy schnaubte, bevor sie ihre Miene wieder in den Griff bekam. „Ähm, nein. Aber du bist jetzt Teil einer größeren Familie. Und das freut mich.“

Lance und Sophie nahmen alle vier Kinder mit in ein unberührtes Schneegebiet, um Schneemänner zu bauen. Marvin bekam für seine Arbeit an diesem Tag ein Schulterklopfen. Er nahm den Dank gelassen entgegen, bis Dels Assistentin Angie auf ihn zu marschierte und ihm einen Kuss auf die Lippen drückte.

Zu sehen, wie der Elchmann rot wurde, machte Blues Tag noch schöner.

Die Party war in vollem Gange, als Stephanie ihn an der Hand nahm und ihn zur Vorderseite des Hauses zog. *Komm mit.*

Ich finde es toll, dass wir so reden können, sagte er. *Wohin gehen wir?*

Geheimnisse.

Eines davon war, dass Birdie vor der Hütte geparkt saß.

„Du hast mein Auto."

„Lance hat dein Auto." Steph setzte sich hinters Steuer.

Blue setzte sich amüsiert auf den Beifahrersitz. „Wo bringst du mich hin?"

Nach Hause.

Dieses Gefühl der Wärme stieg einfach immer weiter.

Sie zog ihn in seine Haustür, ein sündiges Lächeln um ihre Lippen. „Sind wir okay, was all die magischen Dinge angeht, die heute passiert sind? Alles klar und in Ordnung?"

„Nein, aber das ist ein Teil des Vergnügens, ein Omega zu sein. Wir improvisieren gern, während wir einfach weitermachen." Blue schloss die Tür vorsichtig und verriegelte sie, dann drängte er sich an sie. „Und eine der Freuden, einem Rudel anzugehören, ist, dass immer Leute hinter uns stehen. Sie sagen uns, wenn es noch mehr gibt, das wir teilen müssen."

Stephanie stieß mit dem Rücken gegen die Schlafzimmertür. Blue legte eine Hand über ihrem Kopf auf den Türrahmen und sah sie mit glühenden Augen an.

Sie passte so gut hierher. In sein Haus. In sein Herz.

In seinen Kopf. *Ich liebe dich.*

Ich liebe dich auch.

Sie duckte sich um ihn herum und stürzte sich auf sein

Bett. Einen Moment später – verdammt, sie war fast so gut im Strippen wie ein Wolf – waren beide nackt, und sie lag auf seinem Schoß. Alles in allem eine wunderbar erotische Stellung.

Steph verteilte Küsse seinen Kiefer entlang. *Das Schöne daran, so zu reden, ist, dass ich dich gleichzeitig küssen kann.*

Mach nichts kaputt, wenn du so multitaskst, neckte er. *Ich mag dich in einem Stück.*

Ich mag dich in Stücken. Sie knabberte an seinem Ohrläppchen, und jeder Nerv in seinem Körper war überladen. Es war wie jeder seiner heißen und schmutzigen erotischen Träume.

Blue hielt sie fest. Er wollte nicht reagieren, indem er sie auf die Matratze warf und sie bis in den Morgen fickte.

Steph ließ ihre feuchte Scham über seinen Schwanz gleiten, und es war so gut wie das Paradies. Sie stützte sich auf und glitt an ihm hinunter. Noch besser.

Er versuchte, den Kopf gerade zu halten, als sie ihn wieder biss.

Langsam und kontrolliert war vorbei. Zum Glück war Stephanie genauso verzweifelt nach ihm wie er nach ihr, und Sekunden später bebte das Bett. Das Geräusch seiner Erregung, das Geräusch der Lust auf ihren Lippen.

„Steph." Blue veränderte seine Position gerade genug, um ihre Klitoris zu reiben.

Sie explodierte. „Jaaaa!"

Er ging mit ihr über die nächste Welle, beide lachten und umarmten einander, zahllose Küsse tanzten zwischen ihnen.

Es dauerte lange, bis sie sich zurückzog und ihn anlächelte. „Hey, Gefährte."

„Hey."

Steph rollte sich herum und schmiegte sich in seine

Arme, genau da, wo sie hingehörte. „Wir sind im Honeymoon."

„Sind wir das?"

„Ja. Weil wir ein Rudel haben, das sich ein paar Tage lang ohne uns um alles kümmern kann. Und wir haben eine Familie, die weiß, wann sie uns unterstützen und uns eine gute Sache in unserem Leben feiern lassen muss."

Und ihr seid Gefährten. Das heißt, ihr solltet Zeit miteinander verbringen, um eure Bindung zu stärken. Obwohl ich glaube, dass sie schon stark ist.

Stephs Augen weiteten sich. „Hast du das gehört?"

Gott sei Dank. „Das war PB, oder?"

Sie nickte. „Gut. Ich habe mich gefragt, was damit passieren würde."

Ich kann immer noch nur mit Stephanie reden, wenn ich will, aber ich glaube nicht, dass das sehr oft nötig sein wird.

„Nur wenn wir eine Überraschungs-Geburtstagsparty planen wollen oder sowas, ja?", fragte Steph.

Kindische Menschen.

PB verstummte, also konzentrierte sich Blue wieder auf die wichtigste Person im Raum. „Bist du glücklich, Liebes?"

Sie überlegte und nickte dann. „Das bin ich. Nicht, weil meine Familie glücklich ist, obwohl ich froh bin, dass sie es ist. Nicht, weil die Timberwolf Lodge offiziell uns gehört, obwohl ich froh bin, dass wir sie haben. Ich bin glücklich, weil ich *dich* habe."

Perfekt. „Ich auch. Dich zu haben. Freundin. Liebhaberin. Gefährtin."

Der beste Lohn für jeden Omega.

———

20

Der Winter hatte wirklich Einzug gehalten und die Timberwolf Lodge mit einer Schicht von Weihnachtskartenweiß überzogen. Das Sonnenlicht funkelte auf den glitzernden Schichten, und wohin Blue auch blickte, vermischten sich Zeichen der Weihnachtszeit mit dem Beweis, dass hier glückliche Wölfe und Kinder lebten.

Der Rodelhügel war so festgetrampelt, dass ein Wolf es bei einer guten Fahrt auf dem Bauch oder auf einem Schlitten fast bis zur Mitte des zugefrorenen Sees schaffen konnte.

Das Rudel wuchs. Dwight hatte beschlossen, in der Stadt zu bleiben, und er und eine von Angies Freundinnen hatten angefangen zu daten. Marvin war ganz wild darauf, Angie den Hof zu machen. Als Stephanie den Elch das letzte Mal gesehen hatte, hatte er Selbstgespräche geführt und überlegt, ob Gedichte oder Blumen das beste Geschenk für sie wären.

Stacy seufzte glücklich. „Sieh sie dir an. Ich meine, sieh sie dir nur an." Sie deutete auf ihre Jungs, die inmitten der Rudelkinder standen und glücklich im Schnee tobten. Ace und Blaze rannten mit ausgebreiteten Armen herum, als wären sie Flugzeuge. Colt hatte seine Wolfsgestalt angenommen, Kopf gesenkt, Schwanz erhoben, und bellte begeistert wie ein Welpe, bevor er sich auf seinen neuen besten Freund stürzte. Die beiden rollten den Rodelhügel hinunter, und die Aufregung hallte von den Bergen wider, als sie wieder festen Boden unter den Pfoten hatten.

„Ja, ich denke, sie sind ziemlich süß." Cassidy nippte mit übertriebener Lässigkeit an ihrem Tee. „Ich schätze, das ist gut so. Jace und ich haben so einen bestellt, und er wird im Frühjahr geliefert."

Es dauerte einen Moment, dann waren Stephanie und ihre Schwester beide auf den Beinen und quietschten vor Freude, als sie Cassidy umarmte und ihr gratulierten. Es dauerte ein paar Minuten, bis sie sich wieder hinsetzten.

„Wenn man bedenkt, wie gut alles im Rudel läuft, schien es ein guter Zeitpunkt zu sein, eine Familie zu gründen."

„Del sagt, dass das neue Wachstum zum großen Teil darauf zurückzuführen ist, dass das Rudel endlich ein vollständiges Führungsteam hat." Stacy beugte sich vor und flüsterte leise. „Ich glaube, es liegt daran, dass wir drei es drauf haben und uns Namen merken."

Stephanie streckte ihre Füße aus und legte sie auf das Knie ihrer Schwester. „Das kommt dabei heraus, wenn man sich was vornimmt. Setze dir Ziele und geh ein Risiko ein."

„Das ist noch etwas, das ich wirklich amüsant finde. Die Tatsache, dass du immer so geredet hast. Du hast dem Hokuspokus des Universums gelauscht, aber jetzt hört es jeder und sagt: ‚Ooh, der Omega hat gesprochen.' Als ob du nicht einfach irgendwas vom Stapel gelassen hättest, das dir gerade in den Sinn gekommen ist. Nein, es ist, als ob das Kauderwelsch die Leute irgendwie glücklich macht."

Stephanie drückte die Finger sanft auf ihre Brust und sprach, als wäre sie ein Mitglied der königlichen Familie. „Wenn es unsere Pflicht ist, die Massen zu unterhalten, dann werden wir unser Bestes geben." Sie legte einen Arm um Cassidys Schultern und drückte ihr einen Kuss auf die Wange. „Außerdem macht es mich glücklich. Ich denke, Omega ist eine ebenso gute Berufsbezeichnung wie jede andere."

„Darauf, die richtigen Jobs für die richtige Person am richtigen Ort zu haben." Stacy hob ihre Tasse. „Hip, hip, hurra!"

„Higgity Piggity", schnaubte Stephanie. „Tut mir leid, kein Wort."

„Es funktioniert." Cassidy beendete das Ritual. „Huggity. Ich liebe euch, Leute."

„Ich liebe euch auch", hallte es überall wider.

Cassidy sah nachdenklich aus. „Es sind nicht nur die Jobs, die wir machen dürfen, oder dass wir uns darauf freuen, dass die Timberwolf Lodge voller Gäste ist. Wir haben drei tolle Jungs. Und wir sind alle bis über beide Ohren verliebt."

„Wer hätte gedacht, dass das passieren würde, als du unsere Namen für die Timberwolf Lodge in den Hut geworfen hast?", stimmte Stacy zu.

Nein, dachte Stephanie. Keiner von ihnen hatte gewusst, was sie finden würden, als sie sich auf das Abenteuer eingelassen hatten.

Aber vielleicht war das ein Teil der Belohnung – diese ersten Schritte machen und den Weg bis zum Ende gehen zu dürfen. Irgendwo auf dem Weg würden gute Dinge passieren.

Ihre Freundinnen gingen, um sich der Meute anzuschließen, die am Seeufer Schneefestungen baute. Stephanie hatte Blue auf sich zukommen sehen, also schüttelte sie die Kissen und Decken auf und klopfte auf den Platz neben sich, damit er sich auf die Bank kuscheln und die winterliche Landschaft betrachten konnte.

Hallo, Liebes.

Auch hallo.

Er küsste sie, süß und heiß, seine Hände wanderten unter der Decke zu interessanten Stellen. Als er innehielt, war ihr wirklich sehr warm. „Nett, dass du vorbeischaust. Sag mir, dass wir bald irgendwo hingehen, wo wir allein sind."

„Bald. Aber erstmal ... ich habe ein bisschen gerechnet."

Stephanie zog eine Augenbraue hoch. „Muss ich mein Notizbuch rausholen?"

Er lachte. „Es ist nur so, dass ich Anfang des Jahres Mitleid mit mir selbst hatte. Jace und Cassidy sind gleich nach ihrer Ankunft hier Gefährten geworden. Dann kam Stacy und sie und Del wurden Gefährten, bada-boom, bada-bing."

„Sehr musikalische Mathematik."

Er nahm ihre Hand. „Wusstest du, dass du und ich einen Rekord aufgestellt haben?"

„Ich bin ziemlich sicher, dass Lance und Sophie das gemacht haben, als sie einander in die Augen gesehen haben, und *schwups*, waren sie Gefährten und auf den ersten Blick verliebt."

Blue winkte ab. „Ich meine, von allen, die es ohne diese *Liebe auf den ersten Blick*-Sache gemacht haben."

Stephanie rollte sich neben ihm zusammen und legte die Arme um seine Schultern. „Erzähl es mir. Du brennst offensichtlich darauf."

„Bitte. Ich glaube, wir haben beschlossen, dass im nächsten Jahr in der Nähe von Timberwolf Lodge kein Sterben oder Morddrohungen erlaubt sein werden. Und das ist das Minimum."

Sie kicherte.

„Also, die Mathematik sagt, dass von dem Moment an, als Jace mir gesagt hat, dass Cassidy seine Gefährtin ist, bis das wahr wurde, 25 Tage vergangen sind."

„Wie langsam."

„Du bist so perfekt für mich. Also, Del. Im Zweifel für den Angeklagten. Denn er hat schon angefangen, in der Timberwolf Lodge herumzuschnuppern, bevor Stacy überhaupt angekommen war."

Stephanie rümpfte die Nase. „Ugh. Das hatte ich vergessen. Er ist mein Schwager. Ich will mich nicht daran erinnern, wie er mich beschnuppert hat."

„Wölfe schnuppern, das ist eine Tatsache des Lebens. Es gibt einige Lasten, die wir tragen müssen." Er hob seine Finger und reduzierte die Fünf auf eine Vier. „24 Tage."

„Nein, wirklich? Das ist witzig!"

Blue tippte auf Stephanies Nase. „Aber du und ich? Wir sind ein magisches Wunder."

„Du musst diese neue Mathematik oder sowas verwenden, denn du wusstest, dass ich deine Gefährtin bin, in dem Moment, als Jace Cassidy gesehen hat. Oder das ist die Geschichte, die ich gehört habe."

Blue schüttelte den Kopf. „Ich wusste, dass du *möglicherweise* meine Gefährtin sein könntest, was, um ehrlich zu sein, verdammt verwirrend war. Der erste Moment, in dem ich sicher war, dass du meine Gefährtin bist, war, als wir in der Hütte festsaßen."

Ach, wirklich? „Jetzt, wo du das sagst, ich erinnere

mich, dass ich am Tag, bevor wir in die Hütte gefahren sind, dachte, dass ich dich mag. Also, ich mochte dich."

„Was bedeutet, dass zwischen der Hütte und dem Tag, an dem wir offiziell Gefährten geworden sind, genau zehn Tage vergangen sind. Tadah!"

Sie presste ihre Finger auf den Mund, um ihr Grinsen zu verbergen. „Es ist nicht immer ein Wettbewerb, aber okay."

Blue legte seinen Arm um sie, und sie saßen still da und beobachteten das Rudel. Die Kinder lachten laut. Einer der Teenager fing an, ein Seemannslied zu singen, und bald waren alle dabei, und die in Wolfsgestalt heulten in den passenden Momenten.

Jace winkte, nahm Cassidy hoch und ging zu den Bäumen. Seine Gefährtin lachte so laut, dass Stephanie es in ihrem Herzen hören konnte.

Del und Stacy hatten gerade ihre ganze Familie auf einen langen Schlitten geladen, der mit hoher Geschwindigkeit den Hügel hinuntersauste. Sie fuhren über eine Bodenwelle, und alle fünf flogen in verschiedene Richtungen. Irgendwie fing Del Ace auf und rutschte unter Stacy, bevor sie am Boden aufschlugen, und die Gruppe endete in einem kleinen Haufen aus Glück und Zusammengehörigkeit.

„Ich bin gern hier", gab Stephanie zu. „Es fühlt sich wirklich wie zu Hause an."

„Es ist nur ein Ort", sagte Blue leise. „Es sind die Menschen, die es zu etwas Besonderem machen."

Er hob ihre Hand an seine Lippen und küsste sie. Seine Augen waren scharf auf sie gerichtet, voller Liebe.

Natürlich hatte er recht. Nicht das hübsche Gebäude oder die wunderschönen Berge. Es waren sie, sie alle. Genau dort, wo sie sein sollten.

Zu Hause in der Timberwolf Lodge.

∼

GEWINNEN SIE EINE WILDNIS-LODGE!

Bereit für die Chance Ihres Lebens? Werden Sie jetzt Eigentümer der Timberwolf Lodge in der Nähe von Jasper, Alberta. Sie haben ein Jahr Zeit, die festgelegten Bedingungen zu erfüllen, und die Lodge gehört Ihnen!

Das Kleingedruckte: (sehr, sehr, sehr klein gedruckt)

Warnung: In der Lodge könnte es Werwölfe, Schicksalsgefährten und jede Menge Wandler-Rudel-Drama geben.

Viel Glück und viel Spaß! Und ... sterben Sie nicht!

∼

Die Timberwolf-Lodge

Die Wahl des Alpha

Das gewagte Spiel des Hüters

Der Lohn des Omega

∼

Vivian lässt derzeit ihre vielen Serien übersetzen. Bitte besuchen Sie deren Website für alle aktuellen Informationen.

www.vivianarend.com/de

ÜBER DEN AUTOR

Mit über 3 Millionen verkauften Büchern ist Vivian Arend eine *New York Times*-und *USA Today*-Bestsellerautorin von mehr als 70 zeitgenössischen und paranormalen Liebesromanen.

Ihre Bücher lassen sich alle einzeln lesen und haben keine Cliffhanger. Sie sind witzig, aber auch emotional, es gibt heiße Szenen und glückliche Enden. Für Vivian ist das der beste Job der Welt. Sie lebt in British Columbia, Kanada, zusammen mit ihrem langjährigen Mann – der Inspiration für alle Helden und einem bereitwilligem Gefährten auf Abenteuern aller Art.

www.vivianarend.com/de